准教授・高槻彰良の推察9

境界に立つもの

澤村御影

角川文庫
23584

目次

主なキャラクター紹介

高槻彰良
たかつき あきら
青和大学で民俗学を教える准教授。
頭脳明晰で顔立ちも整っている。怪異が大好き。
深町尚哉
ふかまち なおや
大学生。嘘を聞き分ける耳を持つ。
高槻のもとでバイトをしている。
高槻渉
たかつき わたる
高槻の叔父。ダンディでスマートな英国紳士。
高槻を引き取り数年間育てていた。
遠山宏孝
とおやま ひろたか
建築設計事務所を営む。
尚哉と同じ、嘘を聞き分ける耳を持つ。

佐々倉健司
ささくら けんじ
捜査一課の刑事で、
高槻の幼馴染。
目つきが鋭く強面。
生方瑠衣子
うぶかた るいこ
民俗学研究室の院生。
メガネの似合う
美人なのだが……。
難波要一
なんば よういち
尚哉の数少ない友人。
さっぱりとした気のいい性格。
海野沙絵
うみの さえ
真っ黒な瞳を持つ、
八百比丘尼の女性。神出鬼没。

イラスト：鈴木次郎

第一章　トンネルの中には

季節は巡る。

骨まで凍りそうな冬の寒さもいつしか和らぎ、気づけば大学図書館前の桜は幾つものつぼみを抱え始めている。枝先のつぼみがほころんでいることに気づいた翌日には、もう三割ほどが開花していた。そうしてめでたく満開を迎えた桜があっけなくその花びらを散らす頃、大学の長い長い春休みも終わりを迎える。

そして四月がやってくる。

深町尚哉（ふかまちなおや）は、青和（せいわ）大学文学部史学科民俗学考古学専攻の三年生になった。

新年度を迎えた大学は、いつにもまして賑（にぎ）やかだ。入学したての一年生達はやはり皆初々しい顔をしていて、キャンパス内の移動にもまだ物慣れぬ様子である。そして、そんな彼らを待ち受けているのが、各種サークルによる勧誘活動だ。キャンパスの目抜き通りに構えた入会受付のブースを本陣として、看板を掲げ、声を張り上げ、一人でも多くの一年生を部室にさらおうとする。毎年の風物詩である。

「どーもーっ、テニスサークル『UNICORNS』でーす！　青春はここにあるっ！」

「劇団『アナザールーム』、新作公演『マトリョーシカ・ミステリー』は本日サークル会館2Aにて上演！　解いても解いても謎が出てくる新感覚観客参加型演劇でーす！」

「あっ、君、新入生？　競技ダンスに興味ない？　初心者でも大丈夫！　努力次第で日本一にもなれるよ！　さあ背筋をのばして一緒に、ほら！　Shall we dance?」

「ねえ君、ストップモーションアニメに興味あったら、今日これから上映会やるから」

——全方位から襲いかかってくるサークル勧誘に揉みくちゃにされ、押しつけられた無数のチラシで窒息しそうになりながら校舎に逃げ込んできた尚哉を、難波要一が指差して笑った。

「はははははは！　深町、お前また一年に間違われたの？　うっわ、ださっ！　マジだせえっつーか、すげえデジャヴ！　去年もあったろ、このくだり！　はははは！」

「……うるさい。去年と同じこと言うな」

肩で息をしつつ、尚哉は難波を睨む。こちとら死ぬかという思いで逃げてきたというのに、そんな腹を抱えて笑わなくてもいいじゃないかと思う。

サークル勧誘の標的はあくまで新入生だ。なのになぜ三年の自分が狙われるのかが、さっぱりわからない。顔つきでわかるだろうに、どいつもこいつも目が節穴なのか。

「あーもー、こんなとこにもチラシ入れられてるし。すげえなおい」

難波が、尚哉のパーカーのフードから勧誘チラシを取り出した。レスリング部のチラシだった。覆面レスラー達がふんぞり返ってポーズを取っている。尚哉はため息を吐いてそれを取り上げ、勝手に鞄に突っ込まれていたチラシ諸共ゴミ箱に放り込む。

「難波もサークル勧誘やってるんだよな。何を基準に一年を見分けてるんだ？」

「え。雰囲気？」

「雰囲気……」

尚哉は己の格好を見下ろした。今日の服装は、黒のパーカーに少しくたびれたデニムである。

横に立つ難波に目を移す。今日は難波もパーカーだ。白のパーカーに黒のパンツを合わせている。そんなに自分と違うだろうか、と尚哉は思う。確かに着こなしは違うけれど、難波の方がなんだかお洒落には見えるけれど、同じパーカー姿ではないか。

「……どうして難波は勧誘されないんだ……」

「そりゃあだって、俺はこの通り、オトナの男の色気がにじみ出てますから！」

「色気っていうより軽さだろ、お前のは。ていうか日焼けしたな、難波」

「あー、カノジョとグアム行ったから。良かったぞグアム。深町は春休み何した？」

「とりあえず免許は取った。あとは……えっと、スキー行った」

「えっ、深町がスキーって意外だな。免許は取れたんだな、ちょっと免許証見せろよ」

「やだ。写真変だから」

二人で話しながら、歩き出す。

目指す教室は第三校舎405。火曜四限、高槻ゼミの初回である。

青和大文学部は、三年生からゼミが始まる。

留年するか院に進学するかしない限り、学生生活は四年で終わりだ。

そうかもう折り返し地点に来たのだなと思うと、妙にしみじみとした感慨を覚えた。入学当初は「地味に無難に四年間やり過ごせればいいかな」というくらいにしか思っていなかったのに、蓋を開けてみれば本当に様々なことがあったし、想像していたよりもはるかに大学という場所に馴染んでいる自分がいる。

何より、今こうして難波と肩を並べて歩いている自分に驚くべきかもしれない。耳を鎧うためのイヤホンは鞄のポケットの中、いつでも取り出せる位置にはあるけれど。

405教室の扉を開け、中に入る。

三十席ほどの座席数の、小教室だった。先に来ていた学生のうち、何人かが難波を見て笑顔で手を振る。知り合いなのだろう。

適当な席に尚哉が腰を下ろすと、難波は当然のような顔で隣に座った。

「いやでもマジ高槻ゼミ入れてよかったわ。深町の言った通り、気合入れてレポート書いた甲斐があったぜ。俺、卒論指導なら絶対高槻先生がいいもん。優しいし面白いし」

難波が言う。

難波の友人のうち、何人かは高槻ゼミを希望して落ちたらしい。応募者が多すぎて毎年抽選になるとは聞いていたが、今年もなかなかに狭き門だったようだ。

「そういえば難波は、今年『民俗学Ⅱ』は取らないのか?」

「え、だって一回単位取っちゃったら、同じの受講しても単位もらえないじゃん?」

「もらえないけど。でも高槻先生、毎年話す内容をちょっとずつ変えてるみたいだから、今年また取ろうかと思って」

「えー、そうなんだ? ていうか深町、真面目だなあ……単位こなくても受講って」

「半分趣味みたいなもんだけどな」

「そっかー、まあ楽しいからなあ、高槻先生の講義」

難波と初めて話したのは、一年のときの『民俗学Ⅱ』の初回講義の前だった。

あのときは尚哉も難波も、民俗学という学問がどんなものかもろくに知らなかった。

なんとなく面白そうだから。講義担当の准教授がテレビに出たことのある有名人だから。

そんな理由で受講して、二人してまんまとゼミ生にまでなってしまったのだから、色々な意味であの初回講義は運命の分かれ道だったのだろう。

やがてチャイムが鳴り、高槻彰良が教室に入ってきた。

すらりとした長身を上品な三つ揃いのスーツで包んだその姿は、二年前と少しも変わらない。全然老けないよなこの人、と尚哉は思う。

教壇に立つと、高槻は大型犬めいた人懐こい笑みを浮かべて教室の中を見回した。

小さい教室なので、マイクは使わずに話し始める。

「こんにちは。とうとうゼミが始まりましたね。これから四年生の終わりまで、このメンバーで過ごしていくことになります。よろしくね」

学部によっては三年四年合同で行うところもあるようだが、文学部は学年別のゼミになっている。それでも教室には二十人近い学生がいた。四、五人のゼミもあるらしいから、かなり多いのだと思う。

男女比率は、やはり女子の方が圧倒的だった。そもそもの申し込み自体、女子の割合が相当高かったはずだ。これまで受けてきた高槻の講義はどれも、整いまくった高槻の容姿を間近で拝もうとする女子学生であふれていた。

高槻が言う。

「さて、通常講義とゼミの違いについて軽く話しておくと、教員が一方的に話す講義に比べて、ゼミはもっと学生主体のものになります。君達はいずれ卒業研究というものを行い、その成果物として卒業論文の提出を求められることになる。そのために必要な手法を身につけていくためにあるのがゼミだと思ってください。――とはいえ、今の時点で卒論のテーマが決まっている人は、そんなにいないかもしれませんね。だから、三年のうちは僕が話す回もそこそこ設けますが、いずれはグループ単位で研究テーマを決めて発表するという形にする予定なので、そのつもりで。四年生になったら、各自卒論のテーマに基づいて研究と発表をしてもらいます」

高槻の話を聞きながら、「グループ単位で」という言葉に尚哉は少し顔をしかめる。

通常講義では他の学生と関わりを持つことはほぼないが、ゼミという場においてはそうもいかないらしい。

尚哉の方をちらと見た高槻が、唇の端に苦笑を浮かべる。

「ゼミという形をとる以上、やっぱり皆にはある程度仲良くなってほしいかな。ディスカッションとかもするから、お互いの名前も知っていてほしい。――というわけで、そっちの端から一人ずつ自己紹介をしてもらってもいいかな？　名前と、あとは好きな怪談とか推しの都市伝説とかを挙げてもらえると嬉しいな！」

いきなり高槻がそんなことを言い出し、えええ、という声が上がった。推しの都市伝説って何だ、と尚哉も思う。まあ、高槻のゼミを選んでいる時点で、皆ある程度は怪談やら都市伝説やらに興味はあるのだろうが。

じゃあ君から、と指された女子学生が、おずおずと立ち上がって口を開いた。

「白岡佳乃です。別に好きな怪談ってわけじゃないんですけど、家の近くに、幽霊が出るって噂のトンネルがあります。小さい頃はそれがすごく怖かったです」

途端に高槻が目を輝かせ、

「へえ、それってどこの話？　何ていうトンネルかな？」

「鎌倉です。結構有名な……小坪トンネルです」

「ああ、小坪トンネル！　そっかあ、それは良いところに住んでるね！」

ますます目を輝かせて羨ましがる高槻に、白岡が苦笑いを浮かべた。幽霊が出るトンネルの近くに住んでいることを褒められても、という顔をしている。気持ちはわかる。

次の自己紹介は、難波だった。

難波は勢いよく立ち上がり、

「はい！　難波要一です！　よろしくお願いしまっす！　推しはターボババアです！」

「君はいつも元気でいいね！　ターボババア推しの理由は？」

高槻が尋ねる。

それに対する難波の回答は、思いのほかしっかりしていた。

「去年の先生の講義で、ターボババアは昔話の山姥とか古事記のイザナミとつながってるって聞いて、面白いと思って。現代の都市伝説が含んでる民俗学的要素について、もっと詳しく知りたいなって思うきっかけになりました」

「うん、昨年度末に出してもらったレポートでも、そう熱く語ってくれてたよね。これから二年間、有意義な時間を過ごしてもらえたら嬉しく思うよ。それじゃ、次の人」

次は尚哉の番だ。

尚哉は立ち上がり、

「深町尚哉です。推しっていうか、最近興味があるのは……広い意味での、呪いとかですかね。あと——境界とかも気になります」

「境界？」

高槻が少しだけ目を細める。

尚哉はその目を見返して言う。

「怪異が発生しやすいのは境界だって、前に講義で聞いたので」

「そうだね。民俗学の分野において、『境界』というものはとても重視されている。研究テーマとして、とても良いと思う。──じゃあ、次の人」

高槻はにこりと笑ってうなずき、自己紹介を先へ進めた。

名前と共に、様々な怪談や都市伝説が挙げられていく。きさらぎ駅、口裂け女、スクエア、カシマさん。それらは、いずれ彼らの卒論のテーマになるのかもしれない。そんな子供向けの怪談本に載っていそうなネタで卒論を書いていいのが、このゼミだ。

自己紹介が一通り終わると、高槻はあらためて学生達の顔を見回し、

「それじゃ、皆の名前と推し怪談もわかったことだし、ゼミ代表を決めておこうかな。やりたい人いる？　いなかったら、推薦にしてもくじ引きにしてもいいけど」

学生達は、高槻の視線から逃れるように目を伏せたり、隣の学生と顔を見合わせたりする。尚哉の近くの席の女子二人組が、「やる？」「え、でも」と小声でやりとりするのが聞こえた。誰だって、面倒そうな役割は引き受けたくないものだ。

と、尚哉の横で、難波がはいと手を挙げた。

「あ、それなら俺やります。ゼミ代表」

「そう？　ありがとう、難波くん！」

高槻がにこにこ笑顔で難波を見た。教室のあちこちから賛同の拍手が上がる。

「というわけで皆、後で俺に連絡先教えてくれな。連絡用のグループＬＩＮＥ作るから。

あ、とりあえず来週ゼミの後に懇親会やるつもりなんで、よろしくー！」

挙げた手をそのまま拳の形にして突き上げ、難波が高らかにそう宣言する。教室の拍手がわっと大きくなった。代表含めノリの良いゼミのようだ。

拍手が収まるのを待って、高槻がまた口を開いた。

「さてと。自己紹介も代表決めもつつがなく終わったから、残りの時間は僕の方で話そうかな。――三年生の間は、卒論のテーマ探しのために、色々なことに興味を持ってもらいたいと思っています。さっきせっかく推し怪談や興味のある都市伝説を挙げてもらったから、これから何回かは、その中から話していくことにしましょう。そうだなあ、どうせなら自己紹介のトップバッターだった白岡さんのネタからいこうか」

名指しされた白岡が慌てたように姿勢を正し、高槻はにっこりしながら彼女を見た。

誰がどの怪談を挙げたか、特にメモなどしなくても高槻は全て記憶している。

「白岡さん。君が知ってる小坪トンネルの怪談について、教えてもらえる？」

「え、あ、ええと……小学校の頃に聞いたので、ちょっとうろ覚えですけど」

自信なげな様子で少し眉根を寄せながら、白岡が言う。

「小坪トンネルを車で走ってたら窓を叩く音が聞こえて、窓を見てみたら手形がたくさんついてた……とか。突然上から女の人が車めがけて落ちてきて、ドスンって大きな音が確かに響いたのに、トンネルの外に出て確認したら車は何ともなかった、とか……そんな話です」

「うん、どれも有名な話だね。他に小坪トンネルの怪談を知ってる人はいる？」

高槻が尋ねると、真ん中辺りの席に座っている男子学生が手を挙げた。

高槻が彼を指す。

「じゃあ、江藤くん。君が知ってるのは、どんな話？」

「俺が聞いたのは、トンネルの中に落ち武者の霊が出る話でした。霊を見た後に車が動かなくなって、慌てて皆で車を捨てて外に逃げたんだけど、一人取り残されてることがわかって。トンネルに戻ってみたら、その一人は頭がおかしくなってたっていう」

江藤の話に、何人かの学生が、ああ、という顔をする。尚哉も、似たような話をどこかで聞いたなと思う。小坪トンネルの話だったかどうかは思い出せないが。

高槻がにこりと笑って言った。

「そうだね、そんな風に語られることも多い。というか、類似の怪談は、どこと場所を限定することなく、あちこちのトンネルで語られています。そうした『トンネルの怪談』の原型と言われているのが、昭和五十年にタレントのキャシー中島が語った、鎌倉にある『お化けトンネル』の話です」

急に具体的な話になった。しかも、タレントの話ときた。

高槻はマーカーを取り上げ、その話が載っているという本の題名をホワイトボードに書くと、『お化けトンネル』の話を語り始めた。

「この話は、雑誌社の主催で行われた座談会で、彼女が実際に体験したこととして語られました。キャシーさんはその十日前に、タレント仲間四人と車を飛ばして、鎌倉の小町にある幽霊屋敷を探検しに行ったんだそうです。が、着いてみると、家の周りは有刺鉄線や丸太で封鎖されていて、入れそうにない。すると、Ｋという若手ＤＪが、『お化けトンネルへ行こう』と言い出したんです。それは、『材木座小坪を通って、逗子の背面に出るトンネル』で、『二つあるうちの、新しいほう』だと、Ｋくんは言いました。せっかく来たのに何もしないで帰るのはむなしいからと、彼らはＫくんの運転でそのトンネルに向かったのです」

　怪談としては非常にスタンダードな始まり方だ。肝試しに出かけた若者達が、本当に怖い目に遭ってしまうというやつだ。当初の目的地とは違う場所に行く、というのも、怪談ではよくある要素のような気がする。

　怪異というのは、日常性からの逸脱だ。ゆえに、イレギュラーな行動によって引き起こされるものなのかもしれない。予定外の行動を取ったがために、留まるべき日常からはみ出していってしまうのだ。

「怪異が起きたのは、トンネルの中ほどに差しかかった頃です。遠くの方から青い光が近づいてきたかと思うと、フロントガラスに青白い手のひらが張りつき、光る指紋を残して消えたのです。Ｋくんがアクセルを踏み込み、トンネルの向こう側に出ようとすると、今度は車の屋根に大きな岩でも落ちてきたかのような音がして、天井が軋む。ようやくトンネルを出た彼らは車を停め、近くのガソリンスタンドに駆け込みます。しかし一人、足りません。助手席に座っていたケンちゃんが、来ていないんです。彼らは、きっとケンちゃんは途中で転ぶか何かして遅れてるんだろうなと思って、スタンドの人としばらく会話していたんですが、いくら待ってもケンちゃんは来ません。さすがに気になって、皆で車に戻ってみると——ケンちゃんは、そこにいました」

いつもながら、怪談を語るときの高槻はとても楽しげだ。

聞いている学生達も、こういった話が好きで集まっている者達ばかりである。高槻とあまり変わらない表情で、ふんふんと興味深げに聞いている。

「ケンちゃんは助手席に座ったまま、顔を上に向け、笑い顔ともしかめっ面ともつかない異様な表情で歯を剝き出していました。その体は銅像のようにカチカチに強張っていて、どんなに揺さぶっても反応がないんです。ケンちゃんは入院し、キャシーさんは座談会の前に彼のお見舞いに行ってきたのだそうですが、十日経っても、彼の顔はあのときのままでした。おそらくケンちゃんは、この世ならぬ奇怪な何かを見てしまったのでしょう。そして恐怖のあまり、そのまま硬直してしまったのです！」

ケンちゃんの悲惨な末路を、高槻は笑顔で語り終える。

尚哉は話を聞きながら、つい佐々倉の顔を思い浮かべてしまって、複雑な気分になった。高槻の口から「ケンちゃん」と言われると、あの強面しか浮かばないのだ。とりあえず佐々倉には聞かせない方がいい話だなと思いつつ、講義の方に意識を戻す。

「この辺りにはトンネルが幾つもあり、どれが『幽霊の出る小坪トンネル』なのかについては、実は議論が分かれています。それはさておき、そもそも『小坪トンネル』というのは、これ以前にも怪談の多い場所でした。川端康成が昭和二十八年に発表した『無言』という短編には、鎌倉から逗子へ車で行くときに抜けるトンネルに幽霊が出る噂があると書かれています。トンネルの手前に火葬場があり、夜中に火葬場の下を通る車に若い女の幽霊が乗ってくるというんですね。運転手がなんだか妙な気がして振り返ると、いつの間にか若い女が乗っている。しかしその姿は、バックミラーには映らない。無言のままシートに座り、鎌倉の町に入ると消えてしまうんです。典型的なタクシーの怪談ですね。こうした噂は、当時実際にタクシー運転手の間で流行っていたようで、昭和五十六年八月の読売新聞神奈川地方版でも、小坪トンネルで三度幽霊の噂が広まったうちの一つとして紹介しています」

そこで高槻は再びマーカーを取り上げた。

「その記事によると、一度目の流行は、昭和二十三年か二十四年頃。川端康成の『無言』と大体同時期に、タクシー運転手の間で『若い女の幽霊が出る』という噂が流れたとのことです。地元の警察官が正体を突き止めようと深夜に張り込みをしたところ、確かに『幽霊』が目の前を横切ったんです。長い髪が浴衣にまとわりつき、足の方はぼやけ、すーっと闇の中に消え入りそうでした」

話しながら、ホワイトボードに「①昭和23、24　タクシーの幽霊」と書き記す。

それから高槻はくるりと学生達の方に向き直り、ちょっと肩をすくめてみせた。

「でも、警察官がこの女を追いかけて確保してみたところ、なんと近くの民家の娘さんだったんです。その家の後妻の連れ子で、義父との折り合いが悪かったため、夜になると寝間着姿で家から逃げ出していたんですね。足がぼやけて見えたのは、近くの壊れたゴミ焼却炉から漏れた煙が地面を這っていたせいでした。その一家が引っ越すと、幽霊の噂も収まったそうです」

身も蓋もないオチに、くすくすと学生達が笑い声を上げる。深夜に髪の長い浴衣姿の女が足元をぼやかせて歩いていたら、それはまあ幽霊と間違えても仕方ないだろう。幽霊の正体見たり枯れ尾花とはまさにこのことだ。

「ところが昭和四十年代初めに、また幽霊の噂が流れた。これはどうやら生首が飛ぶという内容だったみたいですね。同じ警察官が真夜中にバイクでパトロールしてみたところ、マネキンの首が吊るされているのを発見しました。おそらく、車の騒音に耐えかねた付近の住人がやった悪質なイタズラではないかということです。――そして、三度目の噂の流行が、昭和五十年代。キャシー中島の体験談が流布した後です」

高槻は「②昭和40年代初　生首」「③昭和50年代　キャシー中島体験談」と書くと、また学生達の方を向いた。

「このように、小坪トンネルをめぐる怪談は、流行時期と内容で三つに分けることができます。①の怪談が生まれた背景として考えられるのは、やはり火葬場の存在でしょうね。タクシーの怪談で幽霊を乗せてしまう話では、行き先が火葬場だったり、あるいは火葬場や墓地から故人の自宅へと向かわされたりする話が多い。つまりこれは、場所と紐づいた怪談と言えます」

高槻は①の板書の下に矢印を引き、「場所」と書いた。

「では、②の怪談はどうでしょう？　生首というのは、バイクや車の怪談でよく使われるモチーフです。典型的なのは、事故によってちぎれた首が飛び、まだ自分が死んだことに気づいていないその首が『私、どうなっちゃったの？』などと喋るというような話でしょうか。こうした怪談は、実際の事故の記憶、あるいはイメージから生まれます。トンネルというのは事故が起こりがちなものですからね」

言いながら、高槻は②の板書の下に矢印を引き、「記憶、イメージ」と書く。

そして高槻は、③の板書の横を、こんこんと指の関節で軽く叩いた。

「では、この③の怪談はどうでしょうか。話の内容を振り返ってみると、『青い光が飛んできた』というくだりはともかく、『車の屋根に大きな岩でも落ちてきたような音がした』というくだりは、トンネル事故を想起させます。崩落事故や土砂崩れなどは、トンネルで実際に起こりうる事故ですね。——では、この怪談もまた②と同じく、実際の事故の記憶やイメージから生まれたものとすべきなのでしょうか。そうしたいところですが、これについては、この後の展開の方を重視したいと思います。というのも、先程も言った通り、この③の怪談は、その後のトンネルの怪談の一つの典型となっていったからです。小坪トンネルという場所に縛られず、『あるトンネルで』とか『旅先にあったトンネルで』という設定で、これとよく似た話が語られるようになっていった」

　そこで高槻は、ぐるりと教室の学生達を見回し、

「①②と③とでは、ある意味、反対の流れになっているのがわかりますか？　①や②の怪談は、他所でも同じように語られていた話が、『火葬場』や『トンネル』というキーワードをもとにして、自然発生的に、あるいは他所から移植されてきたことによって、生まれたものといえます。しかし③の場合、キャシー中島が『小坪トンネル』を舞台に語った話が、他所の全く違うトンネルにまで移植されていくこととなったわけです。その過程で、この怪談は変化を遂げます。上から車めがけて降ってくるものが、トンネル事故から想起されたと思われる岩ではなく、女の幽霊になった。あるいは、落ち武者などのより怪談らしいモチーフが登場するようになった。――では、なぜそんなことが起きたのでしょうか？　佐藤さんは、どう思いますか？」

　高槻が、目が合った女子学生を当てる。

　佐藤という名のその学生は、しばし考えた後、こう答えた。

「……どうせ降ってくるなら、女とか落ち武者の方が、怪談性が強いから？」

　高槻はにっと笑って、

「うん、そうだね。トンネル事故の恐怖より、幽霊に対する恐怖の方が、怪談としては強いよね。誰だってそう考える。――そして勿論、テレビ局の人達もそう考えた」

「え、テレビ局？」

佐藤が首をかしげる。

高槻はうなずき、③の板書の下に矢印を引いて、「メディア」と書き込んだ。

「キャシー中島のこの体験談は、その後テレビの心霊番組で何度も取り上げられました。再現ドラマが作られ、そのドラマは作られる度にちょっとずつ演出を、内容を変えていった。そうして、この話はとても有名になったんです。最初に白岡さんや江藤くんが話した小坪トンネルの怪談も、『女の人が落ちてくる』とか『落ち武者の霊が出る』とかだったでしょう？　それは、キャシー中島の体験談がメディアによって変化を遂げた後の話が、小坪トンネルの怪談を上書きしたということなんです」

テレビの心霊番組というのは、以前はもっと頻繁に放送されていたらしい。

そこで流された怪奇体験の再現ドラマは、映像であるがゆえに、見た者に強い印象を残したことだろう。作り手側も、よりショッキングな映像や演出を求めて、話を盛っていく。当初の体験談にはなかった落ち武者などのモチーフが付け加えられ、それが視聴者に『トンネルの怪談』のイメージとして植え付けられていったのだ。

そうして植え付けられたイメージは、本来怪談など存在しなかったはずの別の場所にも、『トンネル』という共通のキーワードを媒介に、新たに怪談を生み出すことになる。その結果、似たような話が全国津々浦々に広がっていったのだ。

高槻が言う。

「怪談というのは本来、場所に紐づいて語られるはずのものでした。この場所には火葬場があるから幽霊が出てもおかしくない、この場所は前に事故で人が死んだから怖いことが起こるはずだ。それは別に、事故が実際に起こったわけではなくてもいいんです。そんな事故があったらしい、という捏造でもかまわない。そうした前提が、その場所で語られる話にリアリティを与え、恐怖を増幅させていく。——けれど、現代を生きる僕らにとって、怪談は場所性を失いつつあります。特定のどこか、である必要がなくなってきている。これは、現代的な風景が均一化され、どこも似たような景色になった影響ではないかとする説があります。場所のアイデンティティが薄まり、現代人があまり場所性にこだわらなくなったからではないかということですね。確かにそうです。観光地ならともかく、都市中心部であればどこの眺めもそう変わらない。でも僕は、怪談が場所性を失った理由には、メディアも強く影響しているんじゃないかと思っています」

先程ホワイトボードに書いた「メディア」の文字を丸で囲み、高槻は言う。

「かつての怪談は、語り手が話すのを直接聞くものでした。『これは本当に起きた怖い出来事である』と語るとき、それは明確にどこかを指していた。なぜなら怪談には、戒めや教訓が含まれていたからです。『だからあの場所に行ってはいけない』、『行くなら気を付けなければならない』、そう語るために怪談は存在していた。そうですね、河童の怪談なんかがわかりやすい例なんじゃないでしょうか」

河童の怪談には、水の事故を防ぐための戒めの役割があったという。

川や沼へ遊びに行こうとする子供達に、大人達は「行ってはいけない」と言い聞かせる。でも、単に「危ないから」という理由だけでは、子供は納得しない。だから大人達は「あそこには河童が出て、人を溺れさせたり、尻子玉を抜いたりするから、危ないよ」と語って聞かせる。

その恐怖が、子供達を危険な川遊びから遠ざけるのだ。

「でも、現代の怪談は違います。戒めや教訓としての意味合いは薄まり、怪談は娯楽に昇華されて久しい。現代人は、主にテレビなどのメディアから怪談を摂取します。その際に重視されるのは場所性よりもエンタメ性、ドラマ性です。というか、むしろその手の番組では、視聴者に場所や人物を特定されることを嫌って、わざと情報を伏せることの方が多いですよね。僕らはそういう怪談の語り方に、慣れてしまったんです」

高槻の話を聞きながら、尚哉は『ほんとにあった怖い話』というドラマを思い出す。あれは、「これは私が実際に体験した出来事です」という出だしで始まることが多いが、それが本当にあったことかはさておき、具体的な場所について言及することはない。

ドラマを観る者にとっては、それで十分なのだ。ただ観て面白ければいい。

高槻が続けた。

「とはいえ、現代の怪談がかつての怪談から完全に切り離されているわけではありません。——そもそもなぜトンネルは怪談の舞台となりやすいのでしょうか。暗いから？閉塞感があるから？　事故が起こりやすいから？　それは勿論その通り。でも、民俗学的観点から見ると、トンネルというのは『境界』です。二つの場所と場所を結ぶもの」

高槻が尚哉に目を向ける。尚哉はなんとなく背筋をのばす。

高槻はまたにこりと笑って、

「これまでの講義で何度も触れてきたことですが、僕達は世界を対立する二つの構造で捉えがちです。『こちら』と『あちら』。『我々』と『彼ら』。『外』と『中』。『昼』と『夜』。『生』と『死』。様々な形で、僕達は世界を細かく二つに分けて理解する。けれど、そうやって二つに分けるためには、境界線は必須です。どこかに線を引かなければ、僕達は世界を二つに分けて見ることができない。逆に言えば、世界を二つに分けたがゆえに、『境界』という概念が発生したわけです」

境界線の内側にあるのは、凪いだ日常。平和で何事もない世界。

対して、境界線の外側にあるのは、何が起こるかもわからない非日常の『異界』だ。

——ならば、境界線の外になど出なければいいのではないのだろうか。

そんな『異界』などというものには触れなければいい。線の内側にずっと籠っていれば、平和なまま暮らせるのではないか。

しかし、そういうわけにもいかないのだ。

なぜなら『境界』は常にすぐそこに、日常に接する位置に存在するのだから。

『境界』には、『異界』の非日常がにじみ出てきている。

だから、そこには怪異が生じる。

「『境界』とは怪異に出遭いやすい場所。『異界』と接する地点。そういう意識は、現代を生きる僕達の中にも深く根付いています。たとえば、映画『千と千尋の神隠し』の冒頭をちょっと思い出してみましょう。あの映画で、引っ越してきた千尋達は、トンネルを抜けて奇妙な場所に出ます。そして、水の引いた川を渡る。千尋が働くことになる油屋の前には、長い橋がありますね。トンネル、川、橋。これらは全て、民俗学上の『境界』にあたります。幾つもの『境界』を渡ってしまった千尋は、もうただでは元の世界に戻れなくなってしまう。あの映画には、そうした民俗学的なモチーフが幾つもちりばめられています。そしてそれらを、観客もごく自然にそういうものだと受け止める。それが僕らの中に受け継がれてきた共通のイメージだからです。あの映画が多くの人に愛される理由の一つには、そうした奇妙な懐かしさもあるのかもしれませんね」

高槻の言葉に映画の内容を思い出したか、教室の学生達は笑みを浮かべる。

だが、尚哉があの映画の中で一番気になったのは、ハクが千尋にあの世界のものを食べさせるシーンだ。

夜になり、存在が薄くなって消えかけた千尋に、ハクは何かを食べさせる。そうすることで、千尋はあの世界に馴染むことができるようになる。

あれは一種の『黄泉戸喫』だ。

千尋のことを「人間臭い」と嫌がったあの世界の者達に向かって、ハクは「ここのものを三日も食べれば臭いは消える」と言い放つ。異界のものを食べた千尋の血肉には、異界が混ざり込むのだ。

尚哉は目を伏せ、机の上に置いた己の手に視線を落とした。

……はたして今この体には、どの程度黄泉が混ざっているのだろう。

「けれど、『境界』も『異界』も、固定されたものではありません。そのとき僕達が世界をどう見ているかで、たやすくそれは変化する。今この教室の中にいる僕達にとって、廊下に立つ人は『あちら側』の存在です。あの扉は『境界』ですね。でも、チャイムが鳴れば、僕達は皆、『あちら側』に出て行くんです。廊下に出てしまえば、誰もいなくなったこの教室は『異界』と化す。……だから結局は、立ち位置の問題でしかないのかもしれませんね。何を『異界』と見なし、どこを『境界』とするかというのは」

そこまで話して、高槻は、ふ、と小さく息を吐いた。

……たぶん、普段誰よりも『異界』や『境界』を意識しているのは、この人なのだ。

そのとき、チャイムが鳴った。

高槻はあらためて唇の両端を持ち上げると、明るい声でこう言った。

「それでは、今日はここまでとしましょう。また次回、よろしくお願いします」

ゼミが終わった後には、難波のもとに行列ができた。ゼミ代表となった難波に、連絡先を伝えるための列だ。

伝え終わった者から順に出て行き、最終的に教室には尚哉と難波の二人だけになった。

なんとなく難波に付き合って残っていた尚哉は、難波がスマホをしまって立ち上がると、一緒に席を立った。

　それを見て、難波が言う。

「おー、ごめんな深町、俺のこと待っててくれたのか。なんか悪ぃな」

「いや、先帰るのがちょっと忍びなかったっていうか……偉いなと思って」

「ええ？　何が？」

「ゼミ代表。他に誰もやろうとしなかったのに、自分からやるって言ったから」

　尚哉が言うと、難波は照れたように鼻先を指でこすってみせた。

「いやー、あれはさ、誰が代表やるんだって話で無駄に時間使うのもどうかなって思ったっていうか。それにゼミ代表っていったって、先生は高槻先生だしな。あの人、そんなに無体なこと言わなそうじゃん。絶対他のゼミより楽だって」

「それはまあそうかもしれないけど。でも人数多いから、とりまとめとか面倒だろ」

「んー、でもほら、こういうのもやっといて損はないと思うんだよな。前に先輩が、就活のときに『学生時代に頑張ったこと』ってアピールできるって言っててさあ」

「……そういうところも偉いよな、お前」

　チャラチャラと軽そうに見えて、難波は意外と真面目な奴だ。早い時期から就職活動について意識していたし、昨年度末のレポートもかなりしっかり書いていたようである。リア充の見本のように学生生活を楽しみつつ、やるべきことはきちんとこなしている感じがしてすごい。

難波が、へへ、と笑った。

「おう、存分に俺を褒めよ称えよ。ついでに深町、副代表やれ」

「え。それはやだ」

「何でだよー！　深町、高槻先生と仲いいじゃんか！　副代表くらいやれよ！」

「ていうか副代表って何するんだよ……まあ、手伝うくらいはするけど」

そんなことを話しながら、二人で教室を出る。

と、廊下の隅に立っていた男子学生三人組が、こっちを見て「よっ」と片手を挙げた。

三人ともゼミのメンバーだ。

難波が言った。

「江藤と福本と池内じゃん。どした、待ってた？　さては俺らのこと待ち伏せてた？」

「うん、待ってた。ねえねえ二人さあ、この後って時間ある？」

にこにこしながらそう言ったのは、さっき小坪トンネルの例話を挙げた江藤だ。華奢で小柄な体つきで、栗色に染めた髪にくしゃくしゃっとした感じのパーマをかけている。

「時間あるなら、ちょっと俺ら仲良くならない？　高槻ゼミの数少ない男子学生ってことでさあ」

言われて気づいたが、ゼミで男子なのはこの五人だけだった。残りは全て女子だ。

難波は多少面識があるようだが、尚哉は目の前の三人のことをろくに知らない。向こうもそうだろう。語学クラスやサークルで一緒にならない限り、大学という場所で他人と知り合うのは意外と難しい。

五人でとりあえずキャンパス内のカフェテリアに移動し、各自飲み物を買って、一つのテーブルを囲んだ。

あらためて自己紹介が始まる。

「俺、江藤冬樹。テニサー所属。推し怪談キャラはアクロバティックサラサラかな！」

「難波要一。俺もサークルはテニサー。推しはターボババア！」

「深町尚哉。サークルは入ってない。推しは、ええと……や、八百比丘尼……？」

さっきのゼミを引きずってか、なぜか推し怪談もセットの自己紹介となったようだ。

「ぼくは福本孝彦。サークルは天文研です。推しは、くねくねですかね。サークルで田舎に天体観測に行くと、田んぼの向こうとかにくねくねいたら嫌だなって思います」

福本はふっくらした体つきで、いかにも人の好さそうな顔に丸い形の眼鏡をかけている。話し方も穏やかで、なんだか漫画に出てくる校長先生のような雰囲気だ。

「池内哲太。サークルは福本と同じ天文研。推しはカシマさん。あと、実家の近くに人面魚のいる寺があるよ」

福本の隣でそう名乗ったのは、福本とは対照的にひょろりとした体型の男だ。細い目はやや垂れ気味で、そのせいかちょっと眠そうな顔に見える。

そのまましばらくの間は、雑談が続いた。

「やっぱ高槻ゼミって女子ばっかなのなー。なんか、男は肩身狭くない？」

「えー、嬉しいじゃん。女の子多くて」

「皆さん、卒論のテーマってもう決まってます？　何枚くらい書くんでしたっけ」

「ゼミ合宿とかってあるのかなー、あるんだろうなー、きっと。どこ行くんだろ？」

「ていうかグループ研究って、どんな感じでやるのかなあ。どうせならもうこのメンバーでグループ組んでやらない？」

　そのうちに話題は自然と、グループ研究の話になっていった。

　江藤が言った。

「グループ研究がいつからなのかは知らないけど、早め早めに動いといた方がよくない？　ほら、もうちょっとしたら就活関連で色々始まるだろうしさあ」

　やはり三年ともなると皆、就職活動が気になってくるようだ。

　尚哉も就活関連の本やサイトを折につけ見てはいるが、五月までに自己分析を済ませろだの、六月からサマーインターンシップの応募が始まるだのと、見れば見るほどに気が焦ってくる感じがした。そのうち互いの時間を合わせるのも大変になるかもしれないし、江藤の言う通り、早めに片付けた方が無難な気はする。

　難波が尋ねる。

「何かやりたいテーマとかある奴いる？」

「えー、じゃあコックリさんを実際にやってみるとかは？　それかひとりかくれんぼ」

「あのなあ江藤、やってみた系の動画作るんじゃねえんだぞ」

と、福本と池内が、ぱっと顔を見合わせた。

ややあって、福本がはいと小さく手を挙げる。

「……あの、もしよかったら、ぼく達、これでやろうかなってネタがあるんですけど」

「え、どんなの？」

「えっとー、これなんだけど」

池内が自分のスマホをテーブルの真ん中に置いた。

写真が表示されている。どこかのトンネルの入口のようだ。

歩行者用の、小さな四角いトンネルだ。手前に、バイク侵入禁止のための柵が設置されている。入ってすぐのところの壁に立てかけられているのは——花束、だろうか。

「このトンネル、幽霊が出るって噂があるんだそうです」

丸まっちい指でその写真を指差し、福本が言う。

そして、丸い眼鏡の下のつぶらな目でぐるりと他の者達を見回し、こう続けた。

「——せっかくだから、今から皆でちょっと行ってみません？　ここ」

そのトンネルは、大学から電車を何本か乗り継いだ先にあった。

比較的新しめの大型商業施設と、昔ながらのごちゃっとした商店街が同居した駅前。

そこからバス通りに沿って少し歩くと、歩道だけが右に分岐している。ゆるやかな下り坂になったその先には、先程池内が見せてくれた写真の通り、バイク止めの柵があった。

柵の向こうで下り坂は架道橋の下に呑み込まれ、薄暗いトンネルへと変化している。

「この近くに、サークルの先輩が住んでるんですよ。前に遊びに行ったときに、ここのこと教えてもらったんです」

　坂の上からトンネルを見下ろし、福本がそう言った。

「えーとね、とりあえずこれ見るのが、話早くていいかもしんない」

　池内がスマホで再生し始めた動画を、道の端に寄って皆で覗き込む。

　ホラー系の動画チャンネルらしい。画面の中は夜だった。人気のない道端に、黒いコートを着た男が佇んでいる。青白い顔をしている。年齢は、二十代後半くらいだろうか。冬場に撮影したのか、随分と寒そうだ。

『――えー、この先です。見えますか、あれが幽霊トンネルです』

　男が、黒い手袋をした手で、道の先を指差す。

　カメラが向きを変え、男が指した方を映した。坂の下にあるトンネルの入口が見える。どうやらこの男が立っているのは、今まさに尚哉達がいるのと同じ辺りらしい。

『事件が起きたのは、昨年六月十一日。被害者は近くに住む会社員の木元京香さん、二十六歳。帰宅途中、深夜十一時過ぎにこのトンネルを通ろうとして、何者かに刃物で刺され、亡くなりました。警察の必死の捜査にもかかわらず、犯人逮捕はいまだならず、その無念さゆえにか、殺された被害者の霊は今なおこの場に留まっているのです』

　男が歩き出した。カメラもその後をついていく。

ゆっくりと坂を下っていく。バイク止めの柵が近づいてくる。柵に括(くく)りつけられた『歩行者　注意』『自転車は降りて通行してください』という土木事務所の看板。辺りはしんと静まり返っている。夜遅い時刻なのだろう。

『トンネルを歩くと、ハイヒールで歩く靴音が後ろからついてくる。女の声が耳元で囁(ささや)きかけてくる。肩を叩(たた)かれた気がして振り返っても誰もおらず、何だろうと思って正面に向き直ると、そこに血まみれの女が立っているのが見える。様々な幽霊話がこのトンネルには——あっ』

トンネルの入口に立った男が、小さく声を上げた。

男の隣にカメラが並び、まずはトンネルの中を映し出す。

そんなに長いトンネルではない。少し先にもう出口が見えている。天井にぽつぽつと配置された照明が投げ落とす光はまるで煤(すす)けたようにくすんで弱々しく、撮影スタッフが持った照明の方が余程白くて強い。トンネルの壁は、上半分が剥(む)き出しのコンクリートで、下半分は白のタイル張りだ。足元も、トンネルの中だけタイルが張られている。

『見てください。現場には、今も花が手向けられています』

男が指差したのは、壁際に置かれた小さな花束だった。花はとうに萎(しお)れてしまい、包装紙も汚れている。

男は花束に向かって両手を合わせた。それから、カメラに己の腕時計を向け、

『えー、ご覧ください。時刻は、夜の十一時を回りました。ちょうど被害者が刺された

時間です。それでは、トンネルの中に入ってみようと思います』

そう宣言して、男はトンネルの中に足を踏み入れた。

数歩離れて、カメラがその背中を追う。彼らが歩く度、じゃり、じゃり、という音がやけに大きく響く。どこかから飛んできてトンネル内に溜まった砂が、幾つもの靴底によって踏みにじられる音だ。男はその響きに耳を傾けるかのように少し首をかしげたまま、ひと言も喋ることなく歩を進めていく。

男がトンネルの出口に到達したときだった。

『……わっ、うわあああっ!?』

突然男がびくりと全身を震わせ、前後左右を見回した。

どうした、と撮影スタッフが声をかける。

男はトンネルの壁に背中をつけるようにしながら、こちらを振り返ると、

『い、今っ、声がした！　女の！』

上擦った声でわめく男に、何も聞こえなかったよ、と撮影スタッフが言う。

しかし男は引き攣った顔で、

『確かにしたんだよ！　それも耳元で……どうして、って言ってた。ちょっと撮影止めて、今撮ったやつ巻き戻して見せて！』

男がそう言いながら、カメラに手をのばす。

画面が一度止まり、先程男の背中を映していたときと同じものに切り替わった。画面

の端に『リプレイ』というテロップが入る。だが、男が悲鳴を上げる前にも後にも、特にそれらしき音声は入っていない。

画面が、怯えきった男のアップに戻る。

『確かに聞こえたんだよ。耳元で。間違いない。女の声だった』

撮影スタッフが、一旦戻ろう、と男に呼びかける。

そこで池内が動画を止めた。

「――知らない？　この動画。一時期ちょっとバズってたと思うんだけど」

「あー、知ってる知ってる。有名なやつだよな、これ」

調子よくうなずきながら、江藤が言う。絶対見たことないなこいつ、と尚哉は耳を押さえながら思う。

と、難波が尚哉の方を向いた。

一瞬だけ何か言いたげな顔をした後、

「……深町、これ見たことある？　俺は初めて見た」

「あ、うん。たぶん見たと思う」

尚哉はそう答えた。

いつだったか、高槻の研究室に行ったときに、瑠衣子と唯が見ていたのだ。

そのとき高槻は不在で、院生二人は息抜きと称して、タブレットでネットのホラー動画を次々と再生していた。「これはちょっと作りすぎ」だの「ばりばり加工してるのが丸わかり」だのと辛口の評価をする割に、二人の様子はきゃあきゃあと楽しそうで、やっぱりこの人達こういうの好きなんだなと思ったのを覚えている。確かこの動画については、「変に作り込んでない分、いい雰囲気を出せてる」と瑠衣子が褒めていた気がする。

――尚哉としては、この動画についてはもしかしたら本物じゃないかと思っている。

声が聞こえたと騒いだ男の声が、歪まなかったからだ。

ただ、あらかじめ台本や演出があって、男がその通りに演じていたとしたら、ちょっと微妙だ。普段ドラマや映画を観ても台詞に歪みを感じることはほとんどないので、役者が演技と割り切って言葉を発する分には、この耳は反応しないようなのだ。

福本が言った。

「動画が投稿されたのは、今年の一月。このトンネルについての動画は他にも幾つかあるんだけど、一番再生回数が多いのが、今のやつです。幽霊トンネルに行ってみたらガチの心霊現象が起きたってことで、話題になったみたいで。――今日の初回ゼミと内容的にはかぶるかもしれませんけど、どうですか？　このネタ」

尚哉達は顔を見合わせた。

皆、いいんじゃないか、という顔をしていた。フィールドワークのネタとして悪くないと思う。今まさに噂として囁かれている、生きた都市伝説だ。

あとは、それをどう研究発表としてまとめるかだろう。

「あのさ、このトンネルに幽霊が出るって話は、今の動画以前から存在してたんだよな。

それって、何かで確認できる?」

尚哉が尋ねると、福本は丸い眼鏡の下の目をぱちぱちとまばたきさせて、

「あー、ええと、ごめんなさい、それはわかんないです。まだ調べてなくて」

「研究発表として成り立たせるなら、そういうのも調べる必要がある気がする」

普段の高槻のやり方を思い出しつつ、尚哉は言った。

「たぶん高槻先生が重視するのは、この噂がいつ、何の媒体で発生して広まったかだと思う。SNSなのか、ネットの掲示板なのか、それとも個人のブログとかなのか……その辺突き止めて、よく似た話が他にないかどうかも調べた方がいいかも」

「うわ、結構大変そうですね……でも確かに、そこまで調べないと研究にならないか」

福本が少し眉を寄せる。

難波が言った。

「んじゃ、それは後で分担してやろう。ツイッター調べる奴、掲示板調べる奴、本で調べる奴って感じにさ。今日は現地調査ってことで、ここでできることをやろうぜ。――ちなみに、この中で霊感ある奴は?」

大真面目に難波がそう尋ね、その場の全員が歪みのない声で「ない」と答える。そっちの方角からのアプローチは無理のようだ。まあ、高槻にだって霊感はない。

が、そこで尚哉はふと眉をひそめた。

いや――自分に関して言えば、近頃は完全にないとは言い切れないかもしれない。

「なああ、とりあえずさあ、まずは実際にトンネルに入ってみない？　現地調査の第一歩として、本当に幽霊が出るかどうか確認しないと！」

江藤が焦れた様子でトンネルの方を見ながら言った。

確かに、いつまでもここに立っていても埒が明かない。五人でトンネルに入ってみることにした。

そろそろ日没が近い。幽霊が出ると言われるトンネルは、夕暮れの薄闇の中に四角く口を開けている。その入口には、やはり小さな花束が立てかけてあった。誰かが定期的に供えに来ているということだ。家族か、あるいは友人か恋人だろうか。

枯れた花束に全員で一応手を合わせ、トンネルの中に足を踏み入れる。

やはりそんなに長いトンネルではない。せいぜい六十メートルほどだろうか。横幅は二メートルもないかもしれない。動画では剝き出しのコンクリートだった壁の上半分には、今は明るい色のペンキでイラストが描かれていた。壁に小さく取り付けられた看板によると、近くの小学校の児童達が、今年三月に描いたものらしい。

尚哉は皆の後ろを歩きながら、すうっと深く息を吸い込んでみた。

別に変な感じはしなかった。

若干下水のような臭いはするものの、例の浅草の旅館で感じたような息苦しさはない。

そのことに、尚哉は心底ほっとした。

ということは幽霊の噂も眉唾かもしれないと思いつつ、トンネルの中を見回してみる。

短いとはいえ、周りを壁で囲われていると閉塞（へいそく）感がある。じゃり、とタイルの上に溜まった砂が靴の下で鳴った。こもった足音が壁や天井に幾重にも反響し、そのせいで実際よりももっと大人数で歩いているかのように錯覚しそうになる。

両側の壁には、たくさんの動物達が緑の野原で仲良く遊んでいる様が延々と描かれていた。ピンクのウサギ。黄色いキツネ。白い猫。オレンジのライオン。水色に塗られた空には真っ赤なお日様。いかにも子供らしいタッチで描かれたそれらの絵は、明るい場所で見れば素直に可愛いと思えるのかもしれないが、薄暗いトンネルの中で見ると、なんだかとてつもなくシュールなものに感じられた。

トンネルに怪談が生まれやすいというのも、わかる気がした。

ここは確かに、日常とは違う空間だ。

トンネルは『境界』だという、高槻の話を思い出す。

境界と呼ばれる場所にいると不安になるのは、それが日常にも異界にも属さない場所だからなのだと思う。

だって境界は、二つの場所の間にある宙ぶらりんの領域だ。

此方（こちら）でもなく、彼方（あちら）でもない。

言ってしまえば——それはどこでもない場所なのだ。

トンネルの出口が近づいてきた。動画の中で、男が幽霊の声を聞いた場所だ。

トンネルを出たところにまたバイク止めの柵（さく）があり、その向こうはゆるやかな上り坂になっていた。坂の先は、また別の大きな通りへとつながっている。

全員無言で柵のところまで歩いてから足を止め、尚哉達はお互いの顔を見やった。

難波が尋ねた。

「幽霊の声聞いた人、いる？」

皆、首を横に振った。

念のためもう何回かトンネルの中を行ったり来たりしてみたが、誰一人として幽霊に囁(ささや)かれた者はいなかった。この場に高槻がいたなら、さぞがっかりした顔をしただろうなと尚哉は思う。まあ、そう簡単に心霊体験などできるわけもない。

その後は、聞き取り調査を行うことにした。

駅からさほど離れていない場所ということもあり、それなりに通行人はいる。通りかかる人に声をかけ、このトンネルに幽霊が出るという噂を聞いたことはあるか、何か怖い体験をしたことはないか、などと尋ねてみた。

が、これはさっぱり上手(うま)くいかなかった。

まず、話しかけた時点で無視されることが多い。「急いでるので」といった声が返ってくるのはまだいい方だ。大抵は、いかにも迷惑そうな顔をしながら足を速めて去っていってしまう。まあ、知らない大学生の集団にいきなり幽霊の話などされても、足を止める気にはならないのかもしれないが。

でも、普段の高槻の調査の際には、結構な確率で皆足を止めてくれるのだ。やっていることは大体同じなのに、この違いは何だろう。あれはやはり高槻の出来の良すぎる顔と上品な物腰と、そして何より『准教授』という肩書あってのものなのだろうか。

結局誰にも聞き取りできぬまま、気づけば辺りはすっかり夜になっていた。

「えっと……どうします？」

福本が困った顔で、他の者達の顔を窺った。

「なんか、これ以上は無理な気がしてきましたけど。そろそろ帰ります？」

「そうだなあ、今日はもういいだろ。あとはもう深町が言ってた通り、噂の発生時期と伝播の仕方の調査に切り替えるしかねえけど、それは別日でいいよな」

難波が言った。現地調査といっても、これが限界だろう。

江藤がスマホを取り出した。

「あ、じゃあ、帰る前にもう何枚か写真撮っとこうか。せっかく夜になったし、明るいうちに撮った写真よりも雰囲気出るかも。――ついでに動画も撮っとく？　素材は多い方がいいだろ、誰かその辺立って何か喋って」

喋ってと言われても何を言えばいいかわからず、なんとなく皆その場から退く。

江藤は口をへの字にして、

「えー、じゃあいいよ、俺喋るから。池内撮って」

池内にスマホを渡すと、軽く手で髪を整えてトンネルの入口に立った。

真面目な顔で、レポーターよろしく話し始める。

「我々取材班は、幽霊が出るという噂のトンネル前に来ました――」

「おい、何だよ取材班って」

難波が突っ込む。

が、江藤は気にした様子もなく、

「付近の住民に聞き取りしたところ、血まみれの女性の霊を見た、誰もいないのに女の声が聞こえたなどの証言が多数とれ――」

江藤の声がぎいんと派手に軋み、尚哉は思わず耳を押さえて顔をしかめた。

難波が怒鳴る。

「おい、江藤！　お前、何そんな嘘八百並べてんだよ、勝手なことすんな！」

「あー、ごめんごめん、なんかそれっぽい雰囲気にした方がいいかと思って」

江藤が謝り、池内が撮るのをやめた。

難波は呆れた顔で江藤を見て、

「あのなあ、俺達はYouTubeの番組撮りに来てんじゃねえんだから。あくまで研究のためなんだからさあ、そーゆーの要らねえって。ていうか、証言の捏造とか普通にアウトだろが、ったく……おら、写真撮るなら撮って、さっさと帰ろうぜ！」

「はーい、すみませんゼミ代表ー」

特に悪びれた様子もなく江藤は笑ってそう返し、福本や池内と一緒にトンネルの入口の写真を撮り始める。

尚哉は耳を押さえていた手を下ろした。

と、難波がこっちを見て、

「――深町。だいじょぶ？」

「えっ？　な、何が？」

「いや、なんか耳押さえてたから」

難波が心配そうな顔で言う。気づかれてたか、と尚哉は少し焦る。

「ちょっと耳鳴りがしただけだよ。もう治ったから平気」

「そっか。なら、いいけど。……でも、具合悪いなら、ちゃんと言えよ！」

難波がそう言って、尚哉のパーカーのフードをばさりと頭にかぶせてきた。

わ、と尚哉が声を上げて難波を睨むと、難波はへへへと笑って、江藤達の方へ行く。

どうやら反対側の写真も撮っておきたいらしい。四人でまたぞろぞろとトンネルの中へ入っていった。

尚哉もそれを追いかけようとしたときだった。

ポケットに入れていたスマホが震えた。

取り出して画面を確かめると、高槻からの電話だった。

尚哉はその場に立ったまま、電話に出た。

「はい、深町です」

『――あ、深町くん！　ねえ、今日の晩ごはんってもう作っちゃった？』

バイトの話かと思ったのだが、高槻は弾んだ声でそんなことを尋ねてくる。

高槻の話は割といつも唐突だ。今回も何のことかよくわからず、尚哉は内心で首をかしげながら、

「晩ごはんはまだ作ってないです。ていうか、まだ外です」

『あ、そうなんだ。冷蔵庫に今日が賞味期限の食材があったりは?』

「まだセーフのはずですけど。……さっきから、何でそんなこと訊くんです?」

『うん、もしよかったら、うちに米沢牛を食べに来ないかなと思って! あのね、健ちゃんがすごいんだよ!』

なんだかはしゃいだ様子で高槻が言うが、やっぱりいまいち要領を得ない。なぜいきなり米沢牛なのだろう。佐々倉が一体どうしたというのか。

電話の向こうで、子供かお前は、と佐々倉が呆れた声で言うのが遠く聞こえた。

と思ったら、佐々倉の声が急に近くなって、

『福引でステーキ肉が当たった。暇なら彰良の家に来い。いい肉食わせてやる』

実に簡潔に用件が述べられた。高槻のスマホを奪い取ったらしい。

「えっ、すごいですね。でも、いいんですか?」

『二人で食うにはちょっと多いんだよ。どうする、来るか?』

「じゃあ行きます。……あ、でも今、出先なんで、ちょっと時間かかるかも」

『どのくらいかかる?』

「そうですね、一時間はかからないと思いますけど」

『わかった。そのくらいなら待つ。腹減ったら先に始めるけどな』

そこで高槻が佐々倉からスマホを取り戻したらしく、じゃあ待ってるねと言われて通話が切れた。

どうせ家に帰っても、冷蔵庫にあるのはスーパーで買った安い食材ばかりだ。お高い肉を食わせてくれるというのなら、喜んでおこぼれにあずかろうと思う。ちょうどこのトンネルでの調査も終わったところだ。

尚哉はスマホをしまいつつ、難波達がいる方に向かって歩き出した。彼らはトンネルを出た先で、まだ写真を撮っているようだ。トンネルだけでなく、周辺の街並みも念のため撮影しておくことにしたらしい。ゼミの先生の家で米沢牛が待っているからそろそろ帰っていいかとはさすがに言えないから、用事ができたのでこのまま解散でいいかと訊いてみるしかないだろう。

トンネルを出ようとしたところで、さっき難波がふざけてかぶせてきたパーカーのフードをまだかぶったままだったことに気づいた。

フードの縁に手をかけ、後ろにやろうとする。

そのとき——それが、聞こえた。

えっ、と思わず声が漏れた。

一瞬その場で立ちすくんだ尚哉を、怪訝（けげん）そうに難波が見ている。何だどうしたと尋ねられ、反射的に何でもないと答えながら、どういうことだと尚哉は思う。

……だって、今。

確かに聞こえたのだ。

たった一言だったけれど、耳元で。

知らない女の声が——どうして、と呟いた。

ちょうどトンネルの出口のところだった。例の動画の中で男が幽霊の声を聞いたのも、この辺りだったはずだ。

尚哉の周りには誰もいない。女どころか、他の通行人の姿もないのだ。

それに、そもそも今のは、離れた位置から聞こえたものではないと思う。すぐ隣から話しかけられたとしか思えない距離感だった。

尚哉はそっと周囲を見回した。

トンネルを出てすぐ左側には、階段がある。そこを上がると、線路と同じ高さにある区画に出られるのだ。こちらを見下ろすようにして、住宅やアパートが建ち並んでいるのが見える。この階段からこちらに声をかけた人物がいたとして、先程のように聞こえるだろうか。いや、やはり声はもっと近くから聞こえた気がする。それに、そもそも階段にも人はいない。

そのとき、ふと刺すような視線を感じた。

階段のすぐ傍らにある住宅の、夜闇に沈みかけたベランダに、誰かが立っている。

その人物と目を合わせ、尚哉は一瞬ぎょっとした。

夜の中で、白目の白さがはっきりとわかるくらい——その人物は、異様なほどに目を見開いていたからだ。


難波達と別れ、高槻のマンションに行ってみると、高槻と佐々倉はまだ肉を焼かずに待ってくれていた。

件の米沢牛は、ダイニングテーブルの上に鎮座ましましていた。色々な部位の詰め合わせになっており、「サーロイン」だの「イチボ」だの「ランプ」だの「カイノミ」だのと札のついた肉が、大きな化粧箱の中に仰々しく盛られている。その辺のスーパーで売られている肉とは、色からして明らかに違う。濁りなく色鮮やかな赤身と、そこに網目のように入ったサシの白が美しい。これは間違いなく美味い肉だ。輝いて見える。

「呼んでいただいてありがとうございます」

そう言って思わず丁寧に頭を下げたら、仕事着のスーツ姿で襟元だけ緩めた佐々倉が、缶ビール片手に笑った。

「何か知らねえが、最近よく福引だの何だの当たるようになったんだよ」

もともと今日は、夜に高槻の家で飲む約束をしていたのだという。

手土産に酒やつまみを買ったら抽選券がもらえたので、福引をしてみたところ、見事三等賞の「高級ステーキ肉セット」が当たったのだそうだ。

肉を焼く準備を整えながら、高槻が言う。

「例の『幸運の猫』のご利益が続いてるらしいんだよ、健ちゃん。すごいよね！」

「え、そうなんですか？」

『幸運の猫』というのは、新潟のゆきのや旅館にいる大きな三毛猫のことである。

夜寝ている間にその猫が布団に入ってきたら幸運に恵まれるのだそうで、春休みに三人でその旅館に泊まりに行ったのだ。

朝になってみたら、『幸運の猫』は佐々倉のたくましい胸筋の上で丸くなっており、ばっちり肉球の跡までつけられた佐々倉は、直後に自販機で二連続の当たりを出した。

てっきりそれで運を使い果たしたかと思っていたのだが、なんとその後も佐々倉は幸運に恵まれ続けているらしい。自販機で飲み物を買えば高確率で当たりが出るし、アイスを買っても当たりが出るそうだ。

「おかげで職場で重宝されてなあ……皆して俺と一緒にコーヒー買いに行きたがる」

「ていうか佐々倉さん、コーヒーよりも宝くじとか買った方がいいんじゃないですか？億万長者になれますよ」

「それが、そういうのは当たらねえんだ。当たっても下の方の賞だな」

どうやらすでに試した後らしい。

「福引とか抽選にしても、一等賞は当たらねえんだ。三等とか四等が当たる」

「微妙にショボいですね」

「――深町。お前は肉食うな。サラダだけ食ってろ」

「あああすみませんっ、三等賞の高級ステーキ、ありがたくいただきます！」

何等にせよ、当たるだけ羨ましい。尚哉はあまりその手の抽選が当たったことがないのだ。まあ、そもそもそんなに試したこともないのだが。

やがて肉が焼け、三人で各部位を分け合って食べた。

さすがお高いステーキだった。柔らかな肉は濃厚な味わいを残して、舌の上で蕩けていく。溶け出した脂はしつこくなくて甘い。

「うお、柔らけえな、サーロイン……うん、焼き具合も絶妙だな。美味え」

「先生って本当料理上手いですよね、すごくおいしい……なんか生きててよかったって感じがする……」

「それはよかったねえ。まだあるから、たくさん食べてね」

「俺、イチボって初めて食べたんですけど、どこの部分なんでしたっけ。おいしいです」

「イチボはお尻の先の部分だね。一頭の牛からあんまり取れない希少部位だよ。ランプもお尻の部分だけど、こっちは腰に近い側。ランプの方が脂が少ないから、少し硬いけど、これは良いお肉だから、赤身の旨味が楽しめていいね。カイノミもおいしいから、食べてごらん」

赤ワインのボトルを開けながら、高槻が説明してくれる。

あまり酒に強くない尚哉は、ほんの少しだけグラスにワインを注いでもらった。肉料理には赤ワインが合うそうなのだが、尚哉の舌ではまだいまいちわからない。

口の中の肉の味を堪能しながら、尚哉は佐々倉を見た。

「佐々倉さん」

「おう、何だ」

「またこういう福引とか抽選とかあったら、ぜひやってください。三等か四等の賞品が肉のやつを。魚でもいいですけど」

「狙うと当たらねえから、あんまり期待はするな。なんかこう、無欲の勝利っぽくてな」

佐々倉が首をひねる。どうやら色々試した後らしい。

高槻が笑って言った。

「まあ、幸運っていうのは、欲を出して望んだら駄目なものなのかもしれないよね。その人にそのときふさわしいだけの幸せが転がり込んでくるってことじゃないかな」

「つーか、この肉も三人分だろ。最初に当たった自販機の飲み物も、お前らの分まで当たったし。なんか、俺一人でお前らの分の幸運までもらった気がしなくもねえ」

「でも健ちゃんは、そうやって当たったものを、ちゃんと僕達にも分けてくれるじゃない。だからあの三毛猫は、健ちゃんを選んだんだよ」

たぶんね、と付け加えて、高槻は切り分けた肉をぱくりと口に入れた。おいしかったようで、満足げに笑う。

しかし、ということはやはり、あの三毛猫もまた『本物』だったということだ。正体が妖怪なのか神様の類なのかはわからないけれど。

自分達は、本物の怪異を引き当てやすくなってきている。

どうしようもなく——そういうものを己の方に引きつけ始めているのだ。

……それなら、先程のトンネルでの出来事は、何だったのだろう。

結局難波達には、声が聞こえたことを言いそびれてしまった。

下手に伝えて騒ぎになってもという気もしたし、霊感があるんじゃないかなどと思われるのも嫌だったからだ。

でも、だからといって自分の胸一つにしまっておくには、あの声は生々しすぎた。

「……先生。あの」

尚哉は、高槻が肉を食べ終わるのを待って、口を開いた。

「実は、ちょっと相談したいことがあるんです」

「うん？　どうかしたの、深町くん」

高槻が尚哉を見る。

「さっき俺、ゼミの奴らと一緒に『幽霊が出るトンネル』っていうのに行ってきたんですけど」

「え？」

尚哉が言うと、高槻が目を丸くし、佐々倉が少し顔を引き攣らせた。

トンネルに行くことになった経緯や起きたことについて、尚哉はざっくりと二人に話して聞かせた。動画のこと。最初に通ったときには何も起こらなかったこと。それなのに、最後にトンネルを抜けたときには声がしたこと。そして――付近の住宅からこちらを見ていた者がいたこと。

一通り話が終わると、高槻は顔を輝かせて、

「そっかあ、もうグループ研究の準備してくれてるんだね！　今年のゼミ生は積極的で嬉しいなあ」

「あ、まずはそこを喜ぶんですね。去年のゼミ生は消極的だったんですか？」

「うん、まあ、その辺は個人にもよるんだけど……というかね、深町くんがグループ研究にちゃんと参加しようとしてるのが嬉しくて。だって君、今日の初回ゼミで、グループ単位で研究発表してもらうよって僕が言ったら、少し嫌そうな顔したでしょう」

高槻に指摘されて、尚哉はちょっと顔をしかめた。

「……あんまり人と関わらないで済むなら、その方が楽なので」

「気持ちはわかるけど、うちのゼミは人数が多いから、グループ単位にしないと発表がなかなか回らなくなっちゃうんだよね。でも、この分だと、僕は深町くんの心配をしなくてよさそうだ。まあ、難波くんもいるし、大丈夫だろうとは思ってたけど」

そう言って、高槻が本当に嬉しそうに笑う。

尚哉はなんとなくばつの悪い気分で、サラダの皿に残っていたキャベツの切れ端を口に入れる。

なるべく友達を増やせ。思い出を作れ。――それは、高槻が前からずっと尚哉に向かって言い続けていることだ。

大学に入った当初の尚哉は、できるだけ人と関わらないようにして生きていた。自分の周りに線を引き、その線の外には決して出ないように、誰も中には入れないようにしていた。それは、尚哉の耳が人の嘘を聞き分けるようになった後に、この世界となんとか折り合いをつけるために自分で作ったルールだった。

その線は、今でも尚哉の周りに引かれたままだ。この耳のことを、他人に知られるわけにはいかない。そのためには、線はどうしても必要だ。

でも――線の際まで近づいてくる者と関わることに対し、あまり抵抗がなくなってきているのも事実だ。

というか、自分は慣れないといけないのだと思う。他人と関わることに。

この先、グループ研究だけではなく、ゼミ合宿なども待っている。就職活動が本格化すれば、面接などもあるだろう。もし院に進んだとしたって、研究だけやっていればいいというわけでもないはずだ。

……難波達と一緒にいたとき、江藤の声が歪(ゆが)んだことを思い出して、尚哉はそっと己の耳に手をやった。

そう、ああいうのにも慣れるべきなのだ。

江藤は別に悪い奴ではない。少し悪ノリしやすいところがあるだけだ。いちいち反応しないように、多少の声の歪みくらいは我慢できるようにならないといけない。

　高槻が本題に戻った。

「それにしても、深町くんが最後に聞いたその声が気になるね。難波くん達には聞こえていなかったんだよね？」

「はい。そんなに離れてはいなかったんですけど、四人とも聞こえてる様子はなかったですね」

　あのときのことを思い出しつつ、尚哉は答える。

　声が聞こえたとき、別に変なものは感じなかったように思う。異界の気配を感じたときのように、背筋がぞくりとしたり、恐怖感や息苦しさを覚えたりしたわけでもない。本当に、ただ声が聞こえたというだけだ。

　だが、だからといって、あそこに本物の幽霊はいなかったと言い切れるわけでもない気がした。尚哉のこの感覚が、何にどこまで反応するかはまだ把握しきれていないのだ。紫鏡や雪女の気配はわかったが、幽霊もわかるかどうかについてはちょっと判断がつかない。普段そうそう幽霊になど出くわさないのだから、仕方ないけれど。

「池内くんが見せてくれたっていう動画は、僕も前に見たことがあるよ。他にも何本か、同じトンネルを扱った動画も見た。信憑性には欠けるものばかりだったけどね。気になるなあ、僕も調査に行きたくなってきた」

　興味深げに目を細めながら、高槻は己の顎を軽く指でなぞる。

尚哉は今日の現地調査を思い出し、

「そういえば、いつも先生がやってるみたいに、付近の住民に聞き取りをしようとしたんですけど、全然上手くいきませんでした。なんかすごく睨まれたり、迷惑そうな顔されたりして。やっぱり俺達が先生と同じことするのって、無理なんですかね」

「あー……それは、もしかしたらやり方がまずかったかもしれないね。あと、状況も」

「状況？」

「そりゃそうだろ」

高槻の言葉に首をかしげた尚哉に対し、そう言ったのは佐々倉だった。

「あのなあ、そこ、去年殺人事件があったばかりの場所なわけだろ。地元住民としては事件についての記憶がまだまだ生々しいだろうに、興味本位でやってきた学生達に軽々しく話しかけられてみろ。疎ましく思うに決まってんだろ」

言われて尚哉は、確かにそうだなと反省する。今日自分達が話しかけた人々の中には、被害者を直接知っていた人だっていたかもしれないのだ。

と、高槻が別の問題についても言及した。

「あとね、たぶん君達、ユーチューバーと勘違いされたんじゃないかと思う」

「え？」

「他にも幾つか動画があるって言ったでしょう。その中に、だいぶマナーの悪いやつがあったんだよねえ」

「マナーが悪いって、どんな風に」

「事件のドキュメンタリーを作りたかったみたいなんだけど、通りかかる人に強引にカメラを向けて証言を取ろうとしたり、立ち去ろうとした人を追いかけたり……あと、殺害時の再現ドラマを、そのトンネルで撮ったりね。あれはさすがに不謹慎だよ」

確かにそれは、ただの迷惑行為だ。

しかし、今日の尚哉達とそのユーチューバーは、地元住民からしたら大して差のないものだったのかもしれない。

「これは、僕のゼミ生達が陥りやすいことでもあるんだけどね。実際にあった出来事を元にした怪談に触れるときには、気をつけないといけない。まだ時間がそれほど経っていないときには、特にね。他人の僕達にはただの『物語』でしかないことも、そこにいる人達からすれば、それはまぎれもない『事件』であり、『記憶』であり、『傷』なんだ。何の配慮もなく他人が触れれば、傷は大きくなる」

高槻はそう言って、グラスの底に残ったワインを飲み干した。

それから、あらためて尚哉を見て、

「だからね、君達がグループ研究のテーマにそのトンネルの怪談を選ぶのはかまわないし、リアルタイムの都市伝説だから情報も集めやすいとは思うけど、こと現地調査については慎重に行った方がいい。熱心なのはいいけど、人の心は忘れずにね。そもそも民俗学というのは、人の心のありようを知るための学問でもあるんだから」

「お前も普段は大概不謹慎だと思うがな」

佐々倉がそう言って、空になった高槻のグラスにワインを注いだ。

高槻が失礼なという顔をする。

「そんなことないよ！　僕は研究者として、その辺は気をつけてるから」

「いや先生、前にコックリさんの調査で小学校に行ったときに、嬉々(きき)としてそこの児童が死んだ前提で話して、クラス担任の先生に怒られましたよね」

「それは……うん、ごめんなさい……僕、ちょっと理性が吹っ飛びやすいから……」

尚哉が言ったら、普段の己を思い出したか、高槻が下を向いてぼそぼそと謝る。建前と実際は異なるものらしい。まあ、そういうときの高槻を押さえるために、尚哉がバイトとして雇われているのだが。

ワインのボトルを持ったまま佐々倉がこっちを見たので、尚哉は結構ですと慌てて首を横に振った。すると佐々倉は、ボトルの残りを自分のグラスにどぼどぼと注ぎ込む。相変わらず酒を水のように飲む人達だ。尚哉が来る前にはビールだって飲んでいたはずなのに。この二人が酔ったところを、尚哉はいまだに見たことがない。

「あ、でも、それはそれとして、やっぱり僕もそのトンネルには行ってみたいな。深町くんが聞いた声が、本当に幽霊の声かもしれないし！　深町くん、明日(あした)はどう？」

あっさり復活した高槻が、顔を上げてそう言った。やっぱりそこそこ不謹慎な人だ。

とはいえ、尚哉としても、あの声については気になっているのだ。

「明日は、三限の『民俗学Ⅱ』の後、一コマあけて五限も講義入れてるんですよね……その後行くとなると、トンネル着いたら夜になっちゃいますけど、いいですか？」

尚哉が言うと、高槻はかまわないとうなずいた。

「暗くなってからの方が幽霊も出やすいかもしれないからね！　ああ楽しみだなあ、幽霊出るかなあ！」

にこにこしながら、高槻がワイングラスに口をつける。やっぱりだいぶ不謹慎かもしれない。


そういうわけで翌日、尚哉は高槻と共に再びあのトンネルを訪れた。

トンネルの入口にはまだ同じ花束が立てかけられたままだった。枯れた花びらがばらばらとタイルの上に散っている。

それを見ながら尚哉は、あらためてここが殺人事件の現場であることを意識した。

この場所で、理不尽に殺された人がいるのだ。

そして、その人を悼んで、何度も花を手向けている人がいる。

この花を置いた人がここに幽霊が出るという話を聞いたら、どう思うのだろう。

死んだその人が、血まみれの姿で、今なおここをさ迷っているのだと。

あるいは、通りかかる人に囁きかけるのだという話を、どこかで耳にしたら。

死者を冒瀆するなと、腹を立てるだろうか。それとも、生前のその人を知っているがゆえに、その無念を察して、化けて出るのも仕方ないと思うだろうか。

枯れた花束にもう一度目を落とし、ああでも、と尚哉は思う。

もし自分がその立場だとして。

大事な人を亡くしたら、こう思うかもしれない。

――たとえ幽霊でも、もう一度その人に会えるのならば、会いたいと。

だって、昔飼っていた犬が死んだとき、なかなか処分できずにいた犬小屋を見る度に思ったのだ。幽霊でもいいから戻ってこないかなと。

この花を供えている人だって、案外そんな気持ちで来ている可能性もある。

尚哉は、傍らに立つ高槻に目を移した。

高槻はもう花束には興味をなくしたようで、壁に描かれた絵を眺めていた。

「ねえ。この絵、動画にはなかったよね」

「あ、確かその辺に、今年の三月に小学生が描いたっていう看板があったような」

「へえ？　ああ、本当だ。つい最近だね。――あ」

そのとき、トンネルの反対側から、三十代くらいの女性がベビーカーを押しながら歩いてくるのが見えた。

高槻がベビーカーの子供に向かって小さく手を振ると、子供がきゃっきゃと笑う。このイケメンは、本当に相手の年齢問わずよくモテる。

と、すれ違いざまに子供が高槻のズボンに向かって手をのばそうとしたので、女性が慌てて止めた。

「こら、駄目よ。——あの、すみません、この子が……」

「ああいえ、いいんですよ。可愛いお子さんですね」

高槻がそう言って、にっこりと笑った。

子供は高槻を見上げたまま、壁に描かれた白い猫を指差し、「ねこー」と言った。この猫こそがこのトンネル絵画の中で一番の傑作だと教えているのかもしれないし、あるいは自分はどの動物よりも猫が好きだと主張しているのかもしれない。

高槻は子供の顔を覗(のぞ)き込み、「そうだね、猫だねえ」と優しくうなずいてみせた。すると、またきゃっきゃと子供が笑う。何かが通じ合ったらしい。そんな二人を、女性は困った顔で見比べている。

高槻が顔を上げ、女性を見て言った。

「ここのトンネルは絵が描いてあって、明るい雰囲気でいいですね。安心して通れる気がします」

「あ、ええ、そうですね」

女性は何度かまばたきした後、高槻の顔をまじまじと見つめた。相手の顔の整い具合にやっと気づいたらしい。

もしかして芸能人かしらと探るような目つきをしてみせる女性に、高槻はにこやかな笑顔で尋ねる。

「でも、以前はなかったですよね、この絵。あちらに小学校の名前が書かれていますが、卒業記念か何かで描かれたものなんですか？」

「ええ、確かそうだったと思います。『地域の雰囲気を明るくして、安心で安全な町を目指そう』とかそんな目的で、子供達自身の発案だったとか。タウン誌に、そう紹介されてましたね。……前はここ、薄暗くて殺風景で、短いトンネルとはいえ、ちょっと怖かったんですよ。前に、ひどい事件があったりもしましたし」

女性の視線が、ちらと花束の方に向く。

つられたような仕草で高槻も花束の方を見て、

「どなたかが、亡くなられたんですね」

「ええ、若い女の人が刺されて殺されて……その後、変な噂も立っちゃったもんだから、一時期はここを通るのが本当に嫌だったんです」

「変な噂、ですか」

「殺された女性の幽霊が出るとかで。変な人達が取材だの撮影だのに来たりもして、迷惑した人も多かったみたいですよ」

女性が肩をすくめる。

高槻はにこにこしたまま、

「それは大変でしたね。ところで、あなたは幽霊を見たことはないんですか？」

「まさか！　ああでも、変な声を聞いたって人がいるのは知ってます」

「声？」

「死んだ女の人が話しかけてくるらしいんですよ。近所の家の息子さんが、夜遅くにここを通ったときに聞いたそうで。トンネルの、あっち側の入口の方だそうです」

女性はそう言って、先程入ってきた側を指差す。

尚哉が声を聞いたのも、向こう側だ。

高槻はさらに尋ねる。

「事件があったのは、別につい最近というわけでもないですよね。あの花は、誰かが定期的に手向けに来ているのでしょうか」

「そうですね。大体、月イチくらいで新しくなってるような……あれもねえ、できればそろそろ勘弁してほしいんですけど」

「勘弁してほしい？」

「ええ、だって……」

ふっと、女性の顔を苦笑の気配が横切った。

「せっかく壁に絵まで描いてイメージを良くしてるのに、あの花があると、どうしても思い出しちゃうじゃないですか。ああいえ、勿論、気持ちはわかりますよ。ひどい事件でしたから。でも、なんだか見る度不吉な気分になって、ちょっと嫌なんですよね」

そう言って、女性はもう一度ちらと花束に視線を投げる。迷惑げな視線を。

……きっと悪気があるわけではないのだと思う。

でも、多くの人にとって、事件のことは、もう忘れてしまいたい記憶なのだろう。だから壁を子供達が描いた絵でいっぱいにして、この場にこびりついた陰惨なイメージを少しでも払拭しようとしている。記憶を上書きしようとしている。

それでも——花は、同じ場所に置かれ続ける。

ここが、この場所こそが、むごい人殺しがあった場所なのだと主張するかのように。

あの花を供えている人にとって、それは決して忘れてはならないことだからだ。

またベビーカーを押しながら去っていく彼女を見送り、尚哉は高槻に目を向けた。

高槻が視線に気づいて、こっちを見る。

「何？　深町くん」

「いえ。とりあえず、聞き取り調査を上手くやるためには、先生の顔が必要だってことがわかったなあと思って」

「えっ、そんなことないよ、丁寧に話しかければいいだけのことだよ？」

高槻が言う。それはどうだろう、と尚哉は思う。顔の造形も含めて、この天性の人たらしぶりがあってこその話のような気がする。自分達なんて、会話をするどころか足ら止めてもらえなかったのだ。

「さて、それじゃ僕らも向こう側に行ってみようか」

高槻がそう言い、二人並んでぶらぶらとトンネルの中を歩き出す。

二人分の足音が、何重にもなってトンネル内にこだまする。高槻はそれを楽しむかのように顔を上げる。

　トンネルのちょうど真ん中辺りまで来たとき、高槻が足を止めた。

「ところでさ、深町くん。――君、奇妙に思わなかった？」

「はい？　何をですか」

「君が声を聞いたのは、あっち側なんだよね？」

　高槻が長い腕をすっとのばして、前方を指差す。

「はい。さっきの女性も、そう言ってましたよね。例の動画でもそうでした」

「でも、花があるのは、こっち側だよ」

　高槻が、のばした腕の向きを変える。さっき入ってきた側を指差す。

　あ、と尚哉は思う。

　そんな尚哉を見下ろして、高槻は唇の端を上げる。

「普通、お墓以外の場所に花を手向けるときには、その人が死んだ場所に置くよね。そして、幽霊も大抵はその場所に出る。まあ、別の場所に余程執着があれば、そっちに出るかもしれないけど――それなら、一体どんな執着が向こう側にあるというんだろう」

　そのとき、また向こう側から誰か歩いてくる気配がした。

　今度は学生らしき集団だ。道幅一杯に広がって、わいわいと騒ぎながら向こう側の坂を下りてくる。

　しかし彼らは、トンネルの入口まで来ると、一様に口をつぐんだ。

そして顔を見合わせ、「どう？」「聞こえた」「俺も小さく」「俺ははっきり」「俺は聞こえなかった」などと言い交わす。

高槻が目を輝かせた。

彼らに駆け寄り、話しかける。

「ねえ君達、今、何の話をしてたの？　聞こえたとか、聞こえなかったとかって」

学生達は、突然話しかけられたことに驚きつつも、ああとうなずき、

「ここ、夜に通ると声が聞こえることがあるんですよ。女の声で『どうして』って言うだけなんですけどね」

「それじゃ君達、これまでにもその声を聞いたことがあるんだね？」

「はい、何度も」

そう答えたのは、尚哉と同じくらいの背格好の学生だった。

背が高くてガタイの良い学生が、その背中を叩いて言う。

「俺も、こいつと一緒にいるとき限定で何度か聞いてます。たぶん幽霊、こいつのことが好きなんですよ」

「嬉しくねえわー」

何度も幽霊の声を聞いたと言う学生が顔をしかめる。

高槻が尋ねる。

「夜に通ると、って言ったよね。昼に聞こえたことはないの？」

「あー、昼はないですね。いつも夜です。あ、でも、毎回じゃないんですよ。何人かで歩いてても、聞こえる奴と聞こえない奴がいたりするし」

「最初の頃は気持ち悪かったんですけど、別に声が聞こえるだけで他には何も起こらないし、最近はそういうもんだと思って気にせず通ってます」

「俺は、声が聞こえた後にパチンコが大当たりしたことがあるんで、あれは幸運の女神の声だと思ってます。聞こえたらラッキーってことで」

学生達は代わる代わる話して、そう教えてくれる。何やら別の都市伝説が生まれ始めてもいるようだ。

そのとき、学生のうちの一人が、「あ、また」と言って耳に手をやった。

「また聞こえたのかい!?」

「ええ、この辺で」

学生がうなずきながら、自分の頭の横辺りをぐるっと手で示す。

高槻は、学生が示した空間の後ろにある壁に目を向けた。そこにスピーカーのようなものがないか探しているらしい。尚哉も壁に近寄り、目を凝らしてみる。だが、それらしきものは見当たらない。

そのときだった。

「あ……」

尚哉は耳に手を当てた。

聞こえたのだ。昨日と同じ、「どうして」という女の声が。

「深町くん？　もしかして聞こえたの!?」

「先生は聞こえませんでしたか？」

「聞こえなかった。え、どうしてだろう、何が違うんだろう」

高槻が悩み始める。学生達は、奇異なものでも見るかのような目つきで高槻を眺め、

「じゃあ頑張ってください」と謎の励ましを残して去っていった。

高槻はまだ悩んでいる。うろうろとトンネルの入口辺りを歩き回りながら、

「まさか年齢の問題とか言わないよね？　僕まだ頑張ればモスキート音聞こえるし、見た目だってまだ余裕で二十代ですよねとか言われるし！」

「いや、見た目は関係ないんじゃ……？　ていうか先生、モスキート音聞こえるんですか？　すごいですね」

確かあれは、三十代になると、ほとんどの人が聞こえなくなるのではなかっただろうか。高槻は今、三十六歳だ。視力が並外れて良いのは知っているが、耳も良いらしい。

と、うろうろと歩き回っていた高槻が、ぴたりと急に動きを止めた。

もしかして、と思って、尚哉は尋ねる。

「先生。聞こえたんですか？」

「――いや」

否定しつつ、高槻はじっと何かを見上げている。その目は、斜め上の方角に向けられ

ていた。

「深町くん。君が昨日言っていたのは、あの家？」

高槻が視線で示したのは、尚哉がベランダに人影を見た家だった。

今は、そのベランダには誰もいない——と、思う。暗くてよく見えないのだ。

もしかして高槻は、あの家から何者かがこちらに声をかけたとでも思っているのだろうか。だが、さすがにそれはないと思う。だって、それならここにいた全員に聞こえなければおかしい。

高槻の瞳はいつの間にか青みを帯びていた。『もう一人』が出てきているわけではない。いつもの高槻であることは気配でわかる。昏く深い藍色の夜を目の中に宿して、高槻は何かをじっと見つめている。

高槻は、またトンネルの中に視線を戻した。

トンネルの反対側の入口の方を——そこに置かれた枯れた花束を見やる。

「ああ……成程ね。だから幽霊は、こっち側に出たんだ」

高槻はそう呟く。

そして高槻は、トンネルの傍らにある階段に足を向けた。そのまま上っていく高槻を、尚哉は慌てて追いかける。何かわかったらしい。

それから数日後、高槻と尚哉はまた例のトンネルを訪れた。

といっても今日は随分と遅い時刻だ。あと一時間ほどで日付が変わる。駅前から続く大きな道の方にはまだまだ人通りも車通りもあるのだが、トンネルに向かってのびるこの道には、なぜか人通りが全くない。街灯の数が少ないため、この時間に歩くにはちょっと勇気が要りそうな暗さだからだろうか。道の両脇に建ち並ぶ商店も、もう軒並み明かりを落とした後だ。

辺りが暗い分、照明がついたトンネルはむしろ明るい。だが、生気に乏しい人工の光はぼんやりとして青白く、侵食してくる夜闇を追い払うにはあまりにも弱々しかった。明るいのに暗いなんてことがあるんだなと、尚哉はそれを見ながら思う。壁に描かれた幼稚園みたいなカラフルな絵は、闇に没した周囲の景色からあまりに浮きすぎていて、まるで異世界の有様のようだ。

そこに人影が現れたのは、時計が深夜十一時二分を回った頃だった。

トンネルの向こう側からやってきたその人物は、こちら側の入口近くまでやってくると、すとんとしゃがみ込み——花束を、そっと壁に立てかけた。

花束に向かって手を合わせているその人物に、高槻が坂の途中から声をかける。

「こんばんは」

はっと、その人物がこちらを振り返った。

慌てたように立ち上がり、トンネルの向こう側へと走り出そうとしたその人物に、高槻は易々と追いつき、片腕を捕らえた。

「待って、落ち着いて！　ちょっと話がしたいだけだよ、ねえ――木元くん」

高槻は相手の腕をつかんだまま、そう呼びかける。

名前を呼んだ途端、その人物は、びくりとして動きを止めた。

長めの前髪の下から、まだ幼さの残る目がおずおずと高槻を見上げる。

小柄な少年だ。高校生くらいだろうか。細く尖った顎。頬は青白く、少しぼさぼさした髪には赤いメッシュが入っている。足元はサンダル履きで、黒のスウェットの上下はいかにも部屋着のまま出てきたという感じだった。

高槻が彼から手を離す。

彼はもう逃げ出そうとはせず、まるで先生に叱られた生徒のような風情で下を向いた。

「……何で？」

小さな声が、そう尋ねる。

高槻が答える。

「なぜ名前を知っているのかという意味での『何で』なら、単なる推測の結果としか言えないかな。そして、なぜ話がしたいのかという意味の『何で』なら――このトンネルに出る幽霊の正体がわかったからだよ。あれは、君が作ったものだよね」

「……どうして」

「うん。その話を、君とこれからしたいと思ってるんだ」

優しい声で、ゆっくりとした口調で、高槻はそう言った。

「僕は、青和大学というところで先生をしている高槻といいます。こちらは助手の深町くん。そして君は——木元京香さんの弟さんかな？　名前を聞かせてもらってもいい？」

「……木元悠貴」

「そう、悠貴くん。高校生かな？」

「高二。……学校、あんまり行ってないけど」

ぼそぼそと、悠貴が言う。

それからちらと高槻を見上げ、

「あんた、この前も来てたよね。……あんたも」

尚哉の方にも視線を向ける。顔を覚えられていたらしい。

高槻はにこりと笑った。

「ああ、やっぱりあのとき、君は僕達を見ていたんだね。ベランダの陰から視線を感じるなとは思ったんだ。でも、身を隠しているということは、たぶん僕達に会う気はないんだろうなと思った。だからあの日は、家の表札だけ確かめて帰ったんだよ」

そう——数日前に調査に来たとき、高槻はトンネルの横の階段を上ると、前に尚哉が謎の人物をベランダに見かけた家の前に立ち、表札を確認した。

表札には、「木元」とあった。

トンネルで殺された女性、木元京香の家だったのだ。

「でも僕は、どうしても君と話がしたくてね。今日、この時間にここに来れば、きっと会えるんじゃないかなと思ったんだ。今日は十一日、京香さんの月命日だ。そして――ちょうどこのくらいの時刻に、京香さんはここで何者かに襲われた」

例の動画でも言及していたが、木元京香が刺されたのは夜十一時過ぎだ。

時刻が特定されているのは、刺された直後に、彼女がスマホで家族に助けを求めたからだ。慌てて家族が駆けつけ、救急車を呼んだが、もうそのときには手遅れだった。

この辺りには防犯カメラもなく、有力な目撃情報も得られなかった。犯人はいまだわからぬままだ。

「京香さんの事件の後、このトンネルには幽霊が出るという噂が流れた」

にこにこしたまま、高槻は言った。

「このトンネルで幽霊の声を聞いた人は何人もいる。でも、いつでも誰にでも聞こえるというわけではないらしい。まず、声が聞こえるのは夜と決まっている。そして、もう一つ――これは半分仮説みたいなものなんだけど、どうやら一定の背格好の男性にだけ、聞こえるみたいだ」

悠貴は何も答えない。唇を引き結び、高槻と目を合わせないようにしてる。

かまわず、高槻は続ける。

「この前、ここで幽霊の声を何度も聞いているという学生に会ったよ。彼は、そこにいる深町くんと同じくらいの背丈だった。彼より明らかに長身の学生は、その学生といるとき限定で、幽霊の声を聞いたことがあると言っていた。YouTube の彼はよくわからないけど、映像で見た感じだと、バランス的には深町くんとそんなに変わらなかったと思う。どうやら幽霊は、話しかける相手を選り好みしているらしい」

ベビーカーの女性が話していた「近所の家の息子さん」も、夜遅くに出かけられる年齢ということは、少なくとも子供ではない。話しぶりから察するに、彼女より年上とも思えなかったから、学生、あるいは若めの男性と考えるのが妥当だろう。さすがに背丈まではわからないが。

では、なぜそんな選り好みが発生したのか。

考えられる理由は——一つだけだ。

「悠貴くん。君は、犯人を、目撃しているんだよね」

高槻が言う。

びく、と悠貴の肩が震える。

「でも、顔はよく見えなかったんじゃないかな。なんとなくの背格好だけを覚えてる。だから君は自宅のベランダから下の道を見下ろして、似た背格好の人が通りかかったときに、お姉さんの声を聞かせて反応を見てるんだ。——超指向性スピーカーを使って」

悠貴が目を上げ、高槻を見た。

高槻は悠貴に向かって、またにこりと笑いかける。

「君の家のベランダに、黒い板のようなものが設置されているのを見たよ。あれ、昼間は目立つからはずしてるんでしょう？　夜なら暗いから置いても見えないだろうと思ったんだろうけど、あいにく僕は普通の人よりちょっとばかり目が良いものだから、はっきりと見えた」

尚哉は高槻に教えてもらって初めて知ったのだが、超指向性スピーカーというものを使うと、ごく狭い範囲にだけ音を届けることができるのだそうだ。

スポットライトが狙った場所にのみ光を当てるように、超指向性スピーカーから発せられた音は、狙った場所にだけ聞こえる。たとえば美術館に設置すれば、展示品の前に立った客にだけ、解説を聞かせることができる。京都の清水寺（きよみずでら）の拝観入口にも設置されているのだそうで、寺の静寂を邪魔することなく、入口に立った客にのみアナウンスを聞かせられるようになったという。

先日幽霊の声を聞いたと言っていた学生達は、道幅一杯に広がって、集団で歩いていた。声の聞こえ方に違いがあったのは、可聴範囲内にいたかどうかの差だったのだろう。

木元京香が殺害されたのは、トンネルのこちら側。

にもかかわらず、幽霊の声は反対側で聞こえた。

その理由がこれだ。

木元家は、トンネルの反対側の入口を見下ろす位置にある。そのベランダからスピーカーで狙うとなれば、幽霊を殺害現場に出現させるのには無理があったのだ。

高槻は少し身をかがめるようにして、悠貴の顔をすぐ間近から覗（のぞ）き込んだ。

「ねえ、悠貴くん。僕が言ったことに、何か間違いはある？」

悠貴は、観念したように首を横に振った。

かすれた声が、その喉から漏れる。

「俺……あのとき、見たんです。トンネルから、男が出てくるのを」

あのとき――木元京香が殺害されたとき。

悠貴は、ベランダに立っていたのだという。

姉の京香とは、仲が良かった。学校に馴染めず、不登校傾向にあった悠貴を、両親は持て余していたが、京香は「それも個性でしょ」と笑って受け入れてくれた。年齢が離れている分、悠貴の方でも、同世代の男子が姉という存在に対して抱きがちな反発や気恥ずかしさのようなものは薄かった。

あの日、姉は会社の飲み会で、帰宅が随分遅かった。

観たいと言っていたアーティストのネット配信が始まっても帰ってこなくて、悠貴は一度姉にLINEを送った。「始まってるよ」と伝えると、「あと二十分で駅に着く！」と返信があった。

悠貴の家は線路のすぐ近くだ。電車が通れば、音でわかる。姉が乗っていたと思われる電車が発車する音を聞いて、悠貴はベランダに出た。

駅から家までは、そんなにかからない。姉はきっと走って帰ってくるだろう。トンネルから焦って出てくる姉の姿を上から見下ろし、からかってやろうと思ったのだ。

辺りは静かだった。

争う声も、悲鳴も、特には聞こえなかったと思う。

だが、そろそろかなという時間になっても、姉はトンネルから出てこなかった。

代わりに、男が一人、出てきた。

黒いパーカーのフードをかぶっていた。暗かったし、上から見下ろしていたこともあって、顔はまったくわからなかった。

男は足早にトンネルを出ると、そのまま道なりに歩き去っていった。

スマホが鳴ったのは、そのすぐ後のことだった。

姉からの電話だった。

悠貴が電話に出ると、聞こえたのは、息も絶え絶えな姉の声だった。

──さされた。たすけて。

姉は、そう言っていた。

「今どこ、って訊いたら、トンネルって聞こえたんです。でも俺、そのとき冗談だよなって思ったんです。だって、だってそんなこと、ありえないじゃないですか。刺されるとか、そんなの普通に起きていいわけないじゃないですか。だけど姉ちゃんはもうそれっきり何も言わなくて……俺は慌てて一階に下りて、親父とお袋に向かって『姉ちゃんが刺された』ってわめいて、そのまま外に出て……トンネルに入ったら、向こう側に姉ちゃんが倒れてるのが見えて、それで……それで」

そこから先の悠貴の記憶は、ひどく断片的だという。かろうじて覚えているのは、横倒しになった姉の胸からナイフの柄が突き出ていたことと、後ろから駆けつけた両親が上げた叫び声。救急車が来るのが恐ろしく遅く感じたこと。ようやく来た救急車のランプの赤は鮮明に覚えているのに、サイレンを聞いたかどうかはまったく記憶にない。気づいたら病院にいて、目の前で両親が泣き崩れていた。

姉は助からなかった。

「警察に、話しました。男を見たって。でも、顔がわからないんじゃどうしようもないみたいで」

警察は、プライバシーそっちのけで姉の交友関係を調べた末に、「通り魔の犯行だろう」と結論づけたようだった。悠貴が見た人物についても、何度も質問された。

しかし、犯人逮捕の知らせは一向に届かなかった。

やがて悠貴は、毎日自宅のベランダからトンネルを見下ろすようになった。犯人がまた通るのではないかと思って。

顔は見ていないが、歩き去る姿は見たのだ。もう一度見たら、わかるかもしれない。

だが、そううまくはいかなかった。

男だった。それは間違いない。黒い服を着ていた。背は高くも低くもなく、体型も普通だった。でも、そんな奴はいっぱいいるのだ。

悔しかった。

自分がもっとちゃんとあの男の顔を見てさえいれば、今頃犯人は捕まっていたかもしれないのだ。そう思うと、いてもたってもいられなかった。でも、トンネルから出てくる人々は皆して平然としていて、誰が犯人かなんてまるでわからない。

それなら、と悠貴は思ったのだという。

顔で見分けがつかないなら、態度で見分けるしかないのではないかと。

「――それで、お姉さんの声を聞かせて動揺させてみることにしたの？」

高槻が尋ねると、悠貴は小さくうなずいた。

「もし犯人だったら……自分が殺した相手の声が聞こえたら、他の人と違う反応するかと思って……ごめんなさい、とか言うかもしれないと思って」

「あのスピーカーは、自分で作ったの？」

「はい。俺、もともと機械いじりとか好きで……市販のキットのだと、あんまり音が良くなかったから、自分で少し改良して。声は、昔スマホで撮った動画から拾いました」

「犯人らしき男はいた？」

高槻の問いに、悠貴は首を横に振った。

誰もいないのに声がすれば、当然誰だって驚く。だが、特別おかしな行動に出る奴はいなかったらしい。

「ご両親は、君がやってることを知っているの？」

「……言ってはないです。二人とも、機械とか興味ないから……そういうの褒めてくれたの、姉ちゃんだけだった」

悠貴が、壁に立てかけた花束に視線を向ける。

ユキヤナギやマリーゴールドなどを束ねた小さな花束は、よく見ればプロが作ったものとも思えない不格好な出来だった。おそらく悠貴が自分で作ったのだろう。

ざり、と悠貴が片方のサンダルの先で足元の砂をこすった。

「最近じゃ、家の中で姉ちゃんの話が出ることも、ほとんどない。花も、もうずっと俺一人で置いてる。……でも」

悠貴の声が震えた。

「でも……俺、知ってる。親父もお袋も……たまに、一人で泣いてる」

下を向く。

ざりざりと、悠貴は砂をこすり続ける。だんだんとそれは速くなる。

「台所で洗い物しながら、新聞読むふりしながら、こっそり泣いてる。俺も、そういうときある。唐突に涙が出て、止まらなくなるんだ。……ねえ、何でっ……」

うつむいたまま、ざりざりと足元の砂をこすりながら、悠貴は声を詰まらせた。

垂らした腕の先の手は、いつの間にか拳の形に握りしめられている。ぶるぶる震えるその拳で、悠貴は自分の脚を殴りつける。

そうやって二度、三度と拳を己に打ちつけて、悠貴は血を吐くような叫びを上げる。

「何で……何で、俺の家族が、こんな目に遭わなきゃなんないんだよ……ケーサツ、何してんだよ！　犯人、早く捕まえてくれよ！　じゃなかったら……っ」

何度目かの拳を打ちつけた後、悠貴は体を折るようにして、深くうつむいた。

そのまま、耐えられなくなったようにその場にしゃがみ込む。すすり泣く声がトンネルの中に響く。何重にも反響する泣き声は、まるでトンネルそのものが泣いているかのようだ。

「じゃなかったら……俺が、犯人……殺してやりたい」

殴りつけたい相手は他にいる。確実にいるのに、それが誰かわからないのだ。

きっとそいつは、今もどこかでのうのうと生きている。

この場所から自宅までは、直線距離で百メートルもない。そんな場所で襲われた姉を助けられなかった後悔は、怒りは、いまだ出口を見つけることができずにいる。

悠貴はたぶん——何かしたくてたまらなかったのだ。

姉のために。犯人を捕まえるために。

なまじ犯人の姿を目撃しているがゆえに、何もできない無力感はどんなにか悠貴の心を蝕(むしば)んだことだろう。

「悠貴くん」

高槻が、悠貴の隣にしゃがみ込んだ。

悠貴の背中に手を当てる。

「ねえ、悠貴くん。……僕の友人に、警察の人がいてね」

高槻は言う。

「その友人に、確認してもらった。警察は、今でも犯人を捜してるよ」

「……じゃあ何で見つかんないの」

「この人が間違いなく犯人だっていう証拠がないと、捕まえたら駄目だからだよ」

「……やっぱ俺が、もっとちゃんと犯人の顔見てたらよかったの？　それか、あのとき犯人のこと追いかけてたら」

「君は悪くない。悪いのは犯人であって、君も、君の家族も、一ミリだって悪くない」

「……見つかるの、証拠」

「それはわからない。でも、そのために警察はありとあらゆる手がかりを集めて、必死に頑張ってる。日本の警察は優秀だよ。信じてあげなさい」

悠貴が洟を啜る。

丸まった小さな悠貴の背中を、高槻は大きな手で優しくなでる。

「だからね、悠貴くん。もう、お姉さんをこのトンネルの幽霊にするのはやめないといけない」

はじかれたように、悠貴が顔を上げた。

涙でぐちゃぐちゃのその顔を、真っ赤になったその目を、高槻は覗き込んだ。

「殺された女性は恐ろしい怨霊となって、今なおこのトンネルをさ迷い続けている。そんな物語の中に、君のお姉さんを閉じ込めてしまってはいけないよ」

悠貴が目を見開く。

高槻は悠貴の目をじっと見つめながら、語りかける。

「話は広まる。何も知らない人達は、面白がって噂する。あのトンネルには幽霊が出る、夜に通れば死者が囁きかけてくるってね。彼らにとってそれは、単なる怪談だ。けれど、当事者にとってそれは、死者への冒瀆に他ならない。――君の怒りはもっともだけれど、そうやって君自身の手でお姉さんを怨霊に貶める必要はない。何より……君のお父さんとお母さんは、その話を聞いたら、きっと胸を痛める」

「……っ」

悠貴が、声にならない声を上げながら、両手で頭を抱えるようにしてうつむいた。新たな涙がその目にあふれ出し、大きな雫となってこぼれ落ちる。

実際の事故や事件を下敷きにした怪談や都市伝説はたくさんある。背景に本物の死者を抱えている分、それらはとてもリアルなものとして聞く者の興味を引く。

悠貴が生み出したこのトンネルの幽霊は、もはや悠貴の手を離れ、無関係の人々の退屈を埋めるためだけの怨霊譚として成長しつつある。

怪談とはそういうものだ。

本当のことなど何も知らない者達が、どこかでちょっと聞いた話を好き勝手に誇張して、怪談らしい体裁を整えていく。

そうやって面白おかしく語られる怨霊譚は、故人とはもはや無縁のものだ。死者の生前を知る人々を傷つけかねない、無責任な流言だ。

「せめて君達家族の心の中でだけでも、死者は安らかに眠らせてあげた方がいい。……少なくとも僕は、そう思うよ」

高槻の声はトンネルの中にふわりと柔らかく広がり、そして静かに消えていった。

家に帰る悠貴をトンネル脇の階段まで見送り、尚哉は小さく息を吐いた。

「……俺、この後、難波達とこのトンネルの怪談についてグループ研究するんですけど。なんか、心情的にやりづらいですね」

「あはは。まあ、真相については別に触れる必要がないから、どういうアプローチをしてまとめるかを考えてくれればいいと思うけど」

高槻が肩をすくめて笑う。

尚哉は、悠貴の家を見上げた。

悠貴は高槻に言われたとおりに、もう姉の声をスピーカーで流すのをやめるだろうか。やめてくれるといいと思う。幽霊の声がしなくなれば、いずれはこのトンネルの幽霊の噂も廃れるだろう。迷惑な動画を撮りにやってくる者もいなくなるはずだ。

高槻が腕時計に目を落とし、あ、と声を上げた。

「やばい、深町くん。そろそろ帰らないと、終電ぎりぎりかもしれない」

「あ、そうですね」

二人して、またトンネルの中を歩き出す。駅に行くには、向こう側の通りに出ないといけない。

そのとき、向こうから誰かがやってくるのが見えた。

まだ若い男性だ。手に持ったスマホをいじりながら歩いてくる。バイク止めの柵をすり抜けようとして足をぶつけ、小さく悪態を吐きながら、トンネルに足を踏み入れた。

――男がびくりとして足を止めたのは、その直後のことだった。

その場で立ち止まり、慌てたように己の左右を見回している。どうかしたのだろうかと怪訝な気分でそれを眺めつつ、どこかで見た動きだなと尚哉は思う。

そう――あの動画の男の動きと、そっくりだ。

声が聞こえたのだと騒いでいたあの男。

男はしつこく自分の周りを見回した末に、ふっと己の足元に視線を向けた。

そこには、悠貴が置いた花束がある。

かすかな空気の重さを感じた気がして、尚哉は足を止めた。

びくっと、男が再び身を震わせる。スマホを持っていない方の手で耳を押さえている。

まるで、誰かの声が聞こえたとでもいうように。

だが、男は一人だ。周りには、誰もいない。

そしてこれは勿論、悠貴の仕業ではありえない。

このトンネルで幽霊の声が聞こえるのは、そちら側の入口ではないのだ。

それなのに男は、三度身を震わせて、己の周りに何者かの姿を探している。

先生、と尚哉は小さく高槻に呼びかけた。高槻もまた男をじっと見つめている。男は尚哉達には気づいてすらいない様子だ。

高槻が動いた。

男に歩み寄り、鋭く尋ねる。

「去年の六月十一日の夜十一時過ぎ、あなたはここを通りませんでしたか？」

男は今度こそ跳び上がって驚き、目を見開いて高槻を見た。

「だ、誰だよあんた……どけよ！」

男は高槻を突き飛ばすようにして、闇雲に走り出す。

尚哉の横をすり抜け、乱暴な足音を響かせながら逃げていった男の背格好は——尚哉とあまり変わらなかった気がする。

尚哉はゆっくりと息を吸って吐いた。

もうあの空気の重さは感じない。気のせいだったのかもしれないとも思う。トンネルの中は再び静寂を取り戻している。

別に幽霊の姿などどこにも見えない。声も聞こえない。

けれども。

「証拠にはならないだろうけど——念のため、あの男の顔を健ちゃんに伝えておこうか」

高槻が、そう呟いた。

第二章　黒髪の女

尚哉は今年度、高槻の講義を三つ取っている。

まずは火曜四限のゼミ。史学科の専門科目である、木曜二限の『現代民俗学講座II』。そして、一般教養科目である、水曜三限の『民俗学II』だ。

難波や江藤達とはゼミや『現代民俗学講座II』では顔を合わせるが、『民俗学II』を取っているのは尚哉だけのようだ。皆、一年のときに受講しているので、単位はすでに取得済みなのだという。

とはいえ、教室の中を見渡してみると、見覚えのある顔がちらほらあった。高槻の講義は、尚哉のように単位取得済みであっても、単に面白いからという理由で再受講する者が多いのだ。

今年の『民俗学II』も大盛況だ。大型の階段教室の座席はほぼ埋まっている。

大学の講義は基本的に自由席制なので、別にどこに座ってもかまわないのだが、何回か講義を重ねるうちに、大体座る席が決まってくる。

四月下旬、今年度三回目となる今日の講義では、前列の座席は完全に女子で占められていた。たぶん年度末まで彼女達はあの辺の席に座るだろう。学内きってのイケメン准教授のきらきらしい容姿を近くで愛でたいらしい。毎年のことである。

そんな女子達の熱い視線を一身に受けて教壇に立つ高槻は、先程から嬉々とした様子で講義を進めている。

「さて、こんな感じで口裂け女の服装は時代に合わせて変遷していったわけですが！」

高槻の場合、嬉々としているのは、モテているのが嬉しいからではなく、好きなことを話しているせいである。

本日の講義内容は、『口裂け女・紹介編』だ。『民俗学Ⅱ』は、様々な類話を紹介する《紹介編》と《解説編》の二回で一セットになっている。

口裂け女の話は、一九七〇年代後半から各地で囁かれ始め、一九七九年に新聞に取り上げられたことで爆発的に流行した。マスクで顔を半分隠して街中に現れ、すれ違う人に「わたし、きれい？」と尋ねてくる女性の怪異である。

その問いかけに対し、「きれい」と答えると、彼女は「これでも？」と言ってマスクを取る。すると耳まで裂けた口が露わになる。

当初は、長い髪にマスクという特徴だけだったらしい。が、そのうちに、赤いコートに白いパンタロンというスタイルが定番になった。他にも、赤い帽子をかぶっているだとか、赤いスポーツカーに乗っているとか、赤いハイヒールを履いているといった例もあり、世の中でボディ・コンシャスと呼ばれる服装が流行ったときには、真っ赤なボディコンスーツを身にまとって現れたりもしたのだそうだ。

――その服装の変遷を図解したものが、今、教室の黒板に描かれている。

描いたのは勿論、高槻である。

わざわざ色チョークまで使ってでかでかと黒板に描かれた何体もの口裂け女の絵は、なんというか、恐怖よりもシュールさが勝っている。

顔の輪郭を大きくはみ出して描かれたマスクについては、まあいい。口裂け女の特徴をわざと誇張したものと思えば、まだなんとか理解できる。が、ぐしゃぐしゃと塗りつぶしたような髪と目、魚肉ソーセージのごとき腕と脚、そしてただの三角や四角にしか見えない服などの作画を見るにつけ、どこの幼児が描いた絵だと訊きたくなってくる。高槻彰良という人は大抵のことは完璧にこなせるのだが、画才だけは致命的に欠けているのである。実に残念な話だと思う。

が、当の本人は、実によく描けたと言わんばかりの顔で、解説を続けている。

「というわけで、一般的な口裂け女といえば、『マスク』『長い髪』『赤い服』というのが定番です。このうち、長い髪や赤い服装は、後に出現するアクロバティックサラサラなどにも引き継がれていく特徴ですね。アクサラやカシマさんといった他の女性妖怪とのかかわりについては、次回の解説編で詳しく見ていきましょう」

高槻はにこにこしながら、赤いチョークで熱心に絵の中の口裂け女の服を塗りつぶしている。子供のお絵描きを見ているような気持ちで、学生達はそれを見守っている。

口裂け女についての講義は、尚哉が一年のときにもあった。尚哉にとってはすでに聴いた話ではあるのだが、語り口が全く同じというわけでもないし、何度聴いても面白いものは面白い。

指先についたチョークの粉を払うと、高槻は学生達に向き直った。

「口裂け女は、その噂の流行期に多くの新聞やテレビ、雑誌などに取り上げられ、イラストや映像付きで紹介されました。そして、それによって、『口裂け女』という存在のキャラクター化は急速に進みました。こんな見た目である、こんなことをする、そういった情報が全国的に共有され、イメージとして広く人々に刷り込まれたんです。だから、時代によって多少の変遷はあるとはいえ、『口裂け女の絵を描いてください』と言われたら、大体誰でもこんな感じの絵を描くことができるし、こういう絵を見せられたら『あ、これは口裂け女ですね！』と言うことができるんです」

得意満面に黒板を指し、高槻が言う。

しかし、下手すぎてちょっとよくわからないと言われる可能性もあるよなと、高槻の絵を見ながら尚哉は思う。まあ、それなりに特徴を捉えてはいるけれど。

「僕達にとって、口裂け女はそれほどに身近なキャラクターです。というか、身近すぎて、もはや恐怖とリアリティを失ってきている。口裂け女はもはや『友達から聞いた、身近な街で実際に起きた無残な事件の犯人』ではありません。『明日は君の町に現れるかも!? 口裂け女に遭遇したら、ポマードと三回唱えよう！』と子供向け新聞に書かれてしまうような存在になった。『作られたキャラ』感が強まれば、それが本当にいると信じ込む人はいなくなる。見慣れてしまえば怖くもなくなるし、パロディ化されてネタとして消費され始める。――これは、たとえば『リング』の貞子なんかも同じですね。原作小説や初期の映画の頃の彼女は怖かった。誰もが震えあがって恐れたものです。しかし、やがて彼女は始球式に出たり、ツイッターで親しみのわく口調で話したりするようになっていった。恐怖のシンボル『貞子』から、おちゃめなアイドル『貞子ちゃん』へと変貌したわけです。……僕としては、怖かった頃の彼女が少々恋しかったりもします。今の貞子ちゃんを見ると、いつもなんだか複雑な気持ちになります」

高槻が心底残念そうに言う。そんな大真面目な顔で、ホラー映画のキャラクターの変貌を嘆かれても困る。

と、高槻がまた黒板を指し、

「ところで皆さん。実はこの絵には、まだ足りないものがあります。さて、何だかわかりますか？」

そう問いかけられて、学生達は首をひねる。何だろう、と尚哉も思う。画才以外に何か足りないものがあるだろうか。

尚哉が一年のときにも、高槻は同じように口裂け女の絵を描いてみせた。あのときの高槻の絵も大体こんな感じだったはずだが――と思ったとき、当時の講義内容を思い出した。それと同時に、正解が脳味噌の片隅から転がり落ちてくる。

と、窓際に座っていた女子学生が手を挙げた。

高槻が彼女を指す。

「はい、では君」

「あの、違うかもですけど……凶器を、持ってないです」

女子学生が言う。

高槻はにっこりと笑ってうなずいた。

「その通りです、どうもありがとう。――ごく初期段階の口裂け女はマスクを取って素顔を見せるだけでしたが、日本全国に爆発的に噂が広まって以降の彼女は、素顔を見せた後、相手の口を自分と同じように切り裂くという行動を見せるようになった。口裂け女が使用する凶器には色々な例がありますが、多くの場合、それは鎌です」

高槻が、黒板に描かれた口裂け女のうちの一体に、草刈鎌的なものを持たせる。これは意外と上手く描けている。少なくとも、見ただけで何だかわかる。

「口裂け女は非常に現代的な妖怪です。しかし、こう見えて彼女は古い民間伝承の系譜にしっかりと連なる存在でもある。詳しくは次回の解説編で説明しますが、逃げる相手を追いかけてくる口裂け女の姿には、食わず女房や鬼婆といった昔話の妖怪の影が見えます。べっこう飴を与えたり、ポマードと三回唱えたりしたら逃げられるというのは、『古事記』のイザナミや『三枚のお札』の昔話を思い出させますね。しかし、せっかくこうして絵を描いたので、今日は彼女が持つ鎌について話しましょう。――なぜ口裂け女は鎌を持っているのでしょうか？　当然考えられる理由として、鎌が身近な刃物だから、というのがあります。庭仕事や畑仕事で使用するため、一般家庭にもあるものだった。しかし、一般家庭で一番使用されている刃物は、鎌よりは包丁やハサミのような気もしますね。それなのに、なぜ口裂け女が持つべきものとして、包丁より鎌が挙げられることが多かったのでしょう？　そこには、鎌というものが持つ、包丁よりも陰惨で呪的なイメージが影響しているのではないでしょうか」

　高槻はそう言って、黒板に描いた鎌をぐるっと丸で囲った。

「鎌が印象的に出てくる怪談で僕が思い浮かぶのは、いわゆる『累もの』です。江戸期に広く流布した累ケ淵伝説を下敷きにした歌舞伎などの作品群で、この『累もの』では鎌を出すのがお約束となっているんです。特に有名なのは、明治期に三遊亭圓朝が作った落語の『真景累ケ淵』でしょうか。この話には、豊志賀という非常に嫉妬深い女が出てきます。豊志賀は、付き合っていた新吉という男に対し、『この後女房を持てば七人まではきっと取殺すからそう思え』という書置きを残して死ぬんですが、この豊志賀の祟りと思われる最初の事件の重要アイテムが、鎌なんです」

　新吉は、お久という若い女と下総へ駆け落ちする。

が、その途中、お久が土手で滑って膝をつく。そこには草刈鎌があって、お久は膝の下をひどく切ってしまうのだ。

　するとお久の顔が豊志賀のものに変わり、新吉は、思わず持っていた鎌でお久の喉笛を切り裂き、殺してしまう。

「この後も、鎌は自害の道具として、殺人の道具として、繰り返し登場します。最初にお久が怪我をしたとき、なぜそんなところに鎌があったのかということについて、『田舎では、草刈に小さい子や何かが秣を刈りに出て、帰り掛に草の中へ標に鎌を突込んで置いて帰り、翌日来て、其処からその鎌を取り出して草を刈ることがある』と説明が入るんですが、『累もの』の作品で執拗に登場する鎌というアイテムは、まるで全ての呪いや因縁の象徴のようにも見えます」

高槻はそう言って、鎌を振るうような仕草をしてみせる。

「実際、鎌というものは単なる農具ではなく、呪具としての側面がありました。様々な農耕儀礼の際に使用されたほかに、墓の上に鎌を立てて魔除けにするという民俗例もありました。法隆寺の五重塔の屋根には大きな鎌が立てられているのを知っていますか？屋根の上に鎌を立てて悪い風を防ぐ『風切鎌』という風習もあります。病気の治癒や諸願成就のために、鎌を描いた絵馬や鎌そのものを奉納する神社もある。——さらに、鎌を使用したもっと血生臭い風習もありました。土佐のある地域では、臨月に近い女性が死没したとき、『身二つ』にしてから埋葬するということをしていたそうです。『身二つ』にするというのは、妊婦の腹を切り裂いて、胎児を取り出したという意味です。そうしないと祟るというんですね。このとき、腹を裂くのに用いられたのが、樫の木で柄を作り替えた鎌でした。もはや本来の農具としての役割とは程遠い話ですよね。このように、鎌は身近な農具でありつつ、強い呪具としても扱われていたんです。こうした物にまつわるイメージは、潜在的な記憶となって、自然と人々の中に受け継がれていくものです。僕達は、たとえ自分自身の手で鎌というものを持ったことがなくても、その湾曲した刃に肉を切り裂く恐ろしくも陰惨なイメージを見る」

　もう一度、高槻が手を持ち上げる。

　言われなくても学生達は、その手が目に見えぬ鎌を握っているように想像する。

　不可視の鎌を逆手に握り、高槻は空を切り裂く真似をする。今の話を聞いた後では、そんな仕草でさえ何か呪術的な意味があるように思えてくるから不思議だ。

「もう一つ、鎌つながりで言うと、『かまいたち』というものもありますね。近年ではあまり聞かなくなりましたが、何もないのに突然皮膚が裂けて、まるで鎌で切ったような切り傷ができる現象のことです。辞書でこの言葉を引くと、『厳寒時小さな旋風の中心に生じた真空に人体が触れて起こるといわれる。かつては、イタチのような魔獣の仕業とされた』と書いてあります。風が吹きつけてきたと思ったら突然切れた、というような感じだったんでしょうね」

　――そのとき、尚哉の斜め前に座っている男子学生が、ぴくりと肩を震わせた。

　急に背筋をのばして、高槻の方を凝視し始める。ついさっきまで机に覆いかぶさるようにして熱心にノートを取っていたようだったから、別に居眠りしていたというわけではないと思うが、どうかしたのだろうか。

尚哉はなんとなく気になって、その学生をしばし見つめた。

少し長めの髪。ネイビーのカーディガンを着た肩は、骨ばった形をしている。ここからでは顔はよく見えないが、たぶん見覚えはないと思う。一年生だろうか。

その間にも、高槻の説明は続く。

「かまいたちが発生する原因についてはよくわかっておらず、諸説あります。民俗学的な解釈としては、カマイタチという妖怪によるものだという説、太刀を構えて立つ神の怒りに触れたために生じた傷だとする構え太刀説などがありますね。現実的な解釈としては、先程挙げた真空説、急激な筋肉の使い方によって生ずる生理現象だという説があります。しかし、ここで注目したいのは、すっぱり切れた傷を『まるで鎌で切られたようだ』と考えている点です。どうも僕達は、身を切り裂くものとして、まず鎌を思い浮かべてしまうものらしい。それは、農作業の際に鎌で体を切る事故が多かったからかもしれませんが――でも、口裂け女に鎌を持たせたのは、人々の中に長く蓄積され継承され続けてきた、こうした鎌にまつわるイメージだったのではないかと、僕は思います」

話がまた口裂け女に戻ってきたところで、尚哉の斜め前の男子学生は、また元のように少し背を丸めた。

何だったんだろう、と思いつつ、尚哉は高槻に目を戻す。

高槻もまた、同じ男子学生に目を留めていたらしい。少しばかりきょとんとした顔で彼の方を見つつ、あらためてにこりと笑うと、解説を続けた。

「しかし、そうした継承にもやや限界があるのか、口裂け女が持つのは鎌ではなく釜、つまり煮炊きに使うお釜だとする話の報告例もあります。お釜を振りかざした口裂け女が追いかけてくるというんですね。これでは全く怖くないですね、まあお釜で殴られたら死んでしまいそうですけど」

高槻がまたチョークを手に取り、黒板に描いた口裂け女の一体に、釜を抱えさせる。途端に、料理中の女の人みたいになってしまった。今にも「ご飯が炊けましたよ」とでも言いそうだ。

「これは別にジョークではなく、単なる誤解から生まれた話のようです。刃物の鎌というものを知らなかった子供が、口伝てに『口裂け女はカマを持っている』と聞いたときに、とっさに台所にあるお釜のことだと解釈してしまったんでしょう。都会に住んでいる子供にとっては、もはや馴染みのない刃物ですからね。そうした事情もあって、最近だと、口裂け女が持つ凶器のバリエーションが増えたのではないかという気もします。最近だと、大型のハサミを持っているケースが多いんじゃないでしょうか。やっぱり、自分がよく知っている刃物を持たせた方が怖いんでしょうね」

高槻はそう言って、また別の口裂け女の手に大きなハサミを持たせる。もう片方の手にはナイフまで持たせたものだから、だいぶ物騒になった。「うわ、絶対追いかけられたくない」と誰かが言い、教室内に笑いが漏れる。

尚哉の斜め前の席の男子学生も、一緒になって笑っているようだった。さっき様子がおかしいように見えたのは、たまたまだったのかもしれない。

講義が終わり、教室を出た尚哉は、研究室棟へ向かった。

次の四限は空きコマだ。本を返すついでに、高槻の研究室で時間を潰させてもらおうかと思ったのだ。

階段で三階まで上がる。

と、すぐ手前の扉が開いて、見覚えのある顔が出てきた。眼鏡をかけた、ぽっちゃりとした小柄な男性。近代日本史の三谷教授だ。

三谷の方でも尚哉に気づいて、丸っこい手をぱたぱたと振ってくれた。

「やあ、深町くんだっけ。君、結局ゼミは高槻くんのとこにしたの？」

「あ、はい。そうです」

「ふうん。それでこれから、高槻くんの研究室？」

「はい」

「そう。じゃあ、後で僕も行くって、高槻くんに言っておいてくれる？　また新しい人形を買ったから、高槻くんにも見せたくてさあ。すっごくすっごく可愛いんだよう！」

「わかりました。伝えておきます。……そういえば三谷先生、あの」

「なあに？」

「まぁちゃん人形は、今でも三谷先生の部屋にいるんですか？」

——まぁちゃん人形というのは、前に三谷が蚤の市で買った古い人形である。元の持ち主曰く、髪がのびたり、勝手に動いたりするのだそうで、三谷はその人形のことを高槻に相談しに来たことがあるのだ。

尚哉が尋ねると、三谷は一度ふっと口をつぐんだ。

それから、目を細めてにこーっと笑い、

「うん、いるよお」

そう答えた。

そして、自分の研究室の方を指差しながら、

「なんなら会っていく？　まぁちゃんもひさしぶりに深町くんに会いたいかもだよ」

「い、いいです！　またの機会にしておきます！」

尚哉が全力で首を横に振ると、三谷は心底残念そうに「そうお？　じゃあ、また今度おいでね」と言いながら、自分の研究室へと戻っていった。

尚哉はそれを見送り、高槻の研究室の前に立った。

扉を軽くノックすると、中からかすかな声で「はーい……」という返事が聞こえる。

この声は瑠衣子だ。

「失礼します……瑠衣子先輩、生きてますか？」

扉を開けて中を覗いてみる。

床に倒れていることが多い瑠衣子だが、今日は一応椅子に座っていた。生きてはいる。

が、半死半生の体で机にぐったりと突っ伏している。いつもかけているフレームの赤い眼鏡は傍らに閉じて置かれたノートパソコンの上に放り出されており、適当に引っ括っただけの髪はぼさぼさだ。

と、瑠衣子がよろよろと顔を上げ、

「あー、深町くーん……やっほー……」

「この前言ってた論文、終わったんですか？」

「うふふふ、終わった終わったー。褒めて褒めてー……」

ふにゃふにゃ笑いながら、瑠衣子が力ないVサインを作る。学会誌の論文の〆切がやばいとうめいていたのは、確か先週のことだ。

「あーそうそう、アキラ先生だったらねー、まだ帰ってきてないのー……」

「本返しにきただけなんで大丈夫です。先輩、紅茶でも入れますか？」

「やーん、深町くんたら優しいー、ありがとー……あと十分でここ出ないと駄目なんだけど、紅茶は飲みたいー……」

言いながら、また瑠衣子は机に突っ伏す。今日も塾講師のバイトなのだろう。

尚哉は食器棚から真っ赤なマグカップを取り出し、紅茶のティーバッグを入れてポットのお湯を注いだ。ついでに、共同のおやつ置き場になっている段ボール箱を適当にあさって、お徳用の大袋の中から個包装の小さなチョコを一つ取り出す。マグカップに添えて、瑠衣子の前にそっと置いた。

突っ伏したままの瑠衣子が手探りでまずチョコを手に取るのを見ながら、尚哉はその向かいのパイプ椅子に腰を下ろした。

「瑠衣子先輩」

「んー……？」

「……大学院って、やっぱり大変ですか？」

かさかさと音を立てつつ手探りでチョコの包装を剝いていた瑠衣子が、手を止める。

突っ伏していた顔が持ち上がり、瑠衣子は椅子の背もたれに丸めた背中を預けながら、裸眼のまま尚哉を見た。

「やっぱ深町くん、院狙い？」

「まだ決めかねてるところです。公務員試験も考えてるので」

「そう。アキラ先生には相談した？」

「……まだです。変に期待させるのもアレなので」

「そっかー。うん、まあそうね」

へにゃりと笑って、瑠衣子がチョコを口に入れる。

——この先の進路をどうするかは、ずっと悩んでいることではあるのだ。

何しろ、この耳のことを考えると、就職活動自体が結構厳しい気がするのだ。

筆記試験はまだ頑張ればなんとかなるだろうが、面接となるとどうだろう。集団面接などという恐ろしいものもあるという話だ。相手を落とすために嫌味を言う面接官だの、受かるために自分をよく見せようとする就活生だのに囲まれて、はたして自分は無事でいられるのだろうか。……面接会場で倒れる未来しか見えなくて、嫌になる。

そもそも、何か就きたい仕事があって、そのために大学に来たわけでもない。

ただなんとなく——この先を生きていくために大学には行っておいた方がいいんだろうなという気持ちと、実家を出る口実にしたいという理由だけで、大学に進学した。

……けれども。

正月に実家に帰ったときに、父親から進路について質問されて、初めて院への進学を自分の口から言葉として出した。

あのとき、ああそうかと思ったのだ。

ああ自分は、なんとなく以上の気持ちで望めるものを、大学に入ってちゃんと手に入れていたのだなと。

思えば、耳がこうなってからというもの、尚哉はあまり何かを望むということをしなくなった。

なんとなく、生きていければいい。誰かに疎まれたり、傷つけられたり、傷つけたりすることなく、ただ静かに過ごしていければいい。それしか考えていなかった。

だけど、大学で高槻と出会って、講義を受けたり、話を聞いたりするうちに、だんだん民俗学というものに興味が湧いてきた。面白いと思ったし、楽しいと思った。

学問というものに、もっと触れてみたいと思うようになった。

「……うん。前からそんな気はしてたのよ」

瑠衣子がもごもごとチョコを頬張りながら言った。

「深町くんは院に来るんじゃないかなって、ずっと思ってた。院、深町くんに向いてるとも思う。アキラ先生も喜ぶだろうし。まあでも、決して楽なもんでもないけどね」

瑠衣子が苦笑した。

ほとんど化粧していないその顔は、疲労の色が丸わかりだ。ここ数日ろくに寝ていないのだと思う。

「やっぱり大変ですか、院」

「研究だけしてればいいってわけでもないからねー。研究職って、恐ろしく狭き門だし。文系だと、なおさらそうよ」

紅茶を飲みつつ、瑠衣子が言う。

「あたしの同期も、修士で見切りつけて、博士課程には進まなかったもの。アキラ先生の誕生祝いとかハロウィンとかに来てた詩織って子なんだけど、覚えてる？　あの子、今は普通に働いてるの。あと広沢くんって、うちの研究室で唯一の男の子がいたんだけどね。彼、もともと地方巡ってフィールドワークばっかしてたから滅多に大学来なかったんだけど、ある日突然『親しくなった農家さんのところで働くことになりました』って言って、院辞めちゃった。『博士号取ったって職に就けるとは限らないし』って」

「えええー……」

「今度『博士が百人いる村』って言葉で検索してみて。背筋が寒くなるから」

「わ、わかりました、見ておきます」

瑠衣子の瞳の暗さに慄きつつ、尚哉はうなずく。やはり厳しいらしい。

「――でも、瑠衣子先輩は、研究職を目指してるんですよね」

「そうよ」

瑠衣子がうなずいた。

無造作に放り出してあった眼鏡を手に取り、かける。

その目は疲れてはいても死んではいない。奥底に確かにぎらつく熱意を抱えている。

「あたしはアキラ先生みたいになりたいの。だから今からいっぱい論文書いて、実績作りを頑張ってる。博士論文も今年度に絶対仕上げてやるんだから！　そのためには多少の睡眠不足が何だってのよ、犠牲なしに得られるものなんてそうそうないんだから！」

「……いやあの、命は大事にしましょう、そこだけは犠牲にしないでくださいね」

隈の濃い顔で拳を振り上げてみせる瑠衣子に、思わず尚哉はそう声をかける。死にそうな顔で床に倒れている瑠衣子を見る度、本当に心配になるのだ。

瑠衣子の他によく顔を合わせる院生といえば唯もいるが、彼女はどうするのだろう。

彼女は今、博士課程の二年のはずだ。

……いや、他人の心配をしている場合ではない。

尚哉は机に視線を落とした。

就活については、遠山には何度か相談している。先日、スキー旅行に行ったら猫が可愛かったという話をしたら、「うちにも可愛い猫がいるから見に来るかい？」と言われたので、遠山の家の飼い猫を愛でに行ったのだ。そのときに、遠山自身の経験を色々聞かせてもらった。やっぱり就活で苦労したらしいし、企業に就職してからも結局色々辛くなって、さっさと実績を作って独立することにしたのだそうだ。

——以前から、遠山からは「うちの建築設計事務所で働けばいい」と誘われている。図面が引けなくても、事務系の仕事がいくらでもあるのだそうだ。その日も「とりあえず夏休みの間だけでも、試しにインターンシップみたいな感じで働いてみないか」と提案された。「院に行きたいなら、うちなら両立もできるだろう」とも。

正直、その誘いはとても魅力的で……でも、本当にそれでいいのかなという気もするのだ。

だって、遠山がそうまで言ってくれるのは、尚哉が自分と同じ境遇だからだ。その厚意に甘えきってしまってもいいのだろうか。

「——まあ、そんな深刻に落ち込まないで！　厳しいって言ったって道がないわけじゃないし！　あたしでよければ、いくらでも相談には乗るわよ」

黙り込んだのを落ち込んだのと勘違いされたのか、瑠衣子が明るい声でそう言った。ありがとうございます、と尚哉は瑠衣子に小さく頭を下げる。頼もしい先輩がいてくれて何よりだ。

そのとき、高槻が研究室に戻ってきた。

「あ、深町くん、来てたんだ。瑠衣子くんは論文提出したんだね、お疲れ様。今日はちゃんと寝るんだよ。……どうかしたのかい、瑠衣子くん」

高槻が瑠衣子を見て怪訝そうに首をかしげる。

瑠衣子はなんだかにやにやしながら、

「うふふふー、ちょっと深町くんから秘密の相談がありましてー」

「瑠衣子先輩っ」

尚哉は慌てて瑠衣子を止める。高槻には、院に行くと決めてから言いたいのだ。

「え？　え？　何、二人で何の話してたの？」

高槻が瑠衣子と尚哉を見比べた。瑠衣子はぐるりと目玉を回して、口のチャックを閉める仕草をする。尚哉はそっぽを向く。

「えええ、ちょっと、気になるじゃないか！　僕に言えない話なわけ？」

「だーって、深町くんが言うなって言うんですものー」

「ふ、深町くん、君ったらまだ僕に秘密を作るなんて！　ひどいよ！」

「いやそんな拗ねられても……」

そんな風に騒いでいたものだから、うっかりノックの音を聞き逃しそうになった。

誰かが扉を叩いている。すみません、という声も聞こえる。

「はい、どうぞ！」

高槻が慌ててそう呼びかけると、男子学生が一人、扉を開けて入ってきた。

長めの髪とネイビーのカーディガンを見て、あ、と尚哉は思う。さっき『民俗学Ⅱ』の講義で、斜め前に座っていた学生だ。

背の高い学生だった。肉が薄く、やや骨ばった体つき。彫りの深い顔立ちで、尖った感じの高い鼻が目につく。顎には少し無精髭があった。顔つきから察するに、一年生ではなさそうだ。

「ああ、君は今年の『民俗学Ⅱ』を受講しているね。何か質問かな？」

「あ、いえ、質問というか……ちょっと、高槻先生に聞いてほしい話がありまして。『隣のハナシ』の方にメールしようかと思ったんですが、直接来た方が早いかなと」

低めのよく響く声で、彼が言う。何か相談事らしい。

高槻が尋ねる。

「『隣のハナシ』にメールってことは、何か不思議な出来事でもあったのかな？」

「はい」

きっぱりと、男子学生がうなずく。高槻が少し目を瞠る。

「君、名前は？」

「堀田大智といいます。法学部の三年です」

男子学生が名乗る。一般教養科目である『民俗学Ⅱ』は、他学部の学生も結構受講している。

「そう、それじゃ堀田くん、どうぞ座って。話の前に飲み物を入れるけど、何がいいかな？　選択肢はココアかコーヒーか紅茶かほうじ茶だよ」

「じゃあ、コーヒーを」

「ちなみにオススメはココアだよ！　甘くてとってもおいしいよ？」

「いえ、甘いものは結構です」

「……そう。深町くんも、コーヒー飲むかい？」

オススメを断られてしょんぼり顔の高槻がこっちを向いて尋ねたので、尚哉はお願いしますとうなずいた。

瑠衣子が紅茶を飲み干し、「じゃああたしもう行きますね！」と言って出て行く。入れ替わりに腰を下ろした堀田が、ちらと尚哉の方に目を向けた。お前は出て行かないのかという目をしている。

高槻が言った。

「ああ、彼は文学部三年の深町くん。こういう相談事のときに僕の助手をしてくれてるから、一緒に話を聞いてもらっても差し支えないかな？」

「はあ、そういうことでしたら……」

堀田が渋々という顔でうなずく。よくある反応だった。怪異の相談などというものは、できればあまり聞かれたくないと思うのが普通だ。他の学生が同席するとは思っていなかったのだろう。

高槻が飲み物を用意する。来客用の大仏マグカップと、尚哉用の犬柄のマグカップにコーヒーが注がれ、高槻用の青いマグカップの中にはマシュマロココアが出来上がる。桜の花びらの形をした小さなマシュマロが大量に投入されたココアはいかにも甘そうで、堀田はこの人本当にこれを飲むんだろうかという目で高槻を見た。高槻は実に満足げな顔をしながら、ココアに口をつける。

「それじゃあ、話を聞こうか。何があったの？」

高槻が促すと、堀田は何から話すか迷うように少し視線を伏せた。

コーヒーをひと口飲み、気持ちを落ち着けるように一つ息を吐いてから、言う。

「あの……さっきの講義で、先生が言ってた話なんですけど。かまいたちみたいな現象って、実際に起こるんですか？」

「それはつまり、君がかまいたちに遭遇したということ？」

「……正確に言うと俺じゃないんですが……似たような現象を、この目で見ました」

「詳しく話してくれる？」

「はい」

堀田はうなずき、話し始めた。

——堀田は、『エッグ』という演劇サークルの代表をしているのだという。

次回の公演は、新作の『今代髪長姫（いまのよのかみながひめ）』。脚本も演出も堀田自身で、美しく長い黒髪を持つ女がファム・ファタール的に周りを惑わせていく物語だ。

キャストは、サークル内でオーディションをして決めた。主演女優に選ばれたのは、文学部三年の月村まどか。役にふさわしく、艶やかな長い黒髪の持ち主である。

　ところが数日前の夜、そのまどかの髪が切られた。

「でも、そのときの状況が——おかしいんです」

　キャンパス内にあるサークルの活動場所で、芝居の稽古をした後だった。

　時刻は午後八時過ぎ、堀田はまどかと一緒にキャンパスを出て帰った。

　歩きながら、芝居の駄目出しをしたり、台詞の解釈について話したりしていたのだが、だんだん熱が入ってきたので、堀田はもう少し個人稽古をしようと提案した。ちょうど近くに小さな公園がある。この時間になれば人気もなくなるから、そこでやろうと。

　先に飲み物を買っておこうと思って、堀田はまどかを公園のベンチ近くに待たせて、近くの自販機まで買いに行った。

　戻ってくると、まどかは一人でぼんやりと、公園の街灯が落とすスポットライトのような光の中に佇んでいた。

　その日のまどかは、長い髪を幅広のヘアバンドでまとめていた。毛先を内側に巻き込んだスタイルは、まどかの長い髪をまるでボブヘアのように見せていて、面白いなと堀田は思ったらしい。舞台の演出に取り入れようかなと。

　まどか、と堀田が呼びかけ、まどかがこっちを振り向いた——その瞬間のことだった。

　突然、強い風が吹いた。

「その日は風なんてほとんどなかったんです。なのに急に風が吹いて……巻き上がった砂が体に当たって痛かったのを覚えてます。そのくらい強い風でした」

風は堀田の背後からまどかの方へびゅうっと吹きつけ、まどかの周りで渦を巻いた。その途端、まどかの髪がばらりとほどけて広がった。ずれたヘアバンドが強い風にさらわれそうになり、慌てた様子でまどかが頭に手をやる。

まどかが小さく悲鳴を上げたのは、このときだ。

驚いた堀田が駆け寄ると、まどかは自分の左手の甲を見つめていた。

白い肌に一筋の傷ができて、血がにじんでいた。

「どうした、と尋ねたら、まどかは、わからない、と答えました。風が吹いたら急に切れた、と」

おそらく、風で巻き上げられた砂か小石がかすめたのだろう。顔じゃなくて幸いだったなと、堀田は安堵した。主演女優の顔に傷ができたら大変だ。

だが、そう伝えようとしてまどかの顔を見たとき——堀田は愕然とした。

「切れたのは手だけじゃなかったんです。髪まで切れてた。左耳の下辺りの髪が、一房……いや、一房どころじゃない、一摑みって言えばいいのかな。とにかく見てはっきりわかるくらいの量が、ばっさりと……どうしたんだそれ、と尋ねたら、まどかは言われて初めて髪のことに気づいたようで、はっとしたように自分の髪に触って、わからない、とまた言いました」

堀田は慌てて辺りを見回した。ベンチの下を覗き込み、周囲の地面を必死に見た。

風は吹いたときと同じく唐突に収まり、辺りはとっくに静けさを取り戻していた。

後で思えば奇妙な話だが、このとき堀田は、切れたまどかの髪を探していたのだという。見つけたところで、またくっつけられるわけもないのに。

だが、強い風にさらわれたまどかの髪はもうどこにも見当たらず、堀田はまどかに視線を戻した。

まどかは、短くなってしまった部分の髪を握りしめ、無表情にそこに立っていた。

そして、こう言った。

——これじゃわたし、もう髪長姫の役はできないね。

「そんなことはない、って言ったんですが、まどかはひどくぼんやりした様子で、こっちの言うことなんて耳に入らないって感じで……あの長い髪は、まどかの自慢だったんです。あんな綺麗な髪の女は他にはいません。豊かで、でも癖がなく真っ直ぐで、艶やかで、まさに『緑の黒髪』でした。それがあんなことになったのが余程ショックだったみたいで、まどかはそのまま役を降板してしまって……公演まで、あと一ヶ月しかないんですよ。それなのに、よりにもよって主演が降板なんて——」

途方に暮れた様子で、堀田が言う。

だが、何しろ高槻は、基本的に怪異にしか興味のない人だ。

「それは興味深い話だね！　でも、肉じゃなくて髪が切れたのであれば、それはかまいたちではないと思うよ」

　舞台のことより怪異の話をしようという顔で、高槻はそう言った。

　話を遮られた堀田は、少しむっとしたように眉をひそめながら、

「でも先生、さっきの講義で仰ってたじゃないですか。風が吹きつけてきたら突然切れるのがかまいたちだって。旋風の中心に発生した真空が原因なんですよね？」

「かまいたちが発生する原因は、さっきも言った通り、諸説あるんだよ。諸説あるということは、つまりよくわかっていないということだ。辞書には真空説が書いてあるけど、それが証明されたわけでもない。というか、数日前に起きたことなのであれば、『厳寒時』というかまいたち真空説の発生条件とも異なっているしね」

　高槻に言われて、堀田が顔をしかめた。

　が、すぐに「でも」と言葉を続け、

「まどかは手も切られましたよ。血が出てました」

「ごく浅く、でしょう？　かまいたちに切られた傷は、場合によっては骨まで達する。そしてあまり血は出ないとされる。それに、かまいたちの傷というのは、足にできることが多いとされていてね。髪を切るかまいたちの話は聞いたことがない。切れるのが肉体だからこそ、かまいたちの科学的な解釈として、筋肉を急に動かしたせいだとする生理現象説があるわけだしね」

　高槻の説明に、堀田がますます顔をしかめる。自分の考えを否定されたのが気に食わ

ないらしい。しかし反論の糸口は見つからなかったようで、

「……じゃあ、一体何が起きたんでしょうか？」

「そうだねえ、話だけ聞いてると、まるでそれは『髪切』だね！」

高槻はそう言って、立ち上がった。

本棚から画集を一冊手に取り、ぱらぱらとめくって大机の上に広げて置く。

「これは、江戸時代に描かれた妖怪絵巻だよ。それによると、『髪切』と呼ばれる妖怪はこういう姿をしている」

高槻が広げてみせたページには、何とも言えない姿の妖怪が描かれていた。ぎょろりとした丸い目玉やくちばし状の口は、鳥のようにも見える。が、体は人型で、両手の先はハサミのような形状をしており、切り取ったと思われる長い人毛をその手にぶら下げている。体の色は青とも灰色ともつかない。

「江戸期には、知らないうちに何者かに髪を切られるという事件が何度も起こっていてね。たとえば『諸國里人談』という本には、元禄の初めの頃に、夜中に道を行く人の髪が切り落とされたという話が載っている。男女ともに結ったままの形で、元結の際から切られて地面に落とされていたそうだよ。『半日閑話』には、召使の少女が玄関の戸を開けようとしたとき、なんとなく頭が重いような感じを覚えたかと思うと、急に髪が落ちたという話がある。切れた髪には粘り気があって、嫌な臭いがしたんだけれど、理由はわからなかったそうだ」

実に楽しげな口調で、高槻がそう説明する。

粘り気があって臭いというのはなかなかに嫌な話だな、と尚哉は思う。髪についた謎の粘液は、妖怪髪切の涎だったとでもいうのだろうか。

「こうした事件の犯人として目されたのは、狐や、髪切という妖怪や、髪切虫という虫だ。髪を切られないための呪いとして、髪切虫を描いた絵が魔除けとして売られたり、『千早振神の氏子の髪なれば切とも切れじ玉のかづらを』という歌を書いた紙を守り札として身につけるということが流行したりしたこともあったそうだよ」

高槻はそう言って、面白いよねと笑う。

江戸時代の怪談は、しばしば商売気と結びつく。化け物の絵が魔除けとして売られるケースは特に多かったらしい。確か人魚に関する講義のときにも、『姫魚』の絵が疫病除けになるとして売られた話を聞いた気がする。

「とはいえ、犯人として人間が捕まったケースもあるんだ。修験者が捕らえられて牢に入れられたり、鬘屋がお咎めを受けたりね」

「鬘屋？　鬘の材料にするために、人を襲って髪を切ったってことですか」

「いや、切られた髪は放置されてたわけだから、被害に遭った人が短くなった髪を隠すために鬘を買うと見込んでの犯行ってことじゃないかな。――ただ、修験者にしても鬘屋にしても、本当に犯人だったかどうかはわからないんだ。もしかしたら役人達が、騒動を収めるためのスケープゴートとして、彼らを犯人に仕立てたのかもしれない。その可能性は十分あったと思う。でも、つまりはそのくらい、髪切り事件はよく起こっていたし、世間の関心を集めてもいたということだ」

尚哉は高槻の話を聞きながら、前に何かで読んだ事件記事を思い出していた。満員電車の中で、女性が髪を切られたという事件の話だ。

被害に遭った女性の多くは、イヤホンをつけて音楽を聴いていたり、スマホを見たりしていたため、その場では髪を切られたことに気づかなかったらしい。逮捕された犯人曰く、動機は「ネットオークションで売るため」「性的欲求を満たすため」ということだった。現代の髪切り事件は妖怪の仕業ではなく、いきすぎた髪フェチが理由らしい。

とはいえ、まどかが髪を切られたのは、満員電車などではないし、先程の堀田の話に嘘はなかった。

まどかの髪は、風が吹いてきた途端、勝手に切れたのだ。

堀田が言った。

「高槻先生は、まどかの件について、どう思われますか？」

「うーん、さすがに現時点では何とも言えないねえ」

高槻が首をひねる。

「その髪を切られた月村まどかさんの周りには、誰もいなかったんだよね？　切られた髪にねばねばした臭い何かがついていたわけでもない。そうだなあ、できればその公園に行ってみたいかな！　あと、月村さんからも話を聞いてみたい！」

「先生、落ち着いてください」

　高槻がだんだんと前のめりになって堀田の方に身を乗り出すので、尚哉はどうどうと高槻を押しとどめた。堀田が何なんだろうこいつという目でこっちを見ているのがわかる。ただの常識担当なので気にしないでくれと心の中で返して、尚哉は高槻を椅子に座り直させる。

　堀田が軽く咳払いして、

「ええと、それじゃあ先生、調べてくださるんですか？　前に噂で、先生はこういう事件の調査をしてると聞いたことがあるんですが」

「うん、僕はフィールドワークの一環として、怪異体験と思われる話の調査をしているからね！　ぜひ調べさせてほしいな」

　高槻が言うと、堀田はほっとした顔をした。

「ありがとうございます。……なんていうかその、俺だって別に妖怪とか信じてるわけじゃないんですけど、なんか気になってしまって……舞台のことだけ考えていたいのに、何であのとき髪が切れたんだろうって考え始めると止まらなくて、でもわからなくて、色々考えちゃって」

「それは仕方がないよ。誰だって、わからないものは怖いからね。僕でよければ、何が月村さんの髪を切り落としたのかを知る手伝いをしよう」

　高槻がそう言って、にっこりと笑う。

公園に調査に行くのは、土曜の昼ということで決まった。堀田がまどかも呼んでくれるというので、現場で検証もできそうだ。

堀田は何度も頭を下げながら「ありがとうございます！」と言って去っていった。

それを見送りながら尚哉は、堀田は進路をどうするのかなと少し思った。堀田も尚哉と同じ三年だとのことだったが、頭の中は舞台のことで一杯のようだ。そのまま演劇関係の道に進むつもりなのだろうか。それもそれでありだろう。

次の講義までは、まだ少し時間があった。尚哉は借りていた本を鞄から取り出し、さっき高槻が出した画集と一緒に本棚に戻した。ついでに、次に借りる本を物色する。真面目な学術書と一緒にサブカル系のオカルト本や子供向けの怪談集が並ぶここの本棚は、眺めているだけでも結構楽しい。

表紙に市松人形の絵が描かれた怪談本を手に取ったところで、尚哉は、あ、と高槻を振り返った。そういえば、さっき三谷から言付けを預かっていたのだった。

「あの、先生。言うの忘れてたんですけど、さっき三谷先生が、後で行くって言ってました。新しい人形を買ったから見てほしいんだそうで」

「あ、そうなんだ？　後っていつかな……まあいいや、ありがとう。——そうだ、そういえば僕も深町くんに言うの忘れてたことがある！」

ノートパソコンを広げて何か作業をしていた高槻が、いきなり大声を出してこっちを見た。

尚哉は思わずびくりとして、

「な、何ですか？　何か大変な話ですか？」

「ううん、違うよ。あのさ深町くん、土曜の夕方から夜って、予定空いてる？」

「特に用事はないですけど……」

「じゃあさ、堀田くんの調査が終わった後、一緒に優斗の家にごはん食べに行かない？」

「えっ？」

優斗というのは、高槻の五歳下の従弟である。

婚約者の未華子の肩に人面瘡ができたという相談を優斗が持ってきて以来、長いこと顔すら合わせていなかった従兄弟達は、再び交流を始めたようだ。それはとてもめでたいことだとは思うのだが——そこになぜ尚哉まで誘われるのかがわからない。

「新居に来てほしいって、前からずっと誘われてたんだよ。百合子さんや光莉さんの件について、未華子さんが僕にお礼を言いたいそうでね。でも、お互いなかなか予定が合わなくて、延び延びになっちゃってさ。やっと今週末に決まったんだけど、優斗がよかったら深町くんもぜひひって」

「え、だから何で俺まで？」

「優斗からすれば、深町くんは僕と一緒に事件を解決した関係者っていうことになってるんだと思うよ？　未華子さんも、深町くんに会いたいそうだし」

高槻が笑う。

別に自分は何もしてないんだけどなと思いつつ、まあせっかくだからと尚哉はその誘いを了承した。食費が一食分浮くのも魅力だったし、本物の未華子に会ってみたい気もしたのだ。何しろあのとき尚哉が未華子だと思っていたのは、別人だったわけだから。

そして、土曜日の昼。

高槻と尚哉は、まどかが髪を切られたという公園で、堀田と会った。

その公園は、大学から十分ほど歩いた場所にあった。住宅街の只中（ただなか）にある小さな公園である。遊具といえば、滑り台とブランコと塗装の剝（は）げかかったスプリング遊具しかない。遊んでいる子供もいなかった。

月村まどかは、来なかった。

堀田が申し訳なさそうに、高槻に頭を下げた。

「すみません、高槻先生。まどかの奴、誘ったときは来るって言ってたんですけど……あいつ、そういう奴なんですよ。気まぐれで、自分勝手で、何考えてるのかちょっとわからないところがあって」

「いいよ、気にしないで。ここは月村さんからしたら、怖い目に遭った場所だしね。来たくないと思ったのかもしれない。──確か、月村さんが立っていたのはベンチの近くだったって言ってたよね？」

高槻がそう言って、木製のベンチに歩み寄る。

　ベンチは、公園の中では一番奥まった位置にあった。ベンチの後ろは塀、両脇にはつつじの茂みがある。こんもりと盛り上がった大きなつつじは、ちょうど今が盛りの時期のようで、ピンクの花が幾つも咲いていた。

「月村さんがいたのは、どの辺り？　この辺かな」

「あ、いえ、もう少し手前でした。街灯のすぐ横」

　堀田は、ベンチから少し離れた位置に立つ街灯を指差した。昔のガス灯を模したような、小ぶりでお洒落(しゃれ)な街灯だ。

　公園内にある街灯はこれ一本のみだ。夜になったら、きっとこの公園はかなり暗くなるのだろう。まどかが街灯のすぐ横で堀田を待っていたのは、ベンチの辺りが暗くて、一人で待つのが怖かったからではないだろうか。

　しかし、いくら暗かったとはいえ、それに乗じて何者かがまどかに忍び寄り髪を切ったとは到底思えない。そんなことをしたら、さすがに気づかれるだろう。

　尚哉はぐるりと公園内を見回してみた。

　やっぱり、何の変哲もない普通の公園だと思う。別に特殊な形をしているわけでもないし、奇妙な風の吹き方を誘うような構造物があるわけでもない。今も多少は風が吹いているが、穏やかなものだ。何か異様な気配を感じたりもしなかった。

　だが、先日の堀田の話に嘘がなかったということは、何かが起きて、まどかの髪が切り落とされたのは事実なのだ。

高槻がすたすたとこっちに戻ってきた。

「うーん、やっぱりこの公園に何かあるわけではなさそうだね。周辺の住民に、似たような事例がなかったかどうか聞き込みしてみてもいいけど、やっぱりその前に、まずは月村さんから話を聞きたい気もするなあ」

「あ、じゃあ、この後、芝居の稽古を見に来ますか?」

堀田が言った。

「今日これから、サークル会館にあるスタジオで稽古なんですよ。さすがにまどかもそっちには来るだろうし」

「僕達が行って、稽古の邪魔にならないかな?」

「合間に話聞くくらいなら、大丈夫ですよ。皆には、見学っていうことで伝えます」

サークル代表である堀田がそう言うので、大学に戻ることになった。

サークル会館は、サークルに所属していない尚哉がまだ足を踏み入れたことのない場所だった。キャンパスの隅に建つ、地上三階地下一階建ての四角い建物である。

中は各種サークルの部室となっている小部屋がひしめいており、大きめの会議室などは活動発表の場として使用されているようだ。入口に貼られたポスターによると、今日は二階会議室Aで読書サークルがビブリオバトルを、三階会議室Bでは奇術愛好会が驚異のマジックショーを開くらしい。

地下にはスタジオと小さな劇場があり、演劇系やダンス系のサークルが交替で使っているとのことだった。今日の午後は堀田のサークルがスタジオAを借りており、扉には『エッグ　五時まで！』と貼り紙がされていた。もう各自自主練を始めているらしく、発声練習の声が廊下にまで漏れ聞こえている。

堀田が扉を開けると、あちこちから「おはようございます！」という声が返ってきた。もうとっくに午後だが、そういうものらしい。

堀田も「おはよう」と声を返し、それからぱんぱんと手を叩いて言った。

「皆ちょっと聞いてくれるか！　今日は、文学部の高槻准教授が見学に来てくれてます！　だから普段以上に頑張るように！」

「こんにちは！　なるべく邪魔はしないようにするから、よろしくね」

堀田の後ろから高槻がひょいと顔を出し、スタジオの中に向かって挨拶する。

途端、「えー！」「何でー!?」と悲鳴のような声が上がった。叫んでいるのは主に女子だ。高槻の講義を受けたことがある学生がいるらしい。高槻を知らない学生達も、「え？　誰あのイケメン」「高槻って聞いたことある」などと言い交わしている。

スタジオの中は、一方の壁が全面鏡張りになっていた。キャストらしき学生達が、そちら側に集まって、柔軟運動や発声練習をしている。裏方スタッフと思われる学生達は、スタジオの反対側に集まって、衣装や小道具を整えていた。全部で二十人くらいだろうか。皆、Tシャツにジャージという活動的な格好をしている。演劇サークルは一応文化系サークルの扱いだったと思うが、見た感じはほぼ体育会系だ。

「えーと、この辺なら邪魔にならないんで。あ、これチラシです」

堀田が高槻と尚哉をスタジオの隅の方に連れていった。ついでに渡されたのは、『今代髪長姫』の公演案内だ。公演日は来月末の三日間、公演場所はこのサークル会館の地下劇場だそうだ。

チラシには、キャスト欄のトップに「月村まどか」と名前があった。

「公演サイトには、もうキャスト変更の案内を載せてます。チケットはもう配付してるんですけど、料金はフリーカンパ制なんで、払い戻しとかいう話にはならずに済んでます。……学外からも結構お客が来るので、やっぱり心苦しくはありますが」

堀田が残念そうな顔で言う。

高槻が、スタジオの中を見回して言った。

「月村さんは、どこにいるの？」

「ああ、今呼びます。——おい、まどか！　ちょっと来い！」

堀田が、一人の女子学生を大声で呼びつけた。

ほっそりとした、背の高い女子だった。首も腕も脚も日本人離れして長く、胸は薄く、まるで外国のモデルのような体型をしている。くっきりとした眉の下の両目は驚くほど切れ長で、唇の薄い口はややアンバランスに思えるほどに大きい。幅広の赤いヘアバンドでまとめた髪は、肩の上で切り揃えられていた。

「高槻先生、彼女が月村まどかです」

堀田が彼女を高槻に紹介する。

まどかは睫毛（まつげ）の長い目をゆっくりとまばたきさせて、高槻を見た。

黒目がちの目はどこか焦点が合っていないかのようにぼんやりとした雰囲気を漂わせ、表情の薄い顔は何を考えているのかがちょっと読みづらい。なまじスタイルが良いせいもあって、なんだかマネキン人形みたいだ。

「こんにちは、月村さん。高槻です」

にっこり笑って高槻が挨拶すると、まどかはふわりと視線を堀田の方に向けて、

「……何？」

物憂げな感じの低い声で、ぼそりとそう問いかけた。

堀田はまったくもうという顔をして、

「何じゃない。今日、あの公園に来るって約束だっただろ！　何で来なかった⁉」

「ああ……ごめん。覚えてはいたんだけど、寝過ごして。もういいかなって思って」

まどかが言う。

堀田が少し声を潜めて言った。

「先生は、お前が髪を切られた件について調べてくれてるんだ。お前のためなんだぞ」

「……堀田くん。その話、わたしはもうしたくないんだけど」

まどかが小さくため息を吐いて、囁（ささや）くような声でそう言った。

「ていうか、皆のいる前でしたくない。皆には、わたしが自分で切ったって説明したじ

ゃない。切りたくなったから自分で切った、って。今更変な話をして、皆を混乱させないでほしい。もっと舞台に集中して」

「だけど、まどか――」

そのとき、向こうの方で台本を手にした学生が堀田を呼んだ。

「すみません堀田さーん、ちょっとこっち来てもらっていいですかー。照明プランの件でご相談がありましてー！」

堀田が顔をしかめ、横柄な口調で「今行くから待て」と答える。

それから高槻に向かって小さく頭を下げ、

「高槻先生、すみません。じゃあ、まどかから話聞いておいてください。まどか、お前は先生に失礼のないようにな！」

そう言って、堀田が去っていく。

その背中を見送りながら、なんだか偉そうだなあと尚哉は思う。代表だからだろうか、他の部員に対する堀田の態度は妙に高圧的だ。

が、まどかはさして気にした風もなく、またふわりと視線を漂わせるようにして、高槻に目を向けた。

「……わたし、先生に一体何を話せばいいんですか？」

「できれば、君が髪を切られたときの状況について聞きたいんだけど。この場で話すのが嫌なら、別の機会を設けてもいいよ」

「……どうして先生が、そんなこと調べてるんです？」

またゆっくりとまばたきして、まどかが尋ねた。

まるで夢でも見ているかのような瞳は相変わらず表情が読みづらいが、見ていると不思議と引き込まれるものがある。

尚哉は、以前会った女優の藤谷更紗を思い出した。彼女も、ただそこにいるだけで周囲の目を引きつける人だった。まどかはまだ学生だし、更紗とはタイプも違うが、でもやっぱり女優なんだなという感じがした。独特の存在感があるのだ。

まどかが言う。

「わたし、先生のこと知ってますよ。幽霊とか化け物の研究をしてるんですよね、友達が一年のときに『民俗学Ⅱ』を取ってました。……そんな人が、どうして？」

「堀田くんは、君の髪を切り落としたのは、かまいたちなんじゃないかと思ったようでね。ちょうど僕が講義でかまいたちの話をしたものだから、相談されたんだよ」

「かまいたち？……ふふ、何それ。面白い」

まどかが大きな口で笑う。

堀田の話だと、まどかは髪を切られたことにショックを受けて主演を降りたとのことだったが、今のまどかを見る限り、あまりそんな感じはしなかった。

他の者達には「切りたくなったから自分で切った」と説明したようだが、本当にその通りのように見える。少なくとも、目に見えぬ何かに髪を切られたことに対する恐怖も困惑も、その態度からは感じられない。

これはもしかして、と尚哉は思う。どうやってやったのかまではわからないが、この髪切り事件は、単なるまどかの自作自演なのではないだろうか。

と、高槻がにっこりと笑って、まどかに対する質問の角度を変えた。

「君は、君の髪を切り落としたもののことが少しも怖くなさそうだね」

「だって、たかが髪ですよ。指や腕が切れたならまだしも、髪ならいずれまたのびます。大騒ぎするほどのことじゃないと思いません？」

「でも、髪が短くなったせいで、君は主役を降板することになった。堀田くんが大騒ぎするのも無理はないんじゃないかな？」

高槻がにこにこしたままそう言うと、まどかは手を上げ、己の髪に触れた。

堀田が言っていた通り、短くなってもなお美しい髪だった。黒々として艶のある髪。

この髪は、元はどのくらい長かったのだろう。

髪を切ったのがまどかの自作自演だったとして、まどかは、惜しくなかったのだろうか。自分の髪が。

「……じゃあ、先生にだけは言いますけど」

そのとき、まどかがまた口を開いた。

「確かにここには——化け物が、いるのかもしれません」

大きな口の端にふっとまた笑みの気配を漂わせ、まどかが言う。

尚哉は思わず目を瞠った。

まどかの声に、少しも歪みがなかったからだ。

まどかはそれ以上は何も話してくれず、やがて稽古が始まった。

全員であらためて発声練習をした後、スタジオの一部を舞台に見立てて、立ち稽古となった。役者以外の学生達はスタジオの反対側に座り込んで、それを見ている。高槻と尚哉は、スタジオの隅に立ったまま見学した。

稽古は全幕通してのものではなく、同じシーンばかりを繰り返してやっていた。役者達はもう台詞はすべて頭に入っているようで、台本を持っている者はいない。

場面は男女の出会いのシーンだ。バーに見立てて置かれたスツールに、男が一人座って酒を飲んでいる。その奥では、バーテンダーがシェーカーを振っている。

そこへ髪の長い女が現れる。

斜め後ろを向いているせいで、女の顔はよく見えない。

男は女を目で追う。女が身動きする度、ストレートの黒髪がさらさらと揺れる。

男のモノローグが入る。

「――なんて美しい髪だろうと思った。たぶんこの世のどこを探しても、この女ほど美しい髪の持ち主はいない。ならば顔はどうなのだろう。きっと美しいはずだ。顔を見てみたい。そう思った」

すると、女がこっちを向く。

可愛らしい顔立ちの女だ。色が白く、大きくてぱっちりとした目は睫毛が長く、小作りな鼻や口のせいもあってやや幼い印象があるが、浮かべる笑みには不思議なほどの色気がある。

女は男を見て、

「なあに？　あなた、わたしの――髪がお好き？」

その途端、堀田がぱんと手を叩いて芝居を止めた。

「違う！　美羽、その言い方じゃ全然駄目だ！　何度言ったらわかるんだ！」

美羽と呼ばれた女子学生は、びくりと身を震わせてその場に立ちすくんだ。すみません、と小声で口走る。

「謝るな！　マリは傲慢な女だ、謝ったりしない！」

「す、すみませ……あ、えっと」

また怒鳴られて反射的に謝りかけ、美羽はおろおろと元の立ち位置に戻った。

ぱん、と堀田がまた手を叩く。

マリの登場シーンから、芝居が再開する。歩く女。目で追う男。振り返る女。

「なあに？　あなた、わたしの髪がお好き？」

ぱん、と堀田が手を叩く。

「違う！」

堀田が手を叩いて怒鳴る度、尚哉もなんとなく身をすくめたくなる。前にテレビで、プロの演出家が稽古場で怒鳴る様を見たことがあるが、学生演劇でもそんな感じなのかとびっくりした。それとも、そういう偉い演出家の真似をするのが正しいやり方だとでも思っているのだろうか。というか、尚哉の目には、美羽の芝居のどこが悪いのかもよくわからない。十分上手いと思うのだが。

やっと稽古が次の台詞に進む。男の隣に腰を下ろす女。カウンターに片肘をつき、さらりと髪をかき上げ、女はふっくらとした小さな唇に艶やかな笑みを浮かべる。

「ねえ。――わたし、綺麗？」

どこかで聞いた台詞だなと尚哉が思ったとき、また堀田の怒鳴り声が飛んだ。

「違う！　そうじゃない！　もっと口角上げて笑えよ！」

怒濤のやり直しが始まる。二度、三度、四度、十度と言い直しをさせた後、堀田はぐしゃぐしゃと己の髪をかきむしって、美羽を見つめたまま、こう言った。

「――まどか。ちょっとこっち来い」

美羽が泣きそうな顔をする。共演している男子学生が、心配そうにその顔を覗き込む。かまわず、堀田はまどかを呼ぶ。

「まどか。来い」

「……嫌よ」

床に座ったまま、まどかが答えた。

「わたしは、もうその役を降りた。だから嫌」

「手本を見せるだけだ。美羽に教えてやれ」

「じゃあ、休憩を入れて。このシーンだけ繰り返すんなら、他の人には他のことをする時間をあげて」

「……いいだろう」

堀田がうなずいて、「十分休憩」と皆に向かって言った。

ぴりついていたスタジオ内の空気が、弛緩した。床に座っていた学生達は立ち上がり、周りの者と話したり、作業に戻ったりし始める。

まどかも立ち上がり、堀田と美羽に歩み寄った。美羽が両肩を縮こまらせてうつむく。

まどかは大きな手でその肩を叩き、美羽の耳に何事か囁いている。

尚哉達のすぐ近くにいた女子学生達が、小声で言い交わすのが聞こえた。

「まあ、ああなるよね。大丈夫かな、来月ちゃんとやれるのかな、公演」

「ていうか、最初から無理な話っていうか。美羽も可哀想だよ」

「――何が、『最初から無理な話』なの？」

ひょいと彼らの間に顔を突っ込むようにして、高槻が尋ねた。

突然間近に現れたイケメンの顔に「わあ」と驚きつつ、一人の女子が教えてくれる。

「あの役、美羽だときついと思うんですよ。だってあれ、最初からまどかさんにあて書きされてるから」

「そうなの？」

高槻が、堀田達の方をちらと振り返った。尚哉もそちらを見てみる。

堀田に言われて、まどかがスツールに腰を下ろしたところだった。カウンターに片肘をつき、体も顔もぐっと大きく傾けるようにして、隣に座った美羽を見る。

まどかはにやりと笑い、「わたし、綺麗？」と台詞を言った。

そうやって笑うと、まどかの大きな口は頬の中ほどまで口角が上がる。やってみろと堀田に言われて、美羽が同じ仕草をしてみせる。だが、美羽の口は、まどかと比べて随分と小ぶりだ。雰囲気が違いすぎる。全然駄目だと堀田が言い、美羽がまた泣きそうな顔をする。大丈夫だから、とまどかがその背中をなでている。

「あの子は、二年生かな？　あの髪は地毛じゃないよね」

高槻が尋ねると、さっきの学生が答えた。

「商学部二年の鈴掛美羽って子です。髪はウィッグですね、美羽の髪は茶色いので」

「月村さんが降板した後、鈴掛さんが主役に抜擢されたのは、堀田くんの指示？」

「いえ、繰り上げ当選みたいなもんです。美羽もオーディションに参加してたから」

「でも、月村さんが降板したのは、髪が短くなったからなんだよね？　それって、月村さんがウィッグをかぶればいいだけの話だったんじゃないのかな」

高槻が言う。

その通りだよなと尚哉も思う。代役が結局ウィッグを使うのであれば、本来の主役であるまどかがウィッグを使った方がいい。

が、学生達はそろって苦笑いし、

「それはそうなんですけど。まどかさんが嫌がったんですよ、ウィッグ。まあでも気持ちはわかります。まどかさん、ウィッグより全然綺麗な髪してましたもん。なのにウィッグかぶってお客さんの前に出ないと駄目だなんて、そりゃ嫌だと思いますよ」

「そっかあ、そういうもんなんだねえ。でも、そんなに綺麗な髪だったなら、ちょっと見てみたかったな。誰か、月村さんの髪が短くなる前の写真って持ってない？」

高槻が言うと、別の女子学生がスマホを取り出した。

少し操作して、「どうぞ」と差し出してくる。

表示されているのは、サークルのインスタアカウントのようだ。公演時の写真や練習中の写真、飲み会の写真などが幾つもアップされている。

大人数で写っている写真でも、まどかの姿はすぐに目についた。

やっぱり華があるのだ。どこか超然とした眼差しでカメラを見据える顔などは、そのままポスターに使えそうだ。皆でふざけ合っている写真では大きな口を開けて普通に笑っていたが、それでも自然と目が行く。

写真の中のまどかの髪は、腰近くまであった。向こうで美羽がかぶっているウィッグが粗末に見えるほどに、少しもほつれ絡まることなく優美に背中を流れている。髪を結ったりまとめたりしている写真は一枚もない。己の髪を誇示するかのように、どれも自然に下ろしていた。

　そして、そんなまどかの横にいるのは、大抵美羽だった。

　まどかは美羽を可愛がっていたらしい。顔を寄せたり、肩を抱き寄せたりしている写真が多い。美羽の方も、くすぐったそうに笑いながら、まどかに顔を寄せている。

　何枚目かの美羽の写真を指差し、高槻が言った。

「鈴掛さんが着けてるこのヘアバンド、月村さんが今着けてるのに似てるね」

「ああ、同じじゃないですか？　二人、仲良かったから。あげたのかも」

「そういえばまどかさん、最近ずっとあのヘアバンドしてるよね。髪の毛、短いとかえって邪魔になるのかな」

　学生達が答える。写真の日付は先々週。まだこの頃、まどかの髪は長かったのだ。

　高槻はスマホを返し、あらためて学生達を見回した。

「月村さんの髪が短くなった件について、君達は何か聞いてる？」

　高槻の問いに、学生達は一度顔を見合わせ、

「何かって、いつものまどかさんの気まぐれだよね？」

「そうそう。まどかさん、気分屋さんだから。『髪、切りたくなったから切っちゃった。役も降板するね』って、あっさり言うもんだから、こっちはびっくりで」

「まどかさんってそういうとこあるんですよねー。周りを振り回すっていうか。前も、自分から飲み会しようって言い出したのに、当日になってやっぱ面倒とか言うし」

先程まどかは、髪を切られたことについて、自分で切ったことにしたと言っていた。その説明を、他の部員達はすんなり受け入れたらしい。そのくらい、普段から気まぐれで我儘な女優だということなのかもしれない。

「さっき、あの役は月村さんにあて書きされたものだって言ってたけど、それなのにオーディションもしたの？　それはなんだか順番がおかしくないかな。あて書きっていうのは、台本よりも先に役者が決まっているときにやるものだよね？」

「サークル内の規則なんですよ、『キャストは必ずオーディションで決める』って。でも、そんなの建前ですよ。最初からあて書きされちゃったら、もうその人しか受からないわけだし。――ていうか」

高槻の質問に答えていた女子学生が、そこで一度言葉を切った。

にやっと笑って、これは内緒ですけどと言わんばかりに、思いきり声を潜める。

「堀田さん、まどかさんのこと好きなんですよ。確か一度ふられてるって噂で」

「え、そうなの？」

「主演に抜擢したら、演出家としてべったり一緒にいられるから、わざとあて書きしたんじゃないですか？　なのにまどかさんが勝手に髪切って降板したから、余計苛々してるんですよ、堀田さん」

他の学生達も、そうだそうだ絶対そうだとうなずく。

高槻は少し顔をしかめて、己の顎をなでた。

学生達が持っている台本に目を向け、また尋ねる。

「そういえばこのお芝居、どういうストーリーなの？　『髪長姫』ってタイトルだけど、昔話の髪長姫の話とは随分違うよね」

「ええとー、美羽がやることになったマリって役が、すごい悪女なんです」

「でもそれ、月村さんがやるはずだった役だよね？　好きな人にあて書きしたのに、悪女なの？」

「悪女だけど、すごく魅力的なんですよ！　マリに出会った人は、男も女も皆、マリの魅力に囚われて破滅していくんです。マリにそそのかされて人殺しちゃったりして」

「それはまた随分物騒なストーリーだねえ」

「で、主人公のタカシは、最終的にはマリを殺しちゃうんです。殺して埋めて、それで家に帰ったら、恋人が待ってるんです。でも実はその恋人もタカシの知らないうちにマリと出会ってて、まるでマリみたいな服装と髪型でタカシを迎えるんです。『わたし、綺麗？』って言いながら。タカシが絶望して暗転、終幕！　そういう芝居です。あ、チケットありますよ、先生、観に来ます？　来てくださいよ！」

学生達が高槻にチケットを押しつけようとしたときだった。

向こうの方で、堀田が放り投げるような口調で言うのが聞こえた。

「あーもういい、台詞変える！　『わたし、綺麗？』じゃなくて別のにする！　美羽が言ったんじゃ、全然ニュアンスが変わっちまう！」

それを聞いたスタッフが、えー、と声を上げる。「ラストの台詞まで変わっちゃいますよ」という言葉に、堀田は「仕方ないだろ！」と腹立たしげに返す。

「堀田さん、私……っ」

美羽が顔を真っ赤にして、何か言おうとする。だが、堀田はもう美羽を見ようともせず、その場でペンを取り出して、ぐしゃぐしゃと台本に何かを書き殴り始める。美羽はその背中を、唇を噛みしめながらじっと見つめている。

まどかが慰めるように、美羽に何か囁いた。だが、美羽は肩を震わせてうつむき、ついには泣きながら外に出て行ってしまった。まどかがその後を追い、それを見た堀田が舌打ちする。他の部員達は、どうしたものかという顔でざわついている。

さっき高槻と話していた女子学生が、こっちを振り返って、すみませんと謝った。

「あの、ちょっともう今日は稽古にはならないかもです。せっかく見学に来てもらったのに、なんか本当すみません」

「いや、それは別にいいんだけど。でも、それなら今日はもう帰ろうかな」

高槻が言った。尚哉もそうしましょうとうなずく。まどかからも話を聞けそうにないし、これ以上ここにいても仕方ないだろう。

堀田に帰ると伝えて、地下スタジオを後にする。

サークル会館の外に出た瞬間、尚哉は思わず大きく息を吐いた。

なんだかずっと息苦しいような感じがしていたのだ。……といっても、それは別に異界の気配を感じたからではなく、単にあの場の居心地が悪かったからだが。

そんな尚哉を見下ろして、高槻があははと笑う。

「いやー、なかなかの修羅場だったねえ」

「あのサークル、来月末に公演なんてできるんですかね……」

「どうだろうねえ」

「……ていうか、何で誰も堀田に文句を言わないんだろう」

尚哉はサークル会館の方を振り返り、そう呟いた。

傍で見ていても、堀田の態度や言い方には結構ひどいものがあった気がする。サークルの代表というのはそんなにも偉いものなのだろうか。部活にもサークルにも入ったことのない尚哉にはよくわからないが、あのサークルの部員達はよくあれに従っていられるものだと思う。

高槻が苦笑した。

「うーん、僕も演劇のことはあんまりよくわからないんだけど。……でも、ああいう感じになりやすい場なのかもしれないという気はするかな」

「何でですか？」

「だって、これは彼の作で彼の演出なわけでしょう？」

折り畳んでポケットに入れていた『今代髪長姫』のチラシを取り出し、高槻が言う。

「つまりこの芝居は、彼の頭の中にある理想を、生身の役者と裏方のスタッフによって現実に作り出すという行為にあたるわけだ。それはまあ、作演出の人の言うことをまず聞けっていう感じにはなるよね。……でも」

高槻が何かに目を留め、立ち止まった。

その視線の先、裏庭のベンチには、まどかと美羽の姿があった。泣いている美羽を、まどかが必死になだめているようだ。

彼女達から目をそらし、また歩き出しながら、高槻が続ける。

「これは僕の勝手な意見だけど、学生にはもっと楽しくサークル活動をしてもらいたいかなあ。人がたくさんいると、どうしても揉め事や感情のすれ違いが起こるのはしょうがないけど——だから化け物も生まれちゃうんだろうけどね」

「え?」

化け物、という言葉に、尚哉は高槻を見上げた。

そうだ。まどかはあのとき、ここには化け物がいるのかもしれないと言った。

あのとき、まどかは嘘をついていなかった。

それなら、彼女が言った化け物というのは。

「先生、もしかして何か——」

わかったんですか、と尚哉が尋ねようとしたときだった。

高槻の懐で、スマホが震える音がした。

高槻がスマホを取り出す。電話だった。表示されているのは優斗の名前だ。

「どうしたんだろう。大学に迎えに来てくれるのは、もっと後のはずなんだけど」

首をかしげつつ、高槻が電話に出た。

「もしもし、優斗？　何か予定に変更でもあった？」

『――アキくん、今どこにいる⁉』

優斗が言うのが、尚哉の耳にも漏れ聞こえてくる。

何やら切羽詰まった声音に、高槻が少しぎょっとした顔をした。

「どこって、大学にいるけど。どうしたの？」

『あの……ええと、落ち着いて聞いてくれ。今さっき、親父から電話があって』

そこで優斗は、一度息を吸い込んだ。

『――智彰伯父さんが、刺されたそうだ』

高槻の表情が凍りついた。

高槻智彰は、高槻の父親だ。


車で迎えに行くから一緒に病院に行こう、と優斗は言った。

高槻が返事をする前に、優斗は電話を切った。

とっくに通話の切れたスマホをまだ耳に当てたまま、高槻は全ての動きを止めていた。

下手したら息すらしていないのかもしれなかった。

尚哉は高槻の腕をつかんだ。

「先生」

高槻が、強張(こわば)った顔を尚哉に向ける。もともと色の白い顔から、血の気が完全に引いている。

尚哉は高槻の腕を引っ張り、スマホを下ろさせた。

「深町くん……話、聞いてた？」

「すみません、聞こえてました。早く行きましょう。車で来るなら、門のところで待ってればいいですよね」

「……嫌だよ。僕は、行かない」

高槻がそう言って、スマホを懐にしまおうとした。が、途中で取り落としかけ、慌ててつかみ直す。……手が震えているのだ。

尚哉は高槻の腕を引いた。

「先生、駄目ですよ。優斗さん、迎えに来てくれるんですから。行きましょう」

——優斗は、刺された、としか言わなかった。

一体何があったのだというのだろうか。高槻の父親は、大企業の社長だ。誰かの恨みを買うことがないとは言えない。たまに新聞で見かける悲惨な事件記事の内容が頭をよぎり、嫌な想像ばかりが膨らむ。

どの程度の怪我なのかもわからないが、口調からすると深刻そうだった。親戚(しんせき)にまで連絡が来るのだ、軽いわけはないと思う。

半ば無理矢理高槻を校門前まで連れていくと、優斗の車は十五分ほどでやってきた。

「アキくん！　早く乗って！」

窓を開けた優斗が、高槻にそう呼びかける。

だが、高槻は視線を足元に落としたまま、根が生えたようにその場を動かない。

「アキくん!?　何やってんだ、乗れって！」

「先生！」

優斗と尚哉が二人がかりで呼びかけても、高槻は車に乗ろうとしなかった。

首を横に振り、呟くように言う。

「連絡は、僕には来てない。……僕は行かない方がいいと思う」

それは、尚哉も気になっていたことだった。万一のことがあった場合、さすがに息子に連絡がないということはないはずだ。

でも、高槻家の特殊な事情を考えると、ありえなくはない気もした。母親が連絡をしてくるとは思えないし――あの黒木(くろき)という秘書が、情報を止めてもおかしくはない。

「せっかく迎えに来てくれたのに悪いけど……優斗、僕は」

「何言ってんだよ！　今会わなかったら、会えなくなるかもしれないんだぞ！」

高槻がびくりとする。

その隙に、優斗が車から降りてきた。後部座席のドアを開け放ち、強引に高槻を押し込む。なおも抵抗して高槻が車から降りようとすると、優斗は降り口をふさぐようになぜか尚哉まで車に押し込んだ。

「えっ、ちょっ、何で俺まで⁉」

「すまん、深町くん。俺一人でアキくんを押さえられる自信がない。アキくんは小さい頃から、どうしても嫌なことには徹底的に抵抗する人だったから」

「え⁉――あっ、ちょっと先生！　駄目ですってば！」

優斗の言葉を裏付けるかのように今度は反対側から降りようとした高槻を、尚哉は慌てて引き止める。油断も隙も無い。

優斗が運転席に乗り込み、車が発進した。

「優斗、車を停めて。僕は降りる」

「何言ってんだ、そんな真っ青な顔してるくせに。病院まではそんなにかからないから」

バックミラー越しに高槻の顔を見て、優斗が言った。

優斗の言葉通り、高槻の顔色は蒼白（そうはく）だった。ずっと両手を握りしめているのも、おそらく震えを隠すためだろう。

高槻と父親の関係が良くないことは知っている。

渉（わたる）や佐々倉から聞いた話から察するに、高槻は十五歳で渡英して以降、一度も自分の父親と会っていないのではないだろうか。たまに秘書が父親の言葉を伝えに来るだけで。

それでも――さっき優斗が言った通りだと思うのだ。

最悪の場合、今会っておかなければ、もう二度と会えなくなる。人が死ぬというのは、そういうことだ。

車が病院に着いた。少し古めの、大きな総合病院だった。病院に入るときに、ちょうど救急搬送口に救急車が到着したのが見えた。点滅する赤いランプに、高槻の父親もこんな風に運ばれたのかと思って肝が冷える。まるでドラマのワンシーンのようにしか見えないのに、これは紛れもない現実なのだと思うと、目眩がしそうだ。

さすがにここまで来ると高槻も観念したようで、もう逃げようとはしなかった。受付で尋ねると、「さっき処置が終わって、病室に運ばれた」と教えてくれた。どうやら命に別状はないらしい。が、詳しい様子まではわからないという。

教えられた病室に向かってみると、ちょうどその病室から男性が一人出てくるのが見えた。五十代後半くらいだろうか、手にスマホを持っている。顔立ちが少し優斗に似ているなと思ったら、男性はこちらを振り向き、

「ああ優斗、来たのか……——えっ？」

優斗の父親と思われるその男性は、高槻の顔を見てはっと息を吞んだ。

「まさか……彰良くんなのか？　な、何で優斗と一緒に」

「親父。伯父さんは？」

かまわず、優斗が尋ねる。

優斗の父親は戸惑った様子のまま、高槻と優斗を見比べ——その視線が、病室の方に流れた。

病室の扉は少し開いたままになっていて、中の様子が廊下からも見えた。

背もたれを起こした状態のベッドに、男性がいる。

病院のものと思われる寝間着を着ている。白髪が交じって灰色になった髪。彫りの深いハンサムな顔には、年齢を重ねた末の渋みと厳しさがあった。この顔がもっと若かった頃を、尚哉は写真で見たことがある。高槻家で長年家政婦をしていたという女性の家で見た。写真の中で、この人は、まだ幼い高槻の肩に優しく手を置いていた。

高槻智彰。

この人が——高槻の、父親なのだ。

「……彰良？」

智彰が、高槻の名を呼んだ。

高槻がびくっとして、父親を見る。

声もなくその場に立ちすくんだ高槻を、智彰はしばらくの間、ただ見つめていた。

落ち着いた低い声が、呼びかける。

「……そんなところに立っていないで、入ればいい」

高槻がまた小さくぴくりと肩を揺らす。

アキくん、と優斗が小さく声をかけ、背中をそっと押した。

高槻が病室の中に足を踏み入れる。優斗と尚哉は廊下でそれを見ていた。

ゆっくりと、高槻は智彰がいるベッドに歩み寄った。

白い病室の中で、二人が向かい合う。

「……立派になったな」

智彰が言うのが聞こえた。

廊下からは高槻の背中しか見えず、高槻の陰になって智彰の顔も見えない。

高槻が小さく頭を下げる。

「ご無沙汰しています」

「優斗が連れてきたのか、お前を。付き合いがあるのか」

「僕の仕事の関連で、相談を受けたことがあります。黒木さんから聞いているのでは？」

「会っていたことは知ってる。その後も付き合いが続いているとは思わなかったが」

「たまに顔を合わせる程度ですよ。それよりも、怪我の具合は？」

二十年ぶりの父子の再会は、思いのほか穏やかなものだった。

そして、二十年ぶりとは思えぬほどに、淡々としていた。

「おおげさに伝わったようだな。大したことはない。ちょっと切っただけだ」

そう言って、智彰が己の腹に手を当てる。怪我をしたのはそこらしい。大したことがないというのは本当なのだろう。声に歪みはないし、それほど弱った様子もない。

しかし——腹というのは、ちょっと切るような場所ではない気がする。

短い沈黙の後、高槻がまた口を開いた。

「……刺されたと聞きました」

ことはわかる。

智彰が口をつぐむ。

白い部屋の中に沈黙が流れる。

高槻の顔は見えず、智彰の顔も見えないが、二人が互いに見つめ合っているのだろう

ことはわかる。

刺された、という言葉に含まれる紛れもない事件性を、高槻は相手に問い質そうとし

ている。被害者がいて加害者がいる話だ。大したことのない話のわけがない。

だが、智彰は一つ息を吐くと、

「お前には関係のないことだ」

きっぱりとそう言って、また口を閉じた。

廊下の向こうから複数の足音が聞こえてきて、尚哉はそちらを振り返った。

スーツ姿の男性が二人、こちらに向かって歩いてくるのが見える。そのうちの片方の

顔を見て、尚哉はびっくりした。

「……佐々倉さん⁉」

「深町？　お前、何でここに」

ぎょっとした顔で、佐々倉が尚哉を見る。

佐々倉こそどうしてと思ったが、よく考えたらこの人は刑事なのだ。傷害事件が起き

たなら、刑事が来るのは当然だ。一緒にいる初老の男性は、佐々倉の同僚なのだろう。

「おい、ちょっと待て。……お前がいるってことは、まさか」

佐々倉は長い脚で大股（おおまた）にこちらに近寄ると、半分開いたままの扉の隙間から、病室の中を見た。

佐々倉の声を聞きつけて、高槻が振り返る。

「健司（けんじ）。事情聴取に来たの？」

「……ああ」

「そう。じゃあ、僕は外に出ていた方がいいね」

にこりと綺麗（きれい）に笑って、高槻が廊下に出てくる。

佐々倉はどう声をかけようかと迷うような顔を一瞬した後、結局無言のまま、高槻の肩に手を置いた。ぐっと強く握り込んだ後、ぽんと軽く叩（たた）く。

佐々倉ともう一人の刑事が病室に入っていく。スライド式の扉が閉じると、高槻は小さく息を吐き出した。そのまま、扉の横の壁にもたれるようにして立つ。

優斗は、少し離れた場所で、自分の父親と話していた。優斗の父親は、優斗が高槻と一緒にいることについて、さかんになぜと尋ねている。優斗はうんざりした顔でそれに適当に答えていた。一族を追放されたも同然の高槻と交流することは、優斗の家にとって決して好ましいことではないのだろう。

尚哉は身の置きどころがないような落ち着かない気分で、ちらと高槻を見た。

はたして自分はここにいていいのだろうか、と思う。

尚哉は高槻の家とは何の関係もないのだ。あまりにも部外者すぎて、いたたまれない。

だが——じゃあ帰りますと言い出すのも、なぜだか気が引けた。

もう一度、高槻を見る。

高槻は、落ち着いた様子に見えた。壁にもたれて少しうつむきながら、指先で軽く己の顎をなぞっている。それは、高槻が考え事をするときにする仕草だ。伏せた目が、かすかに開いた扉の隙間から漏れ聞こえる会話に反応して、少し動く。低い声だが、耳をすませば聞こえなくもない。

佐々倉ともう一人の刑事は、智彰が刺された状況について確認しているようだった。

智彰は、今日の午後二時過ぎに、世田谷区にある自宅付近の路上で血を流してうずくまっているところを通行人に発見され、救急搬送されたらしい。

「誰に刺されたんですか？」

「……その瞬間のことは、あまりよく覚えてないんですよ」

佐々倉の問いに、智彰がゆっくりとした口調で答える。

「気づいたら、切れていて。最初はそこまで深いとも思っていなかったんですが、そのうちに血もどんどん出てきて、どうしたものかと思っているうちに歩けなくなりましてね。途方に暮れていたら、親切な人が救急車を呼んでくれたようです」

もう一人の刑事が怪訝そうな声を出す。

「何ですかそれ。知らないうちに切れてたみたいな言い方されても困りますよ」

「しかし、事実として、そうなので」

智彰が言う。

高槻が眉をひそめ、確認するような視線を尚哉の方に投げてきた。

尚哉は小さく首を横に振る。智彰の声に歪みはない。気づいたら切れていた、という言葉に嘘はない。

でも、そんなことがあるだろうか。

「犯人を見ていないんですか？」

佐々倉が問う。

智彰の返事はなかったが、おそらくうなずいたのだろう。いやそんなまさか、ともう一人の刑事がこぼすのが聞こえた。そんなわけないでしょ、と。

そう、そんなわけはない。

そんな、勝手に切れるなんて——かまいたちでもあるまいに。

そのときだった。

「——彰良か？」

また別の声が、聞こえてきた。

はっとした様子で、高槻が振り返る。つられて尚哉もそちらを見る。

廊下の向こうに、和装の老人がいた。

何歳なのだろう。かなり高齢なことは確かだ。髪も髭も真っ白で、黄ばんだ皮膚には深い皺が幾重にも刻まれている。この年の人にしては背が高いが、歳月がその身から肉をこそげ落としたかのように痩せこけていた。鼻は高く、顎は細く、どこか猛禽を思わせるほどに鋭い目つきをしている。

「彰良。お前、彰良だろう」

しわがれた声が、高槻の名を呼ぶ。

杖をついてはいるが、その足取りは決して遅くはなかった。みるみるうちに近づいてきた老人は、高槻に向かって皺だらけの手をのばした。

そして突然——物の怪のごとく、老人は高槻に襲いかかった。

「……なぜ、なぜお前がここにいる⁉　この、たわけが！」

老人が放り出した杖が床で跳ねる。高槻の両腕に、骨ばった指が恐ろしい勢いで食い込んだ。それでも振りほどこうと思えばできるだろうに、高槻はがくがくと揺さぶられるままになっている。

「なぜ戻ってきた！　お前がいるから、こういう悪いことが起こる！　さっさと帰れ！」

老人が叫ぶ。

高槻はまるで心臓を握りつぶされたかのような顔で、老人を見下ろしている。

「お父さん、落ち着いて！　どうしたんですか！」

「会長！　手を離してください！」

優斗の父親と優斗が、二人がかりで老人を高槻から引き剝がす。やはりこの人は高槻の祖父なのだ。

　高槻が片手を上げ、自分の胸の辺りをつかんで、震える息を吐き出す。大丈夫ですか、と思わず尚哉は尋ねる。本当に老人が高槻の心臓を壊してしまったかのような気がして怖かった。高槻は答えない。老人は優斗達に押さえられたまま、まだ高槻を睨んでいる。

「……優斗」

　高槻がうつむき、低い声で言った。

「僕は帰るよ」

「アキくん……」

「未華子さんにはまたの機会にと伝えておいて。——それじゃ」

　高槻がふらりと歩き出す。尚哉はその後を追った。

　高槻を無理にこの場に連れてきたことを後悔していた。父親との再会だけでも相当な心理的負担になっただろうに、まさか祖父まで来るなんて最悪すぎる。先生、と呼びかけてみても、高槻は振り返らなかった。

　そして尚哉は——最悪には最悪が重なることを、知ることになった。

「……わっ」

　突然高槻が足を止め、尚哉はどすんとその背中に額をぶつけた。

「せ、先生？」

　石のように動かなくなってしまった高槻の後ろから顔を覗かせて初めて、尚哉は廊下の向こうからまた人が歩いてきていることに気づいた。

二人いる。男性と女性。

どちらも知っている顔だった。男性の方は、智彰の秘書の黒木だ。だが、その顔にいつもの嫌味な笑みはなく、引き攣ったような表情で高槻を見ている。

そして、女性の方は——高槻清花だった。

高槻の母親。

あまり老いの気配を感じさせない、美しい顔。上品なツーピースに包まれた体はほっそりとしていて、姿勢が良い。急いで来たのか、長い茶色の髪は少し乱れて頬にかかり、肩から胸へと柔らかく流れ落ちている。

「彰……あなたが、なぜここにいらっしゃるんです？」

彰良さん、といつものように呼びかけようとして、途中で黒木が言い方を変えた。黒木は知っているのだろう、清花が自分の息子を認識していないことを。

高槻は黙ったまま、動かない。

清花が不思議そうに黒木を見る。

そして、高槻によく似たその顔を、こちらに向けた。

焦げ茶色の瞳が確かに高槻の姿をとらえて、まばたきする。

「——あら……」

清花が口を開く。

「主人の、会社の方？」

尚哉の目の前にある高槻の背筋が震える。

こんなに普通に見えるのに。何もおかしなところなんてなさそうなのに。

この女性は、今でも己の息子のことがわからないのだ。

清花の中の高槻は、今でも子供の姿をしているのだろう。だが、その姿の高槻は、清花の中で存在を否定されたあのときに、その認識内からかき消えた。清花が己の心を守るために作り出したフィルターが、高槻の姿も声も透明にした。

成長して大人になった高槻は——あの頃と姿が違うから、そのフィルターの対象から外れたのだろう。見えている。見えてはいるのだ、清花の目にも。

そして高槻は、清花にとって、見知らぬ他人となった。

清花が足早に高槻の方に歩いてくる。ヒールの高い靴がこつこつと靴音を立てる。高槻は逃げることすらできずにいる。

顔にかかった長い髪を細い指で耳にかけ、清花はすぐ傍から高槻を見上げた。

高槻が息を吞む気配がする。

「主人は大丈夫かしら。容体を聞いた？　私、とにかくびっくりして……ああ、私ったら、主人の所へ早く行かないと」

「——奥様。病室はあちらです」

黒木がそっと清花の背中に手を添えるようにして、病室の方へ誘導した。

ヒールの靴音が、背後に歩き去っていく。

高槻はまだ動かない。

尚哉はうつむき、高槻に呼びかけた。

「先生。……帰りましょう」

それしか言えなかった。

なぜだか、高槻の顔を見るのが怖かった。今、高槻がどんな表情をしているのかを知るのが怖かった。だからうつむいたまま、尚哉は高槻の腕に手をかけようとした。

けれど、それより早く、高槻は自分で歩き出した。

急にすたすたと進み始めた高槻を、尚哉は慌てて追いかけた。先程までと歩き方が違う。何の迷いもない足取り。脚の長さが違うので、この速度で高槻が歩くと、尚哉は少し小走りにならざるをえない。

おかしい、と思ったのは、高槻が階段を上り始めたときだった。

帰るのではないのか。一体どこに行くというのだろう。

高槻は無言のまますたすたと階段を上り、上階のフロアを歩み出す。ここ何階だっけ、と尚哉は壁を見上げ、『8F』という表示を見つけたところで、先を行く高槻が廊下の角を曲がろうとしているのに気づいた。走ってその後を追いかける。

高槻が病室に入っていくのが見える。入口に設置された表札は空白。空の病室だ。なぜこんなところに、と思いながら、高槻の行く先を見て——唐突に、嫌な予感を覚えた。

高槻が行く先、部屋の突き当たりには、大きな窓がある。

病室の窓というのは完全には開かないものだとどこかで聞いた気がするのに、よりにもよってこの病院の窓は普通の窓と何も変わらない。高槻の手が鍵を開け、からからとガラス窓を引き開ける。風が吹き込んでくる。膨らんだカーテンが一瞬視界を遮り、尚哉は闇雲に手をのばして高槻の腕を捕らえる。

「先生……高槻先生！」

高槻が振り返った。

案の定、その瞳は青く変わっていた。

『もう一人の高槻』が、尚哉を見下ろす。

その眼差しには何の温度も感じられない。藍色の瞳はその奥に無数の星の瞬きを宿して、仄かに輝いている。この瞳を見上げる度、いつも言いようのない恐怖を覚える。うっかり覗き込めばそのまま吸い込まれて幾万光年彼方に放り出されそうな、途方もない夜の気配に満ちている。

けれど尚哉は、その瞳を見上げずにはいられなかった。

絶対に訊かなければならなかった。

「──何する気ですか」

風をはらんだカーテンが体を叩く。『もう一人』がわずかに煩わしそうな顔をしてそちらを見た隙に、尚哉は高槻の腕を力まかせに引いた。窓際から高槻の体を少し引き離すことに成功する。それでも、建物の外との境界はすぐそこに口を開けている。……ほんの数歩歩いて身を乗り出すだけで、この体はたやすく外に転がり落ちるはずだ。

さっき確認した階数表示の『8F』が、頭から離れない。

「答えてください。今、何をするつもりだったんですか!」

「戻す」

『もう一人の高槻』が、そう答えた。

「何ですかそれ。戻すって、どういう意味ですか」

「彰良がここにいたくないと思ったら、戻す。そういう約束だ」

背筋が冷たくなる。

また約束。この『もう一人』は、高槻と幾つ約束をしたというのだろう。

それは全て、高槻が神隠しに遭っていたときに交わした約束なのか。

そのときだった。

「……お前も来るか?」

ふいに、底なしの夜が尚哉の瞳をふっと間近から覗き込んで、そう尋ねた。

尚哉の胸の中で、心臓がぎゅっと縮こまる。

かなりきつくつかんでいたはずなのに、あっさりと腕が振りほどかれた。反対に、こちらの腕がつかまれる。欠片の慈悲もない力に骨が軋みそうになる。尚哉は咄嗟に上げそうになった悲鳴を噛み殺して、『もう一人』を見上げる。

『もう一人の高槻』が、ほんのわずかに唇の端を持ち上げた。

秀麗な顔がさらに近づいてくる。吐息が頬に触れる。

低い囁きが、耳元に落ちた。

「――一緒に連れて行ってやろうか。お前も」

その瞬間。

尚哉の中で、何かがはじけた。

「……っ！」

声にならない声を上げながら、尚哉は相手の力に全力で抵抗した。『もう一人』の手を振り払い、己が手を高く振り上げる。頭の中が煮えるほどの激しい怒りに、視界が歪んでいた。許せなかった。だって。

それを決めるのはお前ではない。

断じて、違う。

――気づいたときにはばちんと結構いい音がしていて、高槻が大きくよろめいた。

一度向こうを向いた高槻が、再びこちらに顔を向けようとする。尚哉は容赦なくもう一度手を振り上げる。

だがその手は、高槻の頬に届く寸前、大きな手に阻まれた。

「……待って、深町くん！　待って落ち着いて、どうしたの!?」

高槻だった。

戸惑いを浮かべてこちらを見下ろす瞳は、焦げ茶色をしていた。

もうそこに夜の気配はない。それを見た途端、尚哉の脚から力が抜けた。ぺたん、とその場に座り込んだ尚哉につられたように、高槻も床に膝をつく。

そのまま高槻は、茫然と周りを見回した。記憶が飛んでいることに気づいたのだろう。そろそろと片手を持ち上げ、腫れて赤くなった己の頬に触れる。

開け放したままの窓を見上げた高槻の目が、はっとしたように見開かれた。

その瞬間、尚哉の心に、今更ながらに恐怖が押し寄せた。

思わず手をのばし、高槻の胸元をつかむ。

「深町くん」

高槻が尚哉を見る。

尚哉は高槻をつかんだ手に力を込める。高価そうなシャツやジャケットが皺になるのが見える。それでも放せなかった。自分の手がぶるぶると震えているのがわかる。高槻の頬を叩いた手のひらは、じんじんと熱を持っている。

自分がとんでもない勘違いをしていたことに、やっと気づいた。

ずっと、あの『もう一人』は、高槻を守るために存在しているのだと思っていた。高槻本人には決して危害を加えないと。

でもさっき、『もう一人』は——高槻を、殺そうとしていたのだと思う。

「深町くん。大丈夫だから」

高槻が言う。

「もう平気だから。ここにいるのは、僕だから。だから話して。……何があったの」

尚哉はうつむき、息を吸い込んだ。

でも、なかなか声が出なかった。早く高槻に、何があったのかを説明してやらないといけない。わかっているのに、今喋(しゃべ)ったら泣き声になってしまいそうで。

怖かった。

どうしようもなく、怖くてしょうがなかった。


高槻は、尚哉が落ち着くまで待ってくれた。

やっと高槻に何があったかを話して聞かせて、二人で病室を出た。

今度こそ帰ろうと、エレベーターに乗る。高槻の頬は、まだ少し腫れていた。それを見ながら尚哉は、ぐーにしなくてよかったな、とぼんやり思った。この出来の良い顔に青痣(あおあざ)でも残した日には、瑠衣子や他の女子学生達に殺される。

「……あの」

「うん、何？」

「すみませんでした。それ」

尚哉が高槻の頬を指差して言うと、ああ、と高槻は苦笑した。

「気にしないで。前にもあったことだから」

「前にもって」

「……あのときは父に叩かれたっけ」

頰に手のひらを当て、高槻が呟く。

黄泉比良坂で頰を腫らしていた高槻を思い出し、尚哉は少し胸に痛みを覚える。

病院のエレベーターはなんだか妙に遅くて、なかなか一階に着かない。ゆっくりと下りていく階数表示を見上げながら、高槻がまた口を開いた。

「――僕がここにいたくないと思ったら、戻す。『もう一人』はそう言ったんだよね」

「はい」

「そう。……確かに、僕はさっき、そんなことを思ったかもしれない。だってまさか」

高槻が言いかけたとき、エレベーターがようやく一階に着いた。

扉が開き、エレベーターを降りる。尚哉は思わず高槻の前に出て、周囲を警戒した。

また高槻の祖父なり母なりがいたら、目も当てられない。

土曜の夕方の病院ロビーには、あまり人がいなかった。幸いなことに、高槻の関係者は見当たらない。ほっとして正面玄関の方を向いたとき、スーツ姿の男性が病院の中に入ってくるのが見えた。

え、と思わず声が出た。

向こうも、「げ」と小さく声を漏らす。

佐々倉と同じくらいの長身。けれど、妙に人好きのする雰囲気の男。

林原夏樹。

佐々倉と同じく、警視庁の刑事だ。……担当する事件は少々異なるが。

「林原さん。こんにちは」

高槻が林原に呼びかける。

一瞬回れ右して逃げかけた林原は、漫画みたいにびくっとしてこちらを振り返り、

「……あー、どーもー、高槻先生。本日はお日柄もよく」

「病院でする挨拶ではないですね。どうしてここに？　お仕事ですか」

「いや、えーっと、ちょっと知り合いのお見舞いに……」

林原の声が歪む。反射的に尚哉は耳を押さえる。

「あ、そっか。無駄でしたね」

林原がちらと尚哉に目を向け、肩をすくめた。やっぱりこの人知ってるんだな、と尚哉は思う。前に会ったときも、林原は尚哉の耳の力を知っているような素振りをした。

林原が、高槻に尋ねた。

「佐々倉さん、来てます？」

「ええ」

「そうですか。それじゃまた」

高槻に軽く会釈して、林原が歩き出す。

高槻が少し眉をひそめた。

尚哉も不審な気持ちで、長身の背中が去っていくのを見つめる。

どうしてここに林原が来るのだろう。林原が所属する異捜が担当するのは、何かしらの怪異が関わっていると考えられる事件だけのはずだ。

「深町くん。――行こう」

高槻に声をかけられ、二人で病院を後にした。

病院前のバス停からバスに乗り、最寄りの駅まで移動して、電車に乗る。

特に会話もなく電車に揺られながら、尚哉は壁に掲示された路線図を見た。途中までは一緒だが、乗り継ぎのために降りる駅が自分と高槻とでは違うなと思う。

やがて電車は、高槻が降りる駅に到着した。

「それじゃあ、僕はもうこのまま帰るよ。君も早く帰りなさい。また大学でね」

高槻がにこりと笑って言い、電車を降りる。

尚哉は高槻の後について、一緒に電車を降りた。

高槻が気づいて振り返る。

「深町くん？」

電車の扉が閉まり、発車する。周りの人々が、尚哉達を追い抜かしてホームを歩いていく。高槻は笑いながら、尚哉に尋ねる。

「どうしたの。さすがに家に帰るだけなら、僕も迷わないから大丈夫だよ？」

その顔は普通に笑っているけれど――この人の笑い顔ほど信用できないものはないことも、尚哉はよく知っている。

「――晩ごはん」

「え？」

「晩ごはん、奢ってください」

「……深町くん？」

「優斗さんの家で晩ごはん食べるはずだったのに、流れちゃったから」

高槻が困惑したように尚哉を見下ろす。

尚哉はその顔をぐいと見上げて、

「うち今、冷蔵庫からっぽなんです。野菜も肉もないし、冷凍のごはんすらないです」

「……炊きなよ、ごはん」

「米もないです」

「嘘だよねそれ」

「嘘ですけど。でも奢ってください」

「いや、どんな図太さなの君」

高槻が言う。厚顔無恥と思われても別によかった。そもそもこれまでさんざん奢っておいて、今日に限って嫌だと言わせるつもりはなかった。

今の高槻を一人にしない方がいい。そんな気がしていた。

高槻が困った顔をする。でも、やがてその顔ににじむように苦い笑みが広がる。ああこちらの意図に気づいたんだなと思う。この人は心配されるのが苦手で――でもたまに、それを心底喜んでみせることもある。

「……本当にもう、君って子はさあ」

高槻が一つため息を吐いて、ぽんと尚哉の頭に手を置いた。例によってわしゃわしゃと髪をかき回される。いつもよりちょっと力が強い。

「ちょ、あの、やめてくださいっ、眼鏡ずれるし！」

「――今、うちの冷蔵庫も割とからっぽなんだよねえ」

「え？」

「だから、買い物も付き合ってくれるならいいよ。ごはん、食べさせてあげる」

高槻がホームを歩き始める。

尚哉は慌ててその後を追いかける。

「え、わざわざ作ってくれるんですか？」

「だって、この顔で外食は恥ずかしいじゃないか」

高槻が自分の腫れた頰を指差す。

「手を動かしていた方が気がまぎれるし、誰かの分まで作るなら自炊は嫌いじゃないよ。深町くんの食べたいもの作ってあげるけど、何がいい？」

「え、えっと、じゃあ」

「だけど、君も作るんだよ？」

「あ、はい、手伝いは勿論」

「そうじゃなくて。僕が深町くんの食べたいものを作るから、深町くんは、僕が食べたいものを作るんだ。それなら平等でしょう」

「先生が食べたいもの……」

「オムライス。今、無性に食べたい」

「……よりにもよって、何でオムライス？」

「ほら、前に作ってくれたじゃないか！　今度はちゃんとタマネギも入れて、作ってよ」

ああ、と尚哉は思い出す。前に高槻が体調を崩し、尚哉が見舞いに行ったときの話だ。

「……もうとっくに忘れてるかと思ってました。ていうか忘れてください」

「あいにく僕は、記憶力が良くてねえ。楽しみだなあ、深町くんのオムライス！」

高槻はそう言って、子供のような顔で笑った。


途中のスーパーで買い物をして、高槻のマンションに向かった。

食材の入った袋をキッチンに置くと、高槻は一旦着替えに寝室に入った。といっても、あまりだらっとした部屋着などは着ない人らしく、シンプルなシャツとスラックスという格好で戻ってくる。

エプロンを手に取り、シャツの袖をめくり上げたところで、高槻はふと手を止めた。

「テレビ、点けてもいいかな？」

「え？　あ、どうぞ」

高槻がリビングにある大型のテレビの電源を入れる。夕方のニュース番組にチャンネルを合わせ、高槻は料理の準備を始めた。

尚哉がリクエストしたのはサモサだ。以前、高槻が佐々倉も交えた飲み会のときに作ってくれたことがあって、妙に気に入ってしまったのだ。

「イギリスにいた頃、インド人の同居人が、よくサモサを皮から手作りしてくれてたんだけどね。ある日、渉おじさんがスーパーで日本の春巻きの皮を見つけて、これで作れるんじゃないかって提案してきてさ。半信半疑で作ってみたら、これはこれでサクサクしててありだねって話になったんだよ。インド人は微妙に納得してなくて、『それはワタルのサモサであって、インドのサモサではない』って言ってたけど」

「おいしいですけどね、春巻きサモサ」

高槻がタマネギをみじん切りにしている横で、尚哉はジャガイモを洗う。どちらもサモサの具材用だが、タマネギはオムライス用の分も含まれている。

高槻の家のキッチンはやけに広くて、男が二人並んで料理していても不自由は感じない。そもそもが家族用の物件なのだ。

ここは、高槻がイギリスから帰ってきたときに、高槻の父親が勝手に用意していた部屋だという。最初は売っ払ってどこかもっとこぢんまりしたところに引っ越そうかと思ったようなのだが、利用できるものは全部利用しろと渉に諭されて、結局ここに住むことにしたらしい。……そんな話を、前に渉から聞かされた。

「ごはんをおいしいって思えてる間は大丈夫だっていうのは、渉おじさんの教えでね」

包丁を動かしながら、高槻が言う。

「何か食べておいしいと思えるのはとても幸せなことだから、それが生きてるってこと だから、いつもきちんと食事は摂りなさいって言われてて。だから料理も覚えろってさ」

「だから先生、料理上手いんですね」

「うん、おいしいごはんの作り方は一通り覚えて、日本に帰ってきた。……でもね」

高槻がまな板から目を上げ、軽く部屋の中を見回した。

キッチンから続きになったダイニングと、広々としたリビング。

一人暮らしにはあまりにも広すぎる部屋。

「日本に帰ってきたら、僕、一人だったから。自分だけのために作るごはんって、味気なくてねえ。そのうち本当に味がしなくなって、困っちゃって」

「え、それって」

「ああ大丈夫、一時的なホームシックだったみたいで、そのうち治ったよ。でもそれ以来、一人だとあんまり作らなくなった。……この前渉おじさんが来たときに怒られたから、最近はなるべく作るようにはしてるけど」

「……そうですか」

「深町くんは？　割といつも自炊してる感じがするけど、どうして？　外食とかインスタントで済ませる子も多いでしょう。あんな上手にオムライス包めるなんてすごいよ」

「……自炊は、なんとなく、できた方がいいのかなって思ったんですよ」

ジャガイモを洗い終わり、皮剥いときますかと高槻に確認する。高槻がうなずいたので、尚哉はピーラーを手に取った。初めて使ったときには手の皮まで剥いてしまいそうな気がして怖かったが、使い慣れると便利な道具だ。

——極力自炊するというのは、一人暮らしを始めるにあたって自分で決めたことだった。その方が節約できるし、栄養の管理もしやすい。

何より、実家を出たとき、この先もう誰かと暮らすことはないだろうと思ったのだ。だから、自分で何でもできるようにならなければ駄目だと思って、料理を覚えた。

そうか、逆なんだな、と尚哉は気づいた。

高槻にとっての料理は、誰かと囲む食卓のために覚えたことなのだろうけれど、尚哉にとっては、一人で生きていくために身につけざるをえなかったことなのだ。

……でも。

「オムライスは、小さい頃好きだったから、ネットで作り方見かけたときに練習したんです。でも」

「うん?」

「今は……作り方覚えといてよかったなって、思ってます」

おかげで、誰かのために作ることもできるようになった。

そんな機会があるなんて、料理を覚え始めた頃は夢にも思わなかったけれど。

「ていうか先生、タマネギ多くないですか？　そんなにいります？」

「ああ、だってこれ、三人分だから」

「え？」

「さっき、健司にメールしたんだ。何時になってもかまわないから、後で僕の家に来てほしいって」

　みじん切りにしたタマネギをボウルに移しながら、高槻は、点けっぱなしにしてあるテレビの方へ目を向けた。

　こちらに笑顔を向けているアナウンサーの背景に、今日のニュースのラインナップが表示されている。暴走した車がどこかの店先に突っ込んだ話。痴漢が逮捕された話。動物園で一般公開されたジャガーの赤ちゃんがとても可愛いという話。

「――おかしいと思わない？」

　画面いっぱいに映った双子のジャガーの映像を見ながら、高槻が言う。

「ニュースになってないみたいなんだよね。世田谷で会社社長が刺されたって話」

　言われてようやく、石のように重たい違和感が尚哉の中にも降ってくる。

　とっくに報道されていなくてはならないはずの事件なのに、確かにおかしい。まさか高槻の父親が会社の力を使って揉み消したわけでもないだろう。前に高槻が女優と一緒にゴシップ記者に写真を撮られた件とはわけがちがうのだ。

「だからオムライスも、ちゃんと健ちゃんの分も用意するんだよ。健ちゃんにも、深町くんのオムライスを食べさせてあげないとね」

高槻はそう言って、にっこりと笑った。

佐々倉がやってきたのは、夜十時過ぎだった。

しかめっ面で入ってきた佐々倉は、ダイニングテーブルに並べられた幾つもの料理を見て、一体何事かという顔をした。

「……何のパーティーしてたんだ、お前ら」

「どうせなら作り置き用にって色々作ってたら、作りすぎちゃってねぇ」

あはは笑って、高槻が言う。

料理をすると気がまぎれるというのは本当らしく、高槻はサモサの他にも、サラダやらポトフやら色々作った。佐々倉を待っていたら食べるのが遅くなってしまうので、高槻と尚哉はもう食事を済ませた後だ。その後は暇だったので、高槻が録り溜めてまだ観ていなかったテレビの怪奇特番を二人で観て時間をつぶしていた。

高槻は、オムライスも他の料理も、何の歪みもない声で「おいしい」と言いながら、きちんと食べた。……そのことに、尚哉はとてもほっとした。

佐々倉の分の料理を温め直して出してやる。この時間からオムライスも食べるのかと訊いてみたら、「食う」と答えたので、チキンライスも温め直して卵でくるんで出した。恐ろしく強面な男がオムライスを食べる様というのは、画的になかなか面白かった。

もりもり食べている佐々倉の向かいに腰を下ろし、高槻が口を開いた。

「健司。食べながらでいいから、答えてくれる？」

「……捜査状況は教えられねえぞ」

オムライスの黄色い丘をスプーンで切り崩しつつ、佐々倉が言う。

「じゃあいいよ。僕が勝手に喋るから」

高槻はそう言って、迷うことなくずばりと訊いた。

「――警察は、父の事件を異捜案件だと判断したの？」

佐々倉が口に運びかけたスプーンが、ほんの一瞬だけ止まる。

高槻は佐々倉の様子を見つめながら言う。

「不思議なことに、この時間になってもまだ父の事件は報道されない。さすがに不自然だ。それと――病院で、林原さんに会ったよ。健司は来てるかって訊かれた」

さっきまで怪奇特番の録画を観つつ、スマホでずっとチェックしていたのだ。テレビもネットも、世田谷区の路上で男性が刺されたという事件について言及しているものは一切なかった。今日起きた別の傷害事件は報道されているのに。

異捜が扱う事件は、世間に対して公にされないという。

人ならざるものの存在は、世間一般に対しては伏せられているからだ。社会の動揺と混乱を防ぐため、そうせざるをえないのだという。異捜の存在自体が公表されていないのも、同じ理由からだ。

事件の報道がないことと、林原が来ていたこと。この二つをあわせて考えると、高槻の父親の事件は異捜案件だとしか思えない。

「でも、だとすると、ちょっと異捜の動きが早すぎる。怪異の可能性があると判断するに足る材料が、あの時点でそろっていたとは思えない。——とすると、考えられるのは、類似の事件が他にも起きているんじゃないかってこと」

「……」

佐々倉が無言でビールの缶に手をのばす。

サラダもどうぞと、高槻が佐々倉の方に皿を押しやる。

「誰に刺されたのかと訊かれたとき、父は『気づいたら切れていた』と答えたね。奇妙な言い方だ。父は自宅付近の路上で発見されたというけど、なぜそこにいたのかな。どこかに行く途中だった？　それとも散歩？……そう、本人は散歩だと言ってるんだね」

「……人の表情を読むな」

佐々倉がじろりと高槻を睨む。

高槻はにこりと笑い、

「あの辺は普通の住宅街だ、防犯カメラも少ないんじゃないかな。有力な目撃情報も、警察は一切入手できていないんじゃない？　父を刺した犯人が見当たらないんでしょう？　これじゃ父は『見えない何か』に切られたかのようだ。まるでかまいたちだね。そしてたぶん、よく似た事件が都内で他にも起きてるんじゃない？　『見えない何かに突然体を切り裂かれる』というような——異捜は、それを捜査してるんだ」

佐々倉が顔をしかめた。

眉間に深々とした皺を刻みつつ、サラダの皿を押しやり、サモサの皿を引き寄せる。

高槻と尚哉がせっせと包んで揚げた三角を、佐々倉はぐさりと箸で突き刺し——はあ、と大きなため息を吐いた。

「……高槻さんが歩いていく様は、近所の主婦に目撃されてた」

観念したように、佐々倉が口を開く。

「庭の手入れをしていた主婦で、高槻さんとは顔見知りだ。高槻さんが歩いているのが庭木越しに見えたから、『こんにちは』と挨拶したそうだ。高槻さんも会釈を返したらしい。そのとき高槻さんは一人で歩いていて、前後を誰かが通ったということもなかった。現場は一本道で、高槻さんはその少し先の路上でうずくまっているところを発見された。発見したのは、やはり近所に住む男性だ。犬の散歩中だった」

他にも事件が起きているのかどうかには触れず、高槻の父親の事件の目撃証言についてのみ、佐々倉は淡々と話した。

「この男性は、高槻さんが向こうから歩いてくる様を見ていた。突然足を止め、よろよろと座り込んだので、慌てて近寄ったら、腹を押さえた高槻さんの手が血まみれになっているのが見えて、驚いたそうだ。この男性が通報し、救急車が来ている」

「その人も、父以外は見ていないと言ってるんだね？」

「ああ」

佐々倉がうなずく。

話を聞く限り、高槻の父親の事件は、確かに異捜案件としか思えない。見えない何かに切られる、などというのは普通のことではないだろう。

「あの、佐々倉さん。念のため訊きますけど、そのとき強い風が吹いてたなんてことは」

「風？　何だそれ、特には聞いてねえな」

尚哉の問いに、サモサを食べながら佐々倉がそう答える。

堀田から依頼を受けているまどかの髪切り事件も、見えない何かに切られた事件といえなくもないと思ったのだ。だが、状況も違うようだし、関係はなさそうだ。

高槻は少し遠くを見つめるような目つきをした後、佐々倉にこう尋ねた。

「そのときの父の服装は？」

「何でそんなことを訊く？」

「いいから」

「……後で調べておく」

佐々倉が言う。

それから佐々倉は、またじろりと高槻を見て、

「なあ。お前、何か心当たりでもあるのか？　高槻さんの事件について」

「まだ何とも言えないよ。でも」

高槻が目を伏せた。

長い睫毛の下で、その瞳がかすかに青みを帯びた気がして、尚哉は一瞬身構えそうになる。佐々倉もじっと高槻を見つめる。

二人分の視線に気づいたのか、高槻は目を上げてこちらを見た。

そして、焦げ茶色の瞳に苦いものをにじませながら、こう言った。

「でも──父の事件は、たぶん他の事件とは違うものだと思うよ」


堀田が再び高槻の研究室を訪れたのは、週明け火曜のゼミの後だった。

そのとき、尚哉もちょうど研究室にいた。

入ってきた堀田は、憔悴した顔をしていた。来月の公演をやれるかどうかがわからなくなってきたのだという。

「もしかして──今度は、鈴掛美羽さんが髪を切られたのかな？」

高槻が尋ねると、堀田は力なくうなずいた。

「……正確には、ウィッグなんですけど」

美羽が主役のマリを演じる際にかぶるウィッグが、切られてしまったのだという。

今回、その場に一緒にいたのは堀田ではなく、まどかだったそうだ。

堀田は、高槻が出したコーヒーに手をつけることすらせず、うつむきながら話した。

「昨日、またあのスタジオで稽古をしていたんです」

例によって美羽の芝居が上手くいかず、何度も駄目出しをした末に、一旦休憩を挟むことになった。

美羽は「ちょっと外の空気を吸ってきます」と言って、スタジオを出て行った。たぶん、スタジオにいるのがいたたまれなかったのだろう。美羽のせいで稽古が進まない、という空気が、部員達の間にどうしようもなく漂っていたからだ。

だが、よろよろとスタジオを出て行く美羽は、堀田の目から見ても可哀想に思えるほどに、しおれた様子だった。

「それで、さすがに心配になって、まどかに様子を見に行かせたんです。ついでに芝居のアドバイスでもしてやってくれ、って頼んで。……十分くらいして、二人は戻ってきたんですけど……まどかが血相変えた様子で美羽の肩を抱えてて。何事かと思ってみたら、美羽のウィッグが肩の辺りで半分くらい、ばっさり切られてたんです。ひどい状態でした」

美羽は両手で顔を覆い、ぼろぼろに泣いていた。

とても話ができる状態ではなく、まどかが皆に事情を説明した。

――サークル会館の裏手にあるベンチに美羽を座らせて、飲み物を買いに行った。

――美羽のところに戻ろうとしたら、急に強い風が吹いてきた。

――嫌な予感がして美羽を見たら、美羽の髪が急に切れるのが見えた。

――何が起きたのかわからないけど、たぶんわたしのときと同じ。

当然部員達は、何のことだという顔をした。まどかの髪はまどかが自分で切ったことになっていたからだ。同じと言われてもわからなかったのだろう。

戸惑う部員達に、まどかはあらためて説明し直した。自分の髪がどのような状況で切られたのか。部員達は、風が吹いたら髪が切れたなどと言われても信じられないという様子だったが、高槻が稽古場に見学に来たのはそのせいだと言われると、顔を見合わせて口を閉じた。

まどかは美羽の肩を抱えたまま、堀田を見て言った。

――ねえ、堀田くん。これでもまだこの演目、やる気なの？

――もう無理だよ。やめた方がいいよ。

「正直な話、切られたのはウィッグですから、新しいウィッグを用意すればいいってだけのことではあります。……予算的にはきついですけど」

骨ばった肩を丸めながら、堀田は高槻にそう説明した。

「けど、美羽は、もうマリはできないって泣きっぱなしで。まどかも美羽もできないとなると……今から他の女優で芝居を立て直すのは、正直きついです。何か呪われてるんですかね、うちのサークル。お祓いとかするべきですか？　でもこの台本書いたの俺ですよ、四谷怪談じゃあるまいし呪われるなんておかしくないですか？　このままじゃ、俺の舞台が駄目になる……畜生、そんなことって……」

長めの髪をぐしゃぐしゃとかきむしり、堀田が言う。

高槻はしばらく堀田を見つめ、それから、堀田が一向に口を付けようとしないコーヒーを、手をのばして取り上げた。

そのまま立ち上がり、マグカップを窓際の小テーブルのところへ持って行く。

「ねえ、堀田くん。僕は、演劇のことはよく知らないんだけどね」

柔らかな声でそう言いながら、高槻はマシュマロの袋を手に取った。大きな白いマシュマロを、ぽちゃぽちゃぽちゃと遠慮なくマグカップの中に放り込む。

戻ってきた高槻は、堀田の前にあらためてマグカップを置き、

「演劇というのは、台本を書いた人と、演出する人と、演じる人と、舞台を支える人達でできているものなんだよね？」

「はあ……そうですね。しいて言うなら、あとそこに観客も入れて完成、って感じですけど。舞台は観客がすぐそこで観るのが前提なので」

顔を上げた堀田が、目の前に置かれた大仏マグカップをぼんやり見つめた。コーヒーの上にマシュマロが積み上がって山になっている。

高槻はにっこり笑って、「甘いものを摂ると気持ちが落ち着くよ」とコーヒーを勧め、

「それなら、その舞台は誰のものなんだろうね？」

「は？……誰のものって、それは……」

答えようとした堀田が、曖昧に口をつぐむ。

そして、それをごまかすように目の前のマグカップに手をのばした。

ひと口飲んで、顔をしかめる。甘かったらしい。

　高槻は苦笑して、

「――いい加減、君のサークルに憑いた髪切をお祓いした方がよさそうだね。でないと事態が悪化する一方だ」

「え、やっぱりお祓いが必要なんですね⁉　神社に行けばいいですか、それとも寺ですか？　先生、紹介してくれますか？」

「いいや、お祓いは僕がする。だから、月村さんと鈴掛さんを呼んでくれるかな？」

「え……？」

　驚いた顔で高槻を見る堀田に、高槻はあらためてにっこりと笑った。


　堀田のサークルは、今日の夕方も例の地下スタジオを予約しているのだという。が、この状態では稽古はできそうにないから、とにかく全員で集まって、来月の公演をどうするかの話し合いをする予定だったそうだ。

　その予定を急遽変更し、部員達には「今日の活動はなし」との連絡を流してもらった。そして、まどかと美羽に対してのみ、あらためて堀田から「話があるので来てほしい」と伝えた。

　もし二人が来なかったらどうしようかという懸念もあったのだが、まどかも美羽も、時間通りに地下スタジオに来てくれた。

ウィッグを着けていない美羽を直接見るのは、これが初めてだった。緩く巻いたセミロングの髪を、柔らかな栗色に染めている。その髪型のほうが、芝居の際に着けていたウィッグよりもはるかによく似合って見えた。

まどかは今日も、幅広の赤いヘアバンドで髪をまとめていた。

「……堀田くん。どういうこと？」

スタジオに入ってきたまどかは、堀田の他に高槻と尚哉までいるのを見て、当然ながら不審げな顔をした。まどかの陰に隠れるようにして立った美羽も、眉をひそめている。

「ああ、ええと、だからつまりこれは」

堀田がどう説明したものかという顔で、二人と高槻を見比べる。これからお祓いをするんだ、とはさすがに言いづらいのだろう。

高槻が口を開いた。

「二人とも、来てくれてありがとう。今日は少し、君達と話がしたくてね。というのも、君達のサークルにはどうも『髪切』が取り憑いてしまっているみたいだから」

高槻の前には、スツールが二つ置かれている。芝居の中でも使用されていたものだ。右側のスツールの上には、美羽が使用していたウィッグが置かれている。黒髪のウィッグは、堀田が言った通り、半分ほどが無残に切られてしまっていた。

そして、左側のスツールに置かれているのは、『今代髪長姫』の台本だ。

まどかが、ふんと鼻で笑った。

「髪切？　かまいたちじゃなかったんですか」

「うん。切れたのが肉体じゃなくて髪なら、やっぱりかまいたちではないと思うな」

高槻がにこにこしながら言う。

美羽は、まどかと高槻と堀田の間で、うろうろと視線をさ迷わせていた。急に妖怪の話が始まってしまって、ついていけていないのだろう。ごくまれにその視線は尚哉の方にも向くが、こいつはさほど重要ではないと判断がついているらしく、割とすぐにそらされる。できれば自分のことは気にしないでほしいと尚哉は思う。嘘発見器としてここにいる身としては、あまり注目されていると耳が押さえづらい。

高槻が言った。

「髪切というのは、江戸時代によく起きていた怪異の名前だよ。知らないうちに髪を切られてしまうんだ。人々は多発する髪切り事件を、超自然的な存在の仕業と考えていた。手がハサミみたいになった妖怪や虫、あるいは狐の仕業だってね」

「まさかそんなものが本当にいるとかいう話をするわけじゃないですよね？　いくら先生が化け物の研究をしているからって」

まどかが腰に手を当て、大きな口の端を持ち上げる。

高槻は、スツールに置かれたウィッグにぽんと手を載せた。

「僕個人としては、妖怪絵巻に描かれているような髪切を見てみたいなあとは思うんだけどね。勿論、現代人たる僕らはもっと現実的にものを見るべきだ。とはいえ、江戸時代の人だって、全てを妖怪に託していたわけではないよ。犯人と思われる人が捕まったりもしてる。そしてもう一つ――『耳嚢（みみぶくろ）』という本では、とても興味深い解釈が語られている」

話しながら、高槻は長い指でウィッグの髪をもてあそぶ。黒々とした髪が高槻の指にくるくると巻きつき、またほどかれる。

「『耳嚢』というのは、著者が聞き集めた面白い話や不思議な話をまとめた本でね。この中に、『女の髪を食う狐の事』という話がある。女の人が髪を切られた後、野狐を捕まえて腹を切ってみたら、腸の中に女の髻（もとどり）が二つも入っていたという内容だ。タイトルの通りだね。でも、著者の根岸鎮衛（ねぎしやすもり）は、世の中で起こる髪切り事件の真相について、この狐犯人説よりも先に、別の説を挙げている。こちらはとても現実的な解釈だよ」

「現実的？　髪フェチの変態野郎が切って回ってる、とか？」

まどかが言う。

高槻は、いいやと首を振り、

「両親が勧める縁談を嫌がった女性が、髪切りの怪にかこつけて、わざと自分で髪を切ったんだ」

高槻はそう言って、ウィッグの髪をまたすくい上げる。

まどかが切れ長の目を糸のように細くする。

「つまり、被害者による自作自演？」

「うん。著者の本命は、むしろこっちだ。そういう例を、実際に知っていたのかもしれない」

「当時の縁談って、髪を切ったくらいで反故にできるものだったんですか」

「髷が結えなくなるからねえ。当時は今と違って、髪型を自由にできなかった時代だ。体裁が悪くなるし、そもそも女性が髪を切ること自体が不吉で、男性に対して良くないことだとする考え方もあったらしい。――ねえ、君はどうだったの？」

手のひらの中からはらりと髪を落とし、高槻はまどかを見つめた。

もう一つのスツールから、『今代髪長姫』の台本を取り上げ、言う。

「髪切りの怪にかこつけて、公演を潰してしまいたい。君は、そう思っていたんじゃないのかな」

まどかが口をつぐむ。

堀田が、はっとした顔でまどかを見た。

「まどか、まさかお前、自分で髪を……？」

「違うよ、堀田くん。――髪を切ったのは、たぶん鈴掛さんだ」

高槻がまどかから美羽に視線を移して、そう言い放つ。

美羽の肩がびくりと跳ねた。

「し、知りません、私」

そう否定した美羽の声がぐにゃりと歪む。尚哉は片手で耳を押さえる。

高槻がちらと尚哉の方を見て、にっと笑った。

「堀田くんは、月村さんの髪が切られたのは、あの公園でだと思っていた。そもそもそれが間違いだったんだよ。本当はもっと前に、大学を出る前に切られていたんだ。堀田くんがそれに気づかなかったのは、月村さんが隠していたからだよ」

まどかのヘアバンドを指差し、高槻は言った。

「月村さん。髪が長かった頃の君の写真を見せてもらったよ。どの写真を見ても、君は髪を下ろしていた。なのに、どうしてあの日に限って、ヘアバンドで髪をまとめていたんだろう。それは、不揃いになった髪を隠すためだったんじゃないかな」

あの日。

まどかは、ヘアバンドを使って、髪を内側に巻き込むようにしてまとめていたという。そのせいでまるでボブヘアのように見えたと、堀田が言っていた。

「せっかく上手(うま)いことまとめていた髪が強い風のせいで崩れてしまったのは、単なるアクシデントだったんでしょう？　あれがなければ、君は素知らぬ顔で家に帰り、翌日以降に『切りたくなったから、自分で切っちゃった』と堀田くんに対して言えたはずだ。でも、その前に堀田くんに、切れた髪を見られてしまった。だからとっさに、たった今切られたかのように装ったんだ」

「何のことだか全然わからない」

まどかがしれっとした顔で首を横に振る。

堀田が美羽を見た。

「美羽、お前……本当に、まどかの髪を切ったのか？　どうしてそんなこと」

「だ、だって、だって私」

美羽が、駄目出しを受けたときよりもさらに小さく身を縮こまらせる。

堀田が美羽の両肩をつかんで揺さぶった。

「お前、自分が何やったかわかってるのか!?　そんなに主役が欲しかったのかよ！　まどかの……あの髪を切るなんて！」

「堀田くん、やめなさい。そういう行いは、全く紳士的ではないよ」

高槻が堀田を止めた。

渋々という顔で堀田が美羽から手を離した途端、美羽は両手で顔を覆って泣き出した。細い肩が震え、涙でよじれた声が、ごめんなさい、と呟く。

だが、堀田は忌々しいものを見る目つきで美羽を睨み、

「謝って済む話じゃないだろ！　どれだけ人に迷惑かけたと思ってるんだ！　主演やりたいからって、やっていいことと悪いことがあるだろうが！」

「堀田くん、それは違うよ。鈴掛さんは――君のことが、好きなんだと思う」

高槻が言う。

堀田が顔を強張らせた。だが、そこに驚きの色はない。

たぶん堀田は、美羽の恋心に気づいていたのだろう。あるいは、告白されたことすら

あったのかもしれない。

それでも堀田の眼中に、美羽が入ることはなかったのだ。

高槻はもう一度台本を取り上げた。軽く掲げるようにして、堀田に見せる。

「主役のマリは、月村さんのためにあて書きしたものだよね？　君はこの台本を、月村さんを意識しながら書いたんだ。そんなことは、サークルの全員が気づいてる。勿論、鈴掛さんもわかっていた。……それでも鈴掛さんは、針の筵に座ることになるのを承知で、マリ役を希望した。君が求める女性に、なりたかったからだ」

先日の稽古場での、美羽の様子を思い出す。

マリは、美羽には似合わない役だ。

少なくとも、堀田が求めるマリの像にはそぐわない。堀田はまどかしか想定していないのだから。

それでも、美羽は必死にマリを演じようとしていた。マリになろうとしていた。台詞を変更すると堀田が言ったとき、美羽はじっと堀田の背中を見つめていた。あのとき美羽の目の中にあったのは、どうしようもない悔しさと――決して自分を見ようとしてくれない男に対する、それでも消せない恋情だったように思う。

「……わ、私、まどかさんのことが、羨ましくて」

涙の下から、美羽が声を絞り出す。

「舞台の主役も、堀田さんも、まどかさんはどっちも持って行っちゃう……私にもあんな髪があったらなあって、そう思ったら悔しくて、悲しくて、羨ましくて……それで、それであの日」

あの日――美羽は、稽古を終えたまどかに話しかけられたのだという。

他愛のない話だった。単なる雑談だった。

でもそれが、その日の美羽には耐えがたかった。

他の部員は皆もう帰った後だった。まどかと一緒に帰ると言っていた堀田も、先に外に出ていた。美羽が残っていたのは、急いで作り直さないといけない衣装があったからだ。オーディションでマリ役を落ちた美羽は、衣装スタッフになっていた。

そう――そのときの美羽の手元には、裁ちバサミがあったのだ。

それはたぶん衝動的なものだった。

隣に座っていつものように話しかけてくるまどかの髪を突然つかみ上げ、美羽はハサミを動かした。

「ジャキ、って音がして……気づいたら、まどかさんの髪がばさばさって私の膝に落ちてきて……その瞬間、ああとんでもないことしちゃったって思って」

そのときまどかは一瞬、何が起きたのかわからないという顔をした。

それからゆっくりと手を上げて、短くなってしまった己の髪に触れた。

ごめんなさい、と美羽はすぐに謝ったのだそうだ。

どうしよう、ごめんなさい、自分は取り返しのつかないことをしてしまった、と。

「堀田さんに何て言えばいいんだろうって……きっとサークルから追い出される、絶対追い出される、そう思ったら涙が出てきて……でも、そしたら、まどかさんが……私に、ありがとうって言ったんです」

「……ありがとう？」

堀田がかすれた声で呟き、まどかを見る。

まどかは大きな口を横に引くようにして笑い、肩をすくめて両手を上に向けた。まるで欧米人のようなその仕草は、まどかにはよく似合っていた。

「ええ、言ったわ。ありがとう、これで役を降りられる、って。ありがとう、これでもう心は決まった、って。美羽に、そう言ったわ」

――ありがとう。これでもう心は決まった。

いっそ晴れやかなほどの口調でそう言って、あのときまどかは、美羽の頰をなでた。

そして、そのとき美羽がしていたヘアバンドに手をのばし、「ちょうだい」と言って、はずした。

スタジオの鏡の前に立ち、器用に髪をヘアバンドの中に巻き込むまどかを、美羽は茫然と見つめていたという。

――堀田くんには上手く言っておく。明日から、マリは美羽がやるのよ。

そう言って、まどかはスタジオを出て行った。切れた髪を隠して、堀田と合流した。

その日のうちに堀田に髪を見られてしまったのは誤算だったが、堀田は、まどかの髪を切ったのは美羽だとは気づかなかった。

だから、マリ役は美羽へと上手く譲ることができた。

「……でも、月村さんのためだけに書かれたマリ役は、鈴掛さんには結局務まらない。月村さんの面影をマリの中に追い続けている堀田くんが、考えを変えない限りはね。鈴掛さんは追い詰められ――もう無理だとでも思ったのかな。自ら、マリのためのウィッグを切ってしまったんだろうね。月村さんの髪を切ったときと同じように」

「そう、です。私が自分で切りました。あのときと同じ裁ちバサミで」

高槻の言葉に、美羽が、ぐす、と洟をすすってうなずく。

それが昨日の出来事の真相だ。

堀田から駄目出しされる度、美羽は、ありとあらゆる意味で自分がまどかにはなれないことを思い知らされたのだという。

サークルを追い出されてもいい。もう自分にはマリ役は無理だ。

度重なる駄目出しで疲れ果てた美羽は、休憩時間に「外の空気を吸ってくる」と言って、スタジオの外に出た。

そして、隠し持っていたハサミで、ウィッグの髪を切り落とした。まどかが髪が短くなったせいで降板したことを思うと、それ以外にやり方が思い浮かばなかった。

だが、そこへまどかがやってきた。

もう無理だから役を降りたい、サークルも辞める、と泣きながら言った美羽に、まどかは言った。

「――辞めちゃ駄目。悪いのはマリという役なんだから、辞めないで」

そしてまどかは、まどかの髪が切れたのはかまいたちのせいだと堀田が思っていたという高槻の言葉を利用して、美羽のウィッグが切れたのもそのせいだとしたのだ。

美羽という犯人を隠すために、髪切をでっちあげた。

「――君は、そんなに嫌だったのかい？　マリという役が」

高槻がまどかに向かって尋ねた。

まどかはもう一度、肩をすくめてみせる。

「決まってるじゃないですか。台本を渡されたときから、嫌でしたよ」

「君のために書かれた役なのに？」

「とてつもない悪女なうえに、最後は殺されて埋められるんですよ？　書き方が悪意に満ちてるじゃないですか、前にわたしが堀田くんを振ったからってひどすぎる」

「違う！　そんなつもりで書いたんじゃない、俺は純粋にこの役をまどかに演じてほしかったんだ！　男も女も惑わすファム・ファタール、まどかにしかできないと思った」

まどかの言葉に、堀田がそう反論した。

けれどまどかは、心底嫌そうな顔で堀田を見やる。

「うるさい。この髪フェチのキモ男」

「なっ……何だと！」

「自分の性癖丸出しで、恥ずかしげもなくよくあんな台本書けたものね。大体、何が髪長姫よ。ファム・ファタール？　違うでしょ、マリのイメージは――結局、これでしょ」

まどかはそう言って、己の口の両端に指を入れ、横に引っ張ってみせた。

まるで自ら口を裂くように。

うっと、堀田が言葉に詰まったような顔をする。

高槻がうなずいた。

「それは僕も気になっていたところだ。『今代髪長姫』と題して、最初こそ髪長姫のイメージで始めてはいるけれど――堀田くん。君がインスパイアされたのは、髪長姫じゃなくて、口裂け女の話だよね」

昔話の『髪長姫』では、小鳥が運んできた美しい髪を見た帝（みかど）が『これほど美しい髪の持ち主なら、さぞや顔も美しいはずだ』と決めつけ、国中を探させて髪長姫を御所に迎え入れる。髪の美しさは当時の美人の基準の一つでもあったのだろうが、随分髪フェチの帝だったんだなと昔読んだときに思ったのを覚えている。

堀田が書いた『今代髪長姫』の中にも、確かに似たようなシーンはあった。男は最初、マリの顔ではなく髪を見て、美しいと思う。そして、こんなに美しい髪の持ち主ならばさぞや美人だろうと、顔を見たがる。

でも、マリが男にすり寄るシーンの台詞は――ラストにまで効いてくる「わたし、綺麗（きれい）？」というあの台詞は、どう考えても、口裂け女だ。

美羽が言うとニュアンスが変わるからといって堀田が台詞を変更したのも、美羽の小さな口では、どんなに笑っても口裂け女には見えないからだろう。

あの台詞は、大きな口を持つまどかが言ってこそ、意味がある。

マリという役は、やはりどこまでもまどかに対するあて書きなのだ。長く美しい髪と、そして大きな口を持つ女。

「……ひどくない？　わたしの口を、口裂け女みたいって思ってたってことでしょ」

まどかが堀田を責める。

堀田は違うと首を横に振る。

「違う、俺は、男を破滅させる女のイメージに、出会うと殺される口裂け女のイメージをかぶせたかっただけで、お前の口が大きいとかそんなことは思ってない」

ところどころで、ぎゅるぎゅると堀田の声は歪む。

まどかにも堀田の言葉が嘘だとわかっているのだろう、糾弾の声は収まるところを知らない。

「自分でも気にしてるのに。よくも人の欠点を、そんな風に書けたものね！」

「欠点なんて思ってない！　俺は、俺は本当にお前のことが好きで、愛してて、その口のことも美しいと思ってて、だからお前のためにこの役を作ったのに！」

「その下心がそもそもキモいのよ。大体あの日も、あんな暗い公園で稽古の続きをしようだなんて。暗がりのベンチでわたしの体を触ろうとでも思ってたんじゃないの？」

「そんなつもりはなかった！」

　堀田が真っ赤になってそう怒鳴る。スタジオ一杯に響き渡るほどの大声だったが、一部が歪んでいる。……そんなつもりは多少はあったのだ、この男は。

　肩で息をしながらまどかを睨む堀田に、まどかは言った。

「――わたしが一番許せなかったのはね、そもそもあんたがあて書きをしたことよ」

「だからそれは」

「わたしのことが好きだからとか、そういう話はもう聞きたくない。ねえ、うちのサークル名が『エッグ』なの、どうしてか知ってる？　知ってるはずだよね、新入生歓迎会で先輩が話してたから」

「……まだ皆、役者の卵みたいなものだから。舞台人の卵だからだ」

　低い声で堀田が答える。

　まどかはうなずいた。

「そうだよ。だからうちのサークルでは、キャストは必ずオーディションで決める。ちょっとでも卵が孵化できるように、この先飛び立てるように、平等に機会を与える。それなのにあんたは、それを無視してあて書きしたのよ。サークル代表のくせに！――どうしてもあて書きがしたいなら、さっさと自分で劇団立ち上げたらいいでしょ。偉い劇作家様になって、あんたのために集まってきた連中相手にすればいいじゃない。頼むから『エッグ』でやらないで。近頃のあんたの態度は本当に目に余るの。あんたはサークルを私物化しすぎ。わたし、あんたのそういうところ大嫌い。直してほしい」

「……っ」

堀田が顔を歪めた。

何か言いかけ、しかし結局口を閉じて、スツールの上の台本とウィッグに目を向ける。

無残な姿になった黒髪のウィッグは、まるで堀田の夢が潰えた跡のように見えた。

堀田は未練を感じさせる手つきで一度だけウィッグをなで、それから台本を手に取り、丸めた。

「……来月公演は、違う演目にする。去年やったやつの再演なら、今からでもギリ間に合うだろ」

誰とも目を合わせずにそう言って、堀田がスタジオを出て行く。

黙ってそれを見送ったまどかを、高槻は少し面白そうに見やった。

その視線に敏感に気づいて、まどかが高槻に視線を流す。

「──何ですか？　先生」

「いや、あれだけ責めた割に、最終的な結論は『直してほしい』なんだなあと思って」

くすりと小さく笑って、高槻が言う。

確かにな、と尚哉も思う。「サークルから出て行け」くらい言ってもおかしくない勢いだったのに、意外と平和な結論なんだなと。

だって「直してほしい」というのは、つまりは「これからもよろしく」ということだ。

ふんと鼻を鳴らして、まどかは堀田が出て行った扉の方に目をやった。

「わたし、マリ役はやりたくなかったけど、あいつが書く台本自体をつまらないと思ったことは別にないので」

「才能は認めてるんだね」

「あいつが劇団作っても、団員になろうとは思いませんけどね」

そう言って、ひょいとまたまどかが肩をすくめてみせる。そんなちょっとした動作がいちいち絵になるのがさすがだ。

高槻が言った。

「でも、君のやり方にも問題はあったと思うよ。マリ役が嫌だったのなら、君は最初からキャストを引き受けるべきじゃなかった。さっき堀田くんに言ったことを、台本が上がってきた段階で言うべきだったんじゃないのかな。公演を潰したりしたら、他のたくさんの部員達まで迷惑をこうむることになる。舞台は、大勢の人間が集まって一つのものを作る芸術でしょう？　それならもっと話し合えばいいのに——どうして君は、そもそもが出来レースになってるオーディションに参加したのかな？」

「それは……女優の業ですよ」

ぼそりと、まどかが答える。

高槻がまた面白そうにまどかを見る。

「業って？」

「だって……あて書きされてることだとか、口裂け女みたいだって思われてるってことか、そういうの全部措いておいて、単純に役としてマリを見たら──いい役なのは確かなんですよ。観客に鮮烈な印象を残せる」

周り中を惑わせる魅力的な悪女、マリ。

それは、モデルとなったまどか自身の心をも惑わせたということなのかもしれない。

まどかが、スツールの上からウィッグを取り上げた。不揃いになった黒髪を、それでも少しでも整えようとするかのようになでる。

「でも結局、演じているうちに自己嫌悪を起こして役が嫌になっていったから、どのみちわたしにも上手く演じきれたかどうかはわかりません。……マリはもう、死んだんですよ。忘れなきゃ」

そう言って、まどかはせっかく整えたウィッグをぽんとまたスツールの上に放った。

そのときだった。

ずっと黙っていた美羽が、唐突にわあんと声を上げてまた泣き出した。

その場にしゃがみ込み、小さな子供のように激しくしゃくりあげ始める。

「ご、ごめんなさい、ごめんなさいまどかさん、本当にごめ、ごめんなさい……っ！」

「ああもういいからいいから、美羽。あんたは何も気にしなくていい」

まどかが美羽の横にすとんと座り、指の長い大きな手で、美羽の背中をなでさする。

美羽は、涙と鼻水でべしょべしょになった顔をまどかに向け、

「なんっ、なんでまどかさんは、私のこと、あんなにかばってくれたんですか？　わた、私、まどかさんに、ひどいこと、したのにっ」

　しゃくりあげながら、美羽が尋ねる。

　まどかはその頭をぐしゃぐしゃなでて言う。

「決まってるでしょ。美羽がサークルを辞めたら嫌だからよ」

「ど、どうして」

「美羽は芝居の才能があるから。きっといい女優になるから」

「わ、わた、私は、まどかさんと違って、才能ない、です」

「あんな髪フェチクソ男が言ってたことなんて気にしないで」

「で、でもっ」

「美羽は、わたしとは違うタイプの、とっても素敵な女優になる。マリが美羽にふさわしくなかっただけよ。だから絶対、辞めないでほしい」

　優しく言い聞かせるようにそう言って、まどかは美羽の頭を自分の方に引き寄せた。

美羽の額に、自分の額を押しつける。

「わたしが美羽をかばった理由なんて……それだけよ」

　尚哉ははっとして、耳を押さえた。

　美羽と額を合わせたまま、まどかはゆっくりとうつむいた。

　肩の上で揺れる長さになってしまった髪は、赤いヘアバンドに押さえられているせいで、下を向いてもまどかの顔を覆いはしない。だから、まどかの表情が見えた。

切れ長の目を伏せ、まどかは大きな口を横に引いて笑っていた。

それは、どこかぞくりとするような――なんだかひどく艶めかしい笑みだった。

二人をスタジオに残し、高槻と尚哉は外に出た。

もう暗くなっていた。キャンパスの中庭はぽつぽつと立つ街灯に白く照らされている。

ぶらぶらと研究室棟の方へ歩きながら、尚哉は口を開いた。

「……訊いてもいいですか、先生」

「何だい、深町くん」

「月村さんが言っていた『化け物』って、結局何だったんでしょうか」

最初に高槻がまどかから話を聞こうとしたとき、まどかは、ここには化け物がいると言った。

「でも月村さんの髪を切ったのは、鈴掛さんだったわけで――それなら、化け物って」

「……そうだねえ、これはあくまで僕の推測なんだけど」

顎を上げるようにして上を向き、高槻は空を見上げる。

尚哉も真似をして仰向いてみる。三日月が浮かんでいるのが見える。なんだか刃物のようだな、と思ってしまうのは、口裂け女の話を聞いたからだろうか。

「あのサークルで起きた髪切り事件は二度とも、鈴掛さんが髪を切り、月村さんがそれを怪異に偽装することで起きた。鈴掛さんが髪を切ったのは、堀田くんのことが好きだったからだ。そして、月村さんは——鈴掛さんのことが好きなんじゃないかな」

　高槻が言う。

「だって、最後の月村さんの言葉は、歪(ゆが)んだんでしょう？」

「……はい」

　まどかが美羽をああまでしてかばい続けたのは、単に美羽の才能を買って、サークルに残したかったからというだけではない。

　もっと——私的な理由からだ。

　まどかは美羽に対してある種の執着を、おそらくは恋心を、抱いている。

「鈴掛さんの想いは、堀田くんには届かない。そして、月村さんの想いも、たぶん実らない。叶(かな)うことのない恋心がねじれた結果が、今回の一件だよ。月村さんが言った『化け物』は、そのねじれた恋心を指していたんじゃないのかな」

　そのねじれがなければ、誰の恋心も素直に相手に届いて実っていたならば、こんなことは起こらなかっただろう。

　まどかが先程堀田のことをクソ男と罵倒(ばとう)し続け、美羽のことはひたすらかばい続けたのも、もしかしたら美羽の心を手に入れるための手練手管の一つだったのかもしれない。あの大きな口でぱくりといつか美羽を食べようと狙っているのかもしれない。

　恋という名の化け物を胸の内に飼いながら、まどかはこれからも美羽を手元に置いておくつもりなのだろうか。

「……あのさ。健ちゃんからは、特にまだ連絡はないんだけど」

ふいに、高槻が話題を変えた。

尚哉は高槻を見る。

高槻はまだ月を見ている。

「たぶん僕の父の事件は、月村さんが怪異を偽装したのと同じく——かまいたちに遭ったかのように偽装しただけなんだと思う」

「そう、なんですか？」

「うん。やったのは、母だよ」

え、と尚哉は小さく声を漏らす。

「……どうして」

「だってあの日、母の耳には、少量だけど血が付いていたから」

「え……でも」

あのとき清花は、智彰を本気で心配しているように見えたのに。

それなのに、どうしてそんなことが。

「たぶん、血の付いた指で髪をかき上げたときに、付いたんだと思う。……母の精神状態はだいぶ落ち着いたと思ってたんだけど、そうでもないのかもしれないね」

高槻が、指で髪を耳にかけるような仕草をする。

そういえば、高槻の前に立ったとき、清花は同じ仕草をしてみせた。

あのとき、高槻は清花の耳についた血に気づいたのだろう。

「錯乱したのか、それとも何か別の理由かはわからないけど、母は父を切りつけ、そのことを綺麗に忘れて、あの日あの場に現れたんだと思う。『気づいたら切れていた』という父の声が歪まなかったことを考えると、刃物を持って暴れた母を押さえようとしたときに切られたと考えるのが自然かな。無我夢中で取り押さえて、なんとか落ち着かせて……そのときは、切られたとは思わなかったんだろうね。場所は、たぶん自宅だ。凶器は包丁かもしれないし、果物ナイフかもしれないし、もしかしたら植木バサミだったかもしれない。母はよく庭の薔薇を自分で摘んで、部屋に飾っていたから」

淡々と冷静に、高槻は、自分の母親が父親を切りつけたと思われる事件について話す。

それは勿論、高槻の推測だ。

でも、たぶん――合っているのだと、思う。

「怪我をしたことに気づいた父は、まずいと思ったはずだ。そして、母をかばうために、その場で救急車を呼ぶこともせずに自宅から離れたんだろう。怪我を隠して歩き続け、自分で病院へ行くつもりだったのかもしれない。……健ちゃんに確認してもらったんだけど、あの日の父の服装は、黒のニットに暗色のズボンだそうだ。近所の主婦が庭から挨拶したそうだけど、その服装なら、ぱっと見では出血していることに気づかなくてもおかしくはない。白のシャツとかだったら、一目瞭然だっただろうけどね」

少しでも自宅から、清花から離れようと歩き続けた智彰は、しかし途中で力尽きたのだと思う。

そうしてうずくまったところを、通行人に発見された。

「異捜案件かと疑われたのは、幸いだったよ。おかげで報道されずに済んだ」

高槻はまだ月を見上げている。

智彰は、なぜそうまでして清花をかばうのだろう。

それはやはり、妻を愛しているがゆえなのだろうか。

……息子のことは、まるで放り捨てるようにしたくせに。

「先生、それ……佐々倉さんには」

「まだ伝えてないよ。折を見て話さなくちゃとは思ってるけど。でも証拠になるようなものはどうせもう全部処分されてるだろうし、母は覚えていないわけだし、父は絶対に母が犯人とは言わない。警察にはどうしようもないよ。異捜案件と見なされたなら、健ちゃんの手を離れてる可能性も高いしね。だから……この話は、今のところ深町くんにしかしてない」

顔を仰向けたまま、高槻はそう言った。

よく整った横顔は笑みを浮かべていたし、声はいつものように柔らかく澄んでいた。

でも、らしくないなと尚哉は少し思う。

高槻は犯罪を許さない人だ。それを起こした人の心に目を向けつつも、それでも罪は罪として、必要であれば自首を勧める。

今回そうしないのは、自分の親だからだろうか。

それとも——清花をそんな風に壊したのは自分だと、そう思っているからだろうか。

自分のせいで家族が壊れた。自分達はいつも、どうしようもなくそう思いながら生きている。

高槻自身が言った言葉だ。尚哉もその通りだと思っている。

誰が違うと否定したところで、その気持ちは今更覆ることはない。これまで生きてきた人生が、だってそうじゃないかと容赦なく心を責め立ててくるからだ。

……それでもこういうとき、尚哉はいつも高槻に向かって言いたくなる。

あんたのせいじゃないです、と。

言ったところで、高槻は困ったように笑うだけだろうけれど。

「……ごめん」

ぽつりと呟くようにそう言って、高槻がようやく視線を月から地上に下ろした。

尚哉を見下ろし、少しだけ情けない感じに眉を下げてみせる。

「こんな話されても君も困るだろうけど、ちょっと一人で抱えるには重すぎたものだから。誰かに聞いてほしかったんだよね」

「いいですけど別に」

「うん。聞いてくれてありがとう。……僕ね、あのとき、母の耳に血が付いてるのを見た瞬間、ああここにいたくないなって思ってしまったんだよ」

「……それで『約束』発動ですか？」

あのとき『もう一人の高槻』は、高槻の願いを叶えようとしていたのかもしれない。

ここにいたくないと、高槻自身がそう願ってしまったから。

尚哉はまたわからなくなる。あの『もう一人』が高槻にとって良いものなのかどうか。

いや——そもそも『戻す』というのはどういう意味なのだろう。

高槻を殺すことと、それはイコールなのだろうか。それとも。

「困っちゃうよね。そんな約束、僕は一つも覚えていないっていうのに」

高槻が小さく笑って呟く。

尚哉はその顔を見上げ、できるだけ普通の口調になるように気をつけながら言った。

「……今後は気をつけてほしいです」

「うん」

「いつも俺とか佐々倉さんが近くにいるわけじゃないんですからね」

「うん。気をつける」

子供のようにうなずいて、高槻は、はあと大きく息を吐き出した。

そして、「コーヒーを入れてあげるから研究室においで」と、まだちょっと情けない顔のまま、尚哉を誘った。

翌日の昼休み、尚哉は学食で一人で昼食をとっていた。

両耳に入れたイヤホンからは、ごく絞った音量で音楽が流れている。人の多い場所でも大丈夫になるための訓練として、遠山から教わった方法の一つだ。イヤホンを使うなら、音楽よりも周りの会話の方が大きく聞こえるくらいの音量にしてみろと。

嘘が聞こえてきて辛(つら)いときには、音楽の方に耳を澄ます。余裕があれば、完全に音楽を止めてしまって耐えてみる。

そうやって徐々に慣らしていけば、イヤホンなしの状態で人込みの中に一人でいても、まあなんとか大丈夫になれるという。実際遠山は、嘘を聞きすぎても倒れることはなくなったらしい。多少気分が悪くなるのはどうしようもないようだが。

学食の今日のAランチはハンバーグ定食だ。ちょっと多すぎるソースの中に完全に沈み込んでいるハンバーグを箸(はし)で掘り出しつつ、尚哉は隣席のグループの会話を聞くともなしに聞いていた。どうやら昨夜の合コンの結果を語り合っているらしい。

「俺の方は、あの後ミホちゃんから連絡来てさ！」

「え、どんな感じ？　いけそう？」

「いやー、いけるなこれは！　とりあえずまた会う約束した！」

「マジかよ、ミホちゃん一番可愛かったじゃん」

「いやでも俺はミホちゃんよりアミちゃんの方がよかったなー、清楚(せいそ)系でさ」

イヤホン自体が軽い耳栓代わりになっているせいもあってか、彼らの声に混じる嘘はそこまで耐えがたいものでもない。耳の底で小さく流れ続ける音楽を意識の半分で追いながら、尚哉は雑音だらけの外の音をもう半分の意識で拾い続ける。

慣れなければならない。適応しなければならない。

近頃、前よりも強くそう思うようになった。

遠山というお手本がいるせいもあるだろうし、学生生活が折り返しに入ったせいもあると思う。大学という場所はやっぱり特殊で、学生という身分でいる間は、社会とかそういうものから守られているような感覚がある。だから、今のうちなのだ。

今のうちに自分は、この世界に適応しなければならない。……院に進むかどうかはまだ決めかねている。

と、後ろの方から、聞き覚えのある声が近づいてくるのが聞こえた気がした。

イヤホンを片方だけ外し、振り返ってみる。

「ふーかーまーちー、ふーかーまーちー！　おー、いつ気づくかなーって思ってたんだけど、やっと気づいたー！　やっほー！」

難波だった。片手でランチの載ったトレイを支え、もう片方の手をぶんぶん振りながら、こっちに向かって元気に歩いてくる。

「……ちょっと待て、お前いつから俺の名前連呼してた？」

「えー、あの辺にいたときから」

尚哉の向かいの席に腰を下ろし、難波が給茶機の辺りを指差す。結構遠い。恥ずかしいからやめてほしい。

「あ、そうだ、グループ研究なんだけどさ。深町もう進めてる？」

「ああ、うん、もう大体調べた。あとはまとめるだけ」

「マジか。早いな！」

先日のゼミで、五月後半くらいからグループ発表を始めようと思っていると、高槻が言っていた。ならばトップバッターに名乗り出てやろうと難波が言い出し、各自の分担を決めて調べられるところから調べることにした。適当なタイミングでまた集まり、発表の仕方などを話し合うことになっている。

……高槻とトンネルに行ったときに見かけた男の外見については、佐々倉を通じて、捜査本部に一応伝えたらしい。

とはいえ、現場でちょっと怪しい動きをしている男がいましたという程度の情報だ。いきなりそれで逮捕につながるなんてことはないようで、今のところトンネルの通り魔についての続報は見かけない。難波達とのグループ研究はあくまで噂についてのみ扱うものだから、事件の真相は関係ないとはいえ、気にはなっていた。悠貴のためにも、早い逮捕を祈るばかりだ。

「そういえば深町、ゴールデンウィークってどっか行くの？」

「いや、特に考えてないけど」

「えー、どっか行けよー、旅行とかさー。なんか美味いもん食いに行くとかさー。あ、美味いもんって言えば、俺この前新しいラーメン屋見つけたんだけど」

ランチを食べながら、難波と他愛ない会話を交わす。難波が見つけた美味いけど店員の癖がやたら強いラーメン屋の話。難波の友達が廃ビルに肝試しに行ったらコケて捻挫したのははたして呪いのせいだろうかという話。この前高槻と一緒に見たテレビの怪奇特番に本物っぽいのが一つだけあって、高槻としばらく議論を交わしたときの話。

尚哉はふと難波の顔を見て、顎の辺りに少し痣ができているのに気づき、

「難波、その顎どうした？　どこかにぶつけたのか」

「あー、これ？　やべ、目立つ？」

「いや、そこまで目立ちはしないけど……まあ、ちょっと目にはつくかな」

「げー、色男が台無しじゃん。いや実はさー、昨夜愛美とちょっと喧嘩して、なーんて嘘嘘！　階段でコケて打っただけ……なん、だけど、さ……」

不意打ちのように歪んだ難波の声に、尚哉は反射的に耳を押さえた。

そして——なぜかまじまじとこちらを見つめている難波と目が合って、びくりとした。

「な、何だよ？　難波」

「いやー……あの、えっとさ」

難波は唐揚げをつまんでいた箸を下ろし、少し口ごもった。

何か迷うように視線をウロウロさせた後、難波は箸をトレイに置き、

「あのさ、深町。間違ってたらごめんなんだけど」

「何だよ、あらたまって」

「前から気になってたんだけど、深町って」

難波が、真正面から尚哉を見て言う。

「もしかして深町ってさ。——誰かが嘘言ったら、耳が痛くなったりとかするの？」

第三章　桜の鬼

高槻からメールがきたのは、木曜の三限の時間だった。

木曜三限は、尚哉は空きコマにしている。あまり人のいない図書館地下二階の閲覧席で通信教育塾の採点のバイトを片付けていたら、スマホがメールを受信した。

『時間があるなら研究室においで』

それだけ書かれたメールに、バイトかな、と思う。

手元の採点作業はまだ途中だが、期限までには余裕がある。尚哉は『行きます』と返信して、研究室棟に向かった。

「——ああ、いらっしゃい、深町くん」

尚哉が研究室に入ると、高槻は窓際の小テーブルの前からこちらを振り返り、柔らかく笑った。すでに飲み物の準備を始めていたらしい。

研究室には高槻しかいなかった。尚哉は荷物を下ろし、適当な椅子に座る。

「また『隣のハナシ』に依頼がきたんですか？」

「ううん、今日はバイトの話じゃないよ」

高槻が答える。

そうか違うのかと思いながら、尚哉はマグカップを二つ持ってこっちにやってくる高槻をぼんやり眺めた。

なんとなく、なぜ自分が呼び出されたのかがわかった気がしたのだ。

尚哉の前にコーヒーの入ったマグカップを置き、高槻がすぐ隣の椅子に腰を下ろす。その手には、例によってマシュマロココアの入ったマグカップがある。本日のマシュマロは、柴犬(しばいぬ)の顔の形をしていた。また院生達が買い与えたらしい。ここの研究室の院生達には、可愛らしいマシュマロを見つけると高槻のためにわざわざ買ってくるという習性があるのだ。実家で飼っているムギに似ていて可愛いが、これからでろでろに溶けてしまうのかと思うとちょっと複雑な気分だ。

自分のマグカップを両手で包むようにしながら、高槻が口を開いた。

「深町くん。難波くんと何かあったの？」

「……何でそう思うんですか？」

訊(き)くだけ無駄だとは思いつつ、尚哉は一応尋ねる。この人に限って、当てずっぽうはありえない。

「今日の二限の『現代民俗学講座Ⅱ』で、君達が別々に座ってたから。いつもは並んで座ってるのに、珍しいなと思った」

宙を見つめるように少し視線を上げ、高槻が言う。

たぶん記憶を巻き戻しているのだろう。焦げ茶色の瞳は今、目の前にある自分の研究室ではなく、今日の二限に教壇から見た景色を見つめている。

「君は一番後ろの隅の席に座っていた。それも珍しい。講義が始まるぎりぎりに入ってきて、そこしか席が空いてなかったのかなあとも思ったけど、難波くんの様子もちょっとおかしかった。僕が講義を始めようとしたら、彼は教室の中をきょろきょろして、君のことを探してるみたいだった。一番後ろの席に君を見つけて、しばらく見てたね。何だろうって思った」

さすがよく見ている。

講義が始まるぎりぎりに教室に入ったというのは正解だ。……難波に気づかれないように、わざとそうして一番後ろに座った。

「で、その後のお昼休みはよく一緒に学食でお昼食べてるのに、君ときたら、逃げるみたいにさっさと教室から出て行ったでしょう。難波くん、ちょっと可哀想だったよ」

「……そうですか」

「君に限って喧嘩ってことはないと思うけど。……何があったんだい、彼と」

高槻が再び訊いてくる。

どうせ高槻にも予想はついてるんだろうなと、尚哉は思う。別にわざわざ確かめなくてもいいだろうに。

「昨日のことなんですけど」

「うん」

「ばれました。難波に」

「……君の耳のこと？」

「はい」

思えば、その兆候はしばらく前からあったのだ。

いつの頃からか、難波は、尚哉が耳を押さえる度に真顔でこちらを見つめてくることが多くなっていた。何か言いかけてやめたことも何度かあった。

難波は気づいていたのだろう。もうずっと前から。

尚哉がしょっちゅう耳を押さえること。そして、その理由に。

とっくに気づいていて、いつか尚哉に訊こうとずっと思っていて、そのいつかがたまたま昨日だったのだ。

「昨日学食で昼メシ食ってたとき、何かの拍子に難波がちょっと嘘言ったんですよ。別に何てことない、ただの冗談なんですけど……俺、いつもの癖で耳押さえちゃって。そしたら、難波に言われたんです。違ってたらごめん、でももしかしたらお前は誰かが嘘言ったら耳が痛くなるのかって」

「……それで君は？」

「……逃げました」

「そっか」

――自分でも、下手を打ったのはわかっている。

もっと上手いやり方はいくらでもあった。そんなことはないと否定する。何言ってるんだよとごまかす。本当のことさえ言わなければいい。

そう、嘘をついて笑えばよかったのだ。

そのくらいのことはもうとっくにできるようになっていたはずだった。

なのに昨日の自分ときたら、あからさまに狼狽えて、難波の前から逃げ出してしまった。その後にきたＬＩＮＥも無視した。今日も、難波と極力顔を合わせないように逃げ回ってばかりいる。

どうしてだろう。難波にはばれないと、どこかで過信していたのだろうか。だから、指摘されてショックだったのか。

いや――違う。

急に胸の真ん中にぽこりと穴があいたような気分になって、尚哉はマグカップを握りしめた。

違うのだ。

……難波には、難波にだけは、ばれないままでいたかっただけだ。

難波と一緒にいると、いつも自分が普通に思えたから。

難波があまりにも普通に接してくるものだから、難波といるときだけは、自分も難波と同じ普通の学生なのだと思うことができた。何もおかしなところなどない、ただの人間なのだと思っていられたのだ。だから江藤達とだって、さして身構えることなく接することができた。

でも、難波にこの耳のことがばれてしまったなら。

普通じゃないと、知られてしまったら。

「難波くんは、君の耳のことを知ったからって、態度を変えるような人ではないんじゃないかな」

優しい声で、高槻が言う。

そうかもしれないと、尚哉だって思ってはいる。難波はいい奴だ。本当に分け隔てなく誰とでも付き合えて、友達百人簡単に作れるタイプの人間だ。

だけど、そうじゃないかもしれない可能性だって、ゼロではない。

尚哉の耳がこうなってから、どれだけの人間が離れていっただろう。仲が良かったはずの友達だって、尚哉が耳を押さえる度、はっとしたような顔をして気まずそうに目をそらした。そのうちにだんだん距離をとるようになり、尚哉の方でもああ駄目なんだなと思うようになった。自分が傍にいたら嫌なんだろうなと。それなら、こっちからも近づかない方がいいなと。

だって、両親でさえそうだったのだ。難波だって同じかもしれない。

そう思ったら、どうしようもなく怖気(おじけ)づく自分がいた。

「……うん、まあ、君の気持ちもわかるけどね」

高槻がそう言って、自分のマグカップを持ち上げる。

ふわりと、尚哉の鼻先にココアの甘い香りが漂ってくる。ちらと高槻のマグカップの中を覗き見ると、ムギによく似た柴犬の顔は、マシュマロが溶けてできた泡の中に埋もれて、だいぶ平べったくなっていた。それでも一応形を留めているのがすごい。『ターミネーター2』のラストみたいにはならないんだなと思うと、ちょっと笑いが出た。

「え、どうしたの」

高槻がこっちを見る。尚哉は視線で溶けたマシュマロを示す。ああ、と高槻も笑い、それからココアに口をつけた。溶けたマシュマロが唇につき、高槻は親指の腹でそれを拭うと、ぺろりと舐める。基本的に育ちがいいくせに、たまに行儀が悪くなる人だ。

「でも、じゃあどうするの？　難波くんのこと」

「……どうしようか、考え中です」

そう言ってうつむき、尚哉は手の中のコーヒーに視線を落とす。

どうせ今週末からゴールデンウィークに入るのだ。今年は飛び石連休だが、その期間の講義は休みにすると、講義担当の教員から通達が出ていた。

大学が休みになってしまえば、難波と顔を合わせなくて済む。

連休中に、どうするかを決めるしかない。そう思った。

余程情けない顔をしていたのか、高槻が苦笑した気配があった。

「うーん、困ったねえ。……じゃあ、気分転換に旅行にでも行く？」

「え？」

　唐突な誘いに、尚哉は少し驚いて顔を上げる。

　高槻は机に頬杖をつきながら、尚哉の方を見た。

「深町くん、どうせゴールデンウィークに何の予定も入れてないでしょう。駄目だよ、学生のうちにせいぜい遊んでおかないとさ。せっかく深町くんも免許を取ったんだし、たまには運転しないと腕がなまるからね。健ちゃんが『深町にも運転させよう』って言ってることだし、桜でも見に行く？」

「桜？」

　都内の桜は散って久しい。今の時期に桜の花を見ようと思ったら、相当北の方に行かないといけないのではないだろうか。まさか北海道辺りまで行く気なのか。

　が、高槻が言うには、なんと箱根まで行けば桜が見られるのだそうだ。

「調べてみたら、恩賜箱根公園っていうところは五月上旬まで桜が見られるんだよ。四月末から大島桜が咲き始めるらしいんだ。健ちゃんが、三月末は忙しくて花見どころじゃなかったってこの前こぼしてたから、桜を見せてあげたいんだよね。さっき訊いたらゴールデンウィークに休み取れるって言ってたし、車出してもらえるよ。だから深町くんも一緒に行かない？　きっと楽しいよ！」

　大きな目を輝かせて、高槻がぐいとこちらに顔を寄せてくる。相変わらず散歩に行こうというような気軽さで旅行に誘ってくる人だなと思う。

「箱根だから温泉もあるし、芦ノ湖で海賊船にも乗れるよ。僕は温泉まんじゅうも食べたいなあ、出来立てをその場で食べるとおいしいんだよねえ。ねえ行こうよ、この前のスキー旅行だって楽しかったでしょう？　僕も近頃色々あったもんだから、ちょっと気分転換したいんだよね」

最後に何気なく足された言葉に、尚哉ははっとする。

そうだ。——気分転換が必要なのは、高槻の方だ。

「……いいですよ」

「え、本当⁉　よかった、それじゃあ一緒に楽しもうね！」

尚哉が言うと、高槻がますます目を輝かせた。ゴールデンレトリーバーによく似た笑みを顔中に浮かべて、素直に喜ぶ。嬉しいことを素直に嬉しいと喜べるこのストレートさは、尚哉がいつも羨ましいなあと思う部分でもある。そろそろいい年なのだから、もう少し落ち着いてくれてもいい気もするけれど。

しかし問題は、こんなゴールデンウィーク直前になって宿がとれるかどうかだった。

その後、四限が始まるまでの時間を使って、二人でネットで箱根の宿を調べまくった。高槻との旅行は、宿探しに一つだけ制約がかかる。部屋風呂があるかどうか、もしくは共同風呂を貸切にできるかどうかだ。他の客と一緒になる大浴場だけなのはNGだ。

そして、その旅館を見つけたのは尚哉だった。

「先生！　ここ、部屋に風呂ついてます風呂」

部屋は和室タイプで、バストイレ付きとある。勿論大浴場もあるし、露天風呂もあるから、佐々倉も満足してくれるだろう。一部屋料金を三人で割ればそこまで高くもないのも魅力的だった。

「あ、健ちゃんが休み取れる日でまだ一室空いてるね！　よし、押さえちゃおう」

高槻が即座に自分の名前で予約を取った。

予約完了のメールが届き、高槻が佐々倉に連絡を入れる。大きな事件が起こらない限りは行けるとの返事が返ってきて、ほっとした。宿と足の確保ができれば、旅行の準備はほぼできたようなものだ。

「……ちなみに、もし佐々倉さんが来られなくなったら、どうするんですか？」

「その場合は電車か、もしくはレンタカー借りて、僕と深町くんで運転だね」

「ええ……」

「ちょっと！　言っておくけど、僕は運転上手いからね？　安心して行き帰りまかせてもらってもいいくらいだよ？」

「でも、普段運転してないですよね？」

「健ちゃんと出かけたときに、たまにしてるってば。一人で運転するなって言われてるだけだよ」

鳥を見ると高確率で意識を失うことがある高槻に運転はさせられない、というのは、佐々倉の判断だ。フロントガラスに鳥が突っ込んできて大事故になる、という万に一つの可能性を考えてのことだという。万に一つだろうとゼロとは言い切れないなら、最初から禁止しておいた方がいい。その方が高槻のためであり、社会のためだ。それは尚哉もそう思う。

「わかりました。じゃあ、佐々倉さんがアウトになったら俺が運転します」

「初心者マークで箱根はきつくない？」

「頑張りますので、よろしくお願いします」

きっぱりと尚哉が言いきると、高槻は微妙な顔をした。

「なんだか近頃深町くんが健ちゃんに似てきた気がする……」

「どうしてなのか、胸に手を当ててよく考えてみてください」

「わかった。二人が僕を差し置いて仲良くしすぎてるせいだね！　ずるいよ！」

「違います、心配をかけすぎる人がいるからです！　ていうかずるいって何ですか」

そのとき、三限終了のチャイムが鳴った。

高槻は四限に講義を持っている。講義の準備を整え、「じゃあ行ってくるね！」と元気に言って研究室を出て行く高槻を見送り、尚哉は小さく息を吐いた。

……本当に、高槻こそ気分転換が必要なのだと思う。

平気そうにしているが、高槻が両親どころか祖父とまで対面することになってしまったのはつい先日のことだ。高槻の父親の事件はやはり報道されないままなので、その後どうなったのかもわからない。

ついさっきまで高槻が座っていた椅子に目を向ける。

――自分達のような人間は、せいぜいこの世に未練を持たなければならない。

高槻が前に尚哉にそう言って聞かせたのは、この研究室でのことだった。

高槻も尚哉も、現実と異界の境界線上を歩くようにして生きている。下手に向こう側に転がり落ちれば、もう人ではいられなくなるかもしれない。

そうならないために、自分達は、この世に未練を――執着を持たなければならないのだ。好きなものを増やして、楽しいことをたくさん経験して、そうして作った思い出こそが、自分達をこの世界に繋(つな)ぎ止める楔(くさび)となる。

あの黄泉比良坂で、尚哉は高槻のその言葉がいかに正しかったかを身をもって知った。異界に閉じ込められそうになった自分をこの世に戻したのは、優しい人達との温かい記憶だった。

でも今は、その言葉が、ひどく差し迫ったものとして感じられる。

『彰良がここにいたくないと思ったら、戻す』

病院で、開け放った窓から今にも身を躍らせようとしていた『もう一人の高槻』を思い出す度、心臓に震えるような恐怖がよみがえる。

高槻がここにいたくないと思ったら。この世界を完全に見限るような出来事が、もしこの先起きてしまったならば。

あの『もう一人』は、何の迷いもなく高槻をどこかに連れていってしまうのだと思う。

尚哉は、さっきまで箱根の宿を検索していたスマホに目を落とした。

少しいじると、箱根の観光情報がたくさん出てくる。箱根に行ったらこれを食べろ、これを見ろ、これをしないと損だ。余計なお世話だと思うくらいの勢いで、様々な楽しみ方が羅列されている。

高槻にはせいぜい楽しんでもらって、思い出をたくさん作ってもらおう。ここにいてよかったと、また今度来ようと思ってもらおう。

その思い出が、高槻をこの世に繋ぎ止めてくれることを祈るしかない。

そして、もしもそれでも駄目だったときには。

——もう一発ぶん殴るしかないんだろうなあと、尚哉は思った。


箱根旅行は五月三日から一泊二日の予定だった。

無事に休みが取れた佐々倉の車で、いつものように高速に乗る。

ただ今回は、いつもと一つだけ違うことがあった。席の配置だ。

今日は尚哉が助手席なのだ。佐々倉曰く、「運転の感覚を養うため」だという。

「後部座席だと、視界が狭くなるからな。しばらく助手席で、運転してるときと同じ感じで前見てろ。次のサービスエリアで一旦交替な」

「えっ、いきなり高速はちょっと怖いんですけど」

「高速教習、やったんだろ」

「しましたけど、一回だけだし！」

「じゃあ今のうちに練習して慣れとけ。一人で車運転することになったとき怖いだろ」

それは確かにそうなのだが、いきなりすぎないだろうか。

後部座席に追いやられた高槻が、運転席と助手席の間から顔を出して言う。

「健ちゃん、あんまりスパルタすぎるのもよくないよ？」

「一般道路よりむしろ高速の方が楽じゃねえか？　いきなり飛び出してくる子供とか自転車とかいねえから。つーか彰良、お前はちゃんとシートベルトしとけ。大人しく座ってろ」

「……後部座席だと、なんだか疎外感があるんだよ」

「うるせえ。シートベルトの着用は義務だ。高速道路だと違反点数取られんだよ」

バックミラー越しにぎろりと睨まれて、高槻が渋々と後部座席に収まり、シートベルトを着け直す。別に顔を出さなくても会話に参加はできるのだから、シートベルトはしていてほしい。

次のサービスエリアにたどり着き、佐々倉と運転を交替する。持参した初心者マークを貼らせてもらい、尚哉が運転席に収まると、佐々倉が教習所の教官並みに目を光らせ、

「まずはシート位置の調整」

「あ、はい。……ていうか席後ろすぎませんか⁉　佐々倉さんどんだけ脚長いんですか」

ちょっとびっくりするくらい運転席のシートが後ろにあることに気づき、尚哉は軽く慄いた。どうりでいつも後部座席が狭いわけだ。

そこからは、サービスエリアの駐車場を出るだけでも大騒ぎだった。

「おい、発進する前に左右確認！」

「み、見ました、今見ました」

「そっちから車来るぞ、気をつけろ。あとその陰、子供がいる」

「はいっ」

「健ちゃん、もうちょっとだけ優しく言った方が……」

「ていうか佐々倉さんは顔が怖いんですよ！」

「うるせえ、さっさと車出せ！」

教習所の教官の方が、もっとずっと優しかったような気がした。

それでもなんとか道路に出て、走り出す。まだ少しスピードが怖い。尚哉が免許を取ったのは春休みだ。その後一ヶ月以上運転していないことを思うと、大丈夫だろうかと不安になる。

「深町、もうちょっと力抜け。ハンドルはそんな握りしめなくていい」

「はい」

「よし、そのくらいだ。そのまま、もうちょっとスピード上げろ。……うん、安定してる。大丈夫そうだな。とりあえず次のサービスエリアまで運転しろ。また替わる」

「はい」

顔は怖いままなのだが、佐々倉は上手くできるとちゃんと褒めてくれる人ではある。そして、緊張はするものの、運転というのは楽しいものだった。

後部座席とは全然違う、開けた視界が気持ちいい。天気は快晴で、ゴールデンウィークの真っ只中とはいえ、道路はそこまで混んではおらず、車の流れはスムーズだ。

何より、いつもは連れていかれるばかりだった旅行に自分の運転で行く、というのがとても新鮮だった。ただ車で走っているだけなのに、なんだか胸の中が浮き立つような感じがする。気分が上がる、というのはこういう感覚をいうのだろう。

「ねえ健ちゃん、次は僕が運転するよ。免許証なら持ってきてるから！」

「彰良。お前は後ろで寝てろ」

「大丈夫だってば！　ねえ、僕も運転したいー」

「お前は後部座席が嫌なだけだろうが」

拗ねた大人を後ろに乗せて、車は順調に箱根へ向けて走っていく。

恩賜箱根公園は、芦ノ湖の中に突き出た塔ヶ島と呼ばれる半島にある。

明治の頃に作られた離宮跡なのだそうだ。当時の建物は地震で倒壊してしまったが、神奈川県に下賜された後に公園として整備され、今は無料で開放されている。広々とした園内には離宮をモチーフに作られた洋館や幾つもの展望台があり、とにかく眺めがいい。陽射しを受けて青く輝く芦ノ湖の向こうに、緑の山々と共に富士山まで見える。観光客もまばらで、静かなのもよかった。

公園内には数種類の桜が植えられており、一番本数が多い豆桜はもう盛りを過ぎてしまっていた。が、ちょうど今が盛りの桜も確かにある。これが大島桜なのだろう。

「すげえ、本当に咲いてんなあ」

佐々倉が桜を見上げて、目を細めた。都内で桜が咲いていた頃は、殺人事件の捜査で実に殺伐とした忙しい日々を過ごしていたのだそうだ。

「酒が飲みたくなるなあ……どっかで売ってねえかな」

「お酒は夜まで我慢しようよ。たぶんここ酒盛りは禁止だよ。運転もあるし」

「深町がいるじゃねえか。ろくに酒飲めねえ奴が」

「……あれ、もしかして俺、佐々倉さんが酒飲んだときの運転手として呼ばれてます？」

そうかそういう需要もあるのかと思いつつ、尚哉も桜を見上げる。

青空に向けて大きく広がった枝。そこからのびた細い節にこんもりと房状に幾つもの花がついている様は、まるで小さなブーケのようだ。無数のブーケを抱えた木は、風など吹かなくても絶え間なく花びらを降らせ続けている。はらはらと降り落ちてくる花びらは白く、けれど根元の部分だけがほんのりと紅く、そのせいで遠目に見ると淡いピンク色に見える。

「日本人って、何でこんなに桜が好きなんでしょうね」

尚哉が呟くと、横でやはり桜を見上げていた高槻が言った。

「ぱっと咲いて儚く散る様が日本人の精神性に合ってるっていうけどね。長い冬が明けた後に一斉に咲き誇る桜はまるで春の象徴のようだから、それも桜が愛される理由の一つだと思うよ」

　確かに毎年春が近づくと、天気予報には必ず桜の開花予想ニュースがついてくる。今か今かと国を挙げて開花を待ち望むほどに、この花は愛されている。花見もできずに過ごすとなんとなく寂しい気分になるほどに。

　降り落ちてくる花びらに手をのばしながら、高槻が続けた。

「昔は花見といえば梅だったそうなんだけどね。花といえば桜を指すようになったのは、平安時代からだよ。嵯峨天皇が桜が好きで、庭園に植えた桜を愛でながら詩歌管弦を楽しむ宴を開いたっていう記録がある。今みたいに開けた場所でお花見をする文化ができたのは、室町頃かな。江戸時代の人達もお花見が好きで、あちこちに桜を植えては桜の名所を作った。ただ、江戸時代までの花見は、今とはちょっと違ってたみたいだね」

「違うって、どんな風だったんですか？」

「今はソメイヨシノが主流だから、お花見っていうと桜の木の下にシートを敷いて皆で宴会、みたいなのが一般的なイメージだよね。でも、江戸時代までの桜は山桜が主流でね。山桜はソメイヨシノと違って、生長に時間がかかるんだ。桜の名所にしようと思って頑張ってたくさん植えても、なかなか大きくならない。だから、花の下で宴会するんじゃなくて、花の周囲を見物する様式だったみたいだよ」

「そうなんですか？」

「うん。でも、やっぱり皆、花の下で宴会をするのが理想だったんだよね。だから、生長の速いソメイヨシノが出てくると、爆発的に全国に広まった。ソメイヨシノは花つきが良くて、生長が速くて、一斉に咲く品種だからね。おかげで現代の花見スタイルが定着したって言われてる」

　えい、と高槻が少し背伸びをして、ぱっと拳を握った。空中で捕まえたらしい。器用だな、

腕を下ろして手を開くと、花びらが載っている。

と尚哉は思う。

　と、高槻はぱくりとその花びらを食べてしまった。

「食べていいんですかそれ⁉」

「そういうおまじないがあるんだよ、知らない？　落ちてくる花びらが地面につく前に左手でキャッチして食べると、一年間幸せになれるんだって。他にも、食べるんじゃなくて身につけておくといいとか、幸せになるんじゃなくて恋が叶うとか、色々なパターンがあるね。桜っていうとピンクで可愛いイメージがあるからか、おまじないといえば女の子がやることが多いからか、最近だと恋が叶うバージョンの方が多いかなあ」

「えええ……」

　試しに尚哉もやってみる。が、なかなかつかめない。

しばらくじたばたしていたら、佐々倉までやり始めた。これと定めた花びらを、武士のような目つきでぎっと睨む。気合を込めて拳を握ると、でかい手のひらに可憐な花びらが二枚も載っていた。すごい。それともこれも『幸運の猫』のご利益だろうか。

佐々倉は高槻の真似をして一枚をぱくりと呑み込み、残った一枚を、ずいと尚哉の方に差し出してきた。

「え。何ですか？」

「やる。食っとけ」

「ありがとうございます……でも、他の人が取ったやつでも効果あるんですか？」

尚哉は佐々倉の手のひらから花びらを取り上げつつ、高槻に尋ねた。

高槻は笑って、

「いいんじゃないかな？　昔から、福は他人から分けてもらったり交換したりできるものとされてるし。食べときなよ」

「はあ、それじゃいただきます……」

どうなのかなと思いつつ、尚哉は花びらを口に入れた。

といっても、別に美味いものでもない。口の中に貼りつきそうになる花びらを無理に呑み下し、半信半疑のまま首をかしげる。まあ、こういうものは信じた方が勝ちなのかもしれない。何か良いことがあるに違いないと思っておこう。

「おい。そろそろ行かねえか」

佐々倉が言った。桜も景色も十分堪能したらしい。

「次はどこ行く？　どっか行きたいとこあるか」

「あ、僕、お玉ヶ池に行きたい！」

はいと高槻が手を挙げた。

「何だそりゃ」

「関所破りをして処刑されたお玉さんの首を村人が洗ってあげた池だと言われていてね、有名な心霊スポットなんだ」

「却下！　違うところにしろ」

「えー、じゃあ箱根神社に行こう」

「……そこは何の幽霊が出るんだ？」

「いや、箱根神社は霊験あらたかな神社だよ？　開運厄除、安産、交通安全、金運と何でもありの超強力パワースポットだって言われてて、テレビでもよく取り上げられてる。でも、ネットの掲示板に、裏参道に幽霊が出るって噂が書き込まれたこともある」

「──深町！　お前、どこ行きたい！　今すぐ探せ、十秒で言え」

「ちょ、ちょっと待ってくださいよっ」

前にも似たようなことがあったなと思いつつ、尚哉は慌てて旅行前に検索した箱根観光情報を頭の中で掘り返した。

「えっと、じゃあ大涌谷とかどうですか」

「あ、そこも確か」

「先生は黙っててください！」

「彰良、お前は黙ってろ！」

尚哉と佐々倉に同時にわめかれて、高槻がぱちんと口を閉じる。しかし、閉じた口がにまにまと笑っている。どうやらそこにも何かしらの心霊情報があるらしい。

とりあえず高槻が楽しそうにしていてよかったな、と思いつつ、尚哉はスマホを引っ張り出し、ブックマークしている箱根観光情報を呼び出した。

先程腹の中に呑んだ桜の花びらに願うことがあるとすれば、今回くらいは本物の怪異を引き当てることなく過ごさせてくれということだ。尚哉は腹に手を当て、お願いしますと胸の中で呟いておいた。たまには普通の旅行がしたい。


結局大涌谷に行って観光し、今夜宿泊する旅館に着いた頃には暗くなってきていた。

なかなかに立派な旅館だった。大きな庭園があり、ライトアップされた中に少し桜が咲いているのが、一階ロビーのガラス張りの壁から見えた。

フロントでチェックインしながら、高槻が従業員に話しかけた。

「ここのお庭にも桜が咲いてるんですね。さっき、恩賜公園で桜を見てきたんですよ」

「ああ、うちにあるのもあそこと同じ大島桜ですよ。うちもちょうど見頃です、綺麗でしょう？」

「そうですね。後でお庭の方も見てみたいと思います」

「恩賜箱根公園も桜の名所として有名ですけど、この近くにも隠れた桜の名所がありましてね。よかったら明日(あした)、お帰りの前に見て行ったらどうですか」

白髪頭の従業員がそう教えてくれる。旅館の向かいにある山の中だそうだ。一応散策路もあり、そんなに奥まで行かなくても大きな桜が見られるらしい。

「宿の向かいだったら、夜桜見物に行ってもいいですね。後で行ってみようかな」

高槻が言うと、しかし従業員は首を横に振った。

「いや、それはやめた方が。朝になってからにした方がいいかと思いますよ」

「ああ、やっぱり暗いですか？　街灯とかないですかね、山の中だし」

「いえ、あるんですけどね一応。でも、あの辺は物騒なので」

「物騒？」

「出るんですよ」

真顔で従業員が言う。佐々倉の顔が引き攣(つ)った。

が、高槻は目どころか顔全体を輝かせ、

「出るって、幽霊ですか⁉」

「いえいえ、鬼ですよ」

「鬼？」

「そう、鬼」

従業員はそう言って、なぜか鎌を振り下ろすような手つきをする。鬼というのは鎌を持っているものだっただろうか。

と、近くにいた別の従業員が苦笑いして、

「もう、杉山(すぎやま)さんったら、またそんなことを言って。お客さんを怖がらせないでくださいよ。——お客様、気になさらないでくださいね。そういう伝説があるってだけです」

「伝説ですか！　僕は大学でそういう研究をしているので、詳しくお話を聞かせていただきたいですね！」

高槻がずいとチェックインカウンターに身を乗り出すと、杉山と呼ばれた白髪頭の従業員はにやりと笑って、

「あの山には人の心を読む鬼がいるんですよ。鬼じゃなくてサトリの化け物だっていう人もいますけどね」

「サトリの化け物？」

佐々倉が眉(まゆ)をひそめる。知らないらしい。

高槻が説明した。

「サトリっていうのは、割とあちこちに民話が伝わってる妖怪(ようかい)だよ。山の中に住んでいて、出会った人の心を読むんだ。『お前は今こう思ったな』って言ってね。大抵の話では、焚火(たきび)の中の柴(しば)がはぜてサトリにぶつかって、『思わぬことが起きた』って言って逃げ出すんだけど」

「要するに超能力者みたいな奴か。テレパスとかそういう」

「そんな感じだね。妖怪だから、昔の妖怪絵図とかを見ると毛むくじゃらだったりするけど」

高槻がそう言って肩をすくめる。

すると、杉山がそうですそうですとうなずいた。

「あの山に伝わってる鬼は、元は人間だったらしいですよ」

「え？」

「もとは村人だったんですよ。でも、人が心の中で考えたことが、声となって聞こえたらしいんです。そんなんだから、そのうち村人と上手くいかなくなって、追い出されて、それで山に入って鬼になってしまったという話です」

尚哉は少しびくりとして、杉山を見た。

それはまるで、尚哉のようだ。人の嘘がわかるというのも、ある意味心が読めるということに近い。

高槻が尋ねる。

「さっきの、この手つきは何ですか？　その鬼は、鎌を持ってるんですか」

「ええ、そうなんですよ。その鎌で、相手の耳を切り落とすんです」

「耳を？　なぜそんなことを」

「さあ、それはわかりません。耳を食うんじゃないですかね、きっと好物なんですよ」

そう言って杉山が、キシシシと妖怪のような笑い声を立てる。

もう一人の従業員が、尚哉の方をちらと見て、杉山さん、とたしなめるような声を出した。

「ほら、お客様が怖がってるじゃないですか。やめてください、そういうの。チーフに言いつけますよ」

そう言って、その従業員は尚哉に向かって、「大丈夫ですからね」と笑いかける。自分はそんな怖がるような顔をしていたのだろうかと、尚哉は慌てて「わかってます」と首を振る。

杉山がすみませんと謝り、それから今度は真顔になって、

「ああでも本当に、あの山に行くなら明るくなってからにした方がいいですよ。伝説はともかく、物騒なのは事実なんです。ここ最近、夜にあの辺で刃物を持った相手に襲われたって人が何人かいましてね」

「それ、犯人は捕まったのか？」

佐々倉が顔をしかめて尋ねる。

杉山は首を横に振った。

「それが、まだなんですよ。数日前にも、うちにお泊まりの方じゃなかったんですけど、夜桜を見に行った観光客が襲われたらしくて。うちにも警察が来たくらいですよ」

「そうなのか」

「ええ。――でも、そのときの状況聞いて、それは地元民の犯行なんじゃないかなあってアタシなんかは思っちまって」

杉山さん、とまたもう一人の従業員がたしなめる。が、佐々倉がその従業員を手で軽く制し、杉山に尋ねた。

「何であんたは、地元民の犯行だと思ったんだ？」

「だってそりゃあ――」

杉山が言う。

「その犯人、鎌を持ってて、『耳よこせ』って言いながら襲ってきたって言うんですもん。他所の人は知らないマイナーな伝説ですよ、そりゃもう地元民の仕業に決まってるじゃないですか」


今日泊まる部屋は旅館の二階にあった。予約サイトで見た通りの広々とした和室だ。

入口を入ってすぐのところは短い板の間になっており、左手側にバスルームに入る扉がある。板の間の奥は畳敷きで、いかにも旅館っぽい雰囲気の大きな机と座椅子が置かれていた。その向こうには広縁も設けられている。大きな窓に向かって作られた広縁には小さなテーブルと籐椅子が設置されていた。

「ごはんの前に、二人はお風呂入ってくる？　僕はそこのバスルーム使うから、大浴場に行っておいでよ」

にっこり笑って言った高槻に見送られ、尚哉は佐々倉と共に大浴場に向かった。

高槻は部屋の狭いバスルームを使うしかないのが、なんだか申し訳なかった。いっそ部屋に露天風呂がついているような宿にすればよかったのだろうか。ちょっと高級な宿だと、結構そういうのもあるらしい。

大浴場にはまだあまり人がいなかった。広々とした内湯の向こうには、露天風呂につながる出入口がある。

先に体を洗い、まずは内湯の方に浸かった。温泉というだけあって、普通の風呂よりも体が温まるような気がする。部屋風呂にも一応温泉を引いているというから、狭いとはいえ高槻も同じだけ温まっているといいなと思った。

旅行は、やっぱり楽しかった。車の運転もさせてもらったし、桜も見られたし、大涌谷でロープウェイに乗って黒たまごも食べた。高槻も終始楽しそうにしていたので、何よりだと思う。

しかし、確かにいい気分転換にはなったが——難波のことをどうするかの結論は、まだ出せていなかった。

お湯の中で膝を抱え、抱えた膝に顎を載せる。遊びまくってすっきりしたら、ぽんと何かいい案でも出てくるかと思っていたのだが、なかなかそうもいかないらしい。

「おい。のぼせんなよ」

佐々倉に声をかけられて、顔を上げる。

なんとなく佐々倉の顔を眺めていたら、怪訝な顔をされた。

「どうした。本当にのぼせたか？」

「あ、いえ――そうじゃなくて」

尚哉は首を横に振った。

――この人と高槻はどうだったのかな、とちょっと思ったのだ。

高槻が普通とは違う力を持っていると知ったとき、佐々倉はどうしたのだろう。何を高槻に言ったのだろう。

いや――それなら、すでに一度聞いている。

佐々倉から初めて高槻の過去についての話を聞いたときだ。

『俺は別に、いなくなってた間にあいつに何があったっていいと思ってる』

佐々倉はあのとき、そう言った。

天狗になりかかったんでも、UFOにさらわれて改造されたんでも、別にかまわないと。ちゃんと戻ってきてくれたんだから、それでいいと。

よくもまあそうやって無条件に受け止められたものだなと、思わなくはないのだ。佐々倉だって、あの『もう一人』に会ったことがあるはずだ。自分の幼馴染が全く違うものになる瞬間を見てもなお、この人は友達であり続けた。

それはたぶんとても稀有な話で――だから高槻も、佐々倉のことを誰より信頼しているし、頼りきっている。

でも、自分と難波は、この二人とは違う。付き合いの年数自体、違いすぎる。所詮は大学に入ってからの付き合いだし、四六時中一緒にいるわけでもない。

難波は怖がるだろうか。気味悪がるだろうか。

それとも。

「……おい」

佐々倉が口を開いた。

尚哉はまた顔を上げ、

「あ、大丈夫です。まだのぼせてはいないです」

「じゃなくて。――気にすんなよ、さっきの話」

「え？」

「ああ、だから……フロントで白髪頭の奴が話してた、サトリとかいう化け物の話だよ」

少し言いづらそうな顔で、佐々倉が言う。

ああ、と尚哉は思う。

たぶん佐々倉も思ったのだろう。人の心の声が聞こえるばかりに排斥され、鬼と呼ばれるようになったその男は――尚哉に似ていると。

「もしかしたら、俺と同じ奴なのかもしれないですよね」

「おい」

「あ、えっと、そういう意味じゃなくて、本当に……俺が行ったのと同じ祭に足を踏み入れて、べっこう飴食って帰ってきた奴なのかもしれないなって」

尚哉はそう言って、目を伏せた。

ないとは言い切れない話だ。だって、遠山の例がある。

あの長野の村の出身か、あるいは尚哉のように血縁が住んでいて訪れただけかもしれないが、同じように真夜中の祭に招かれ、嘘がわかる耳を得て戻ってきた者なのかもしれない。

そして、周りの者に排斥され――高槻や佐々倉や遠山のような人達に出会うこともなく、そいつは山で暮らすしかなくなった。

それは、あの祭に行った者の末路として十分に考えられることだった。

佐々倉が言った。

「もしそうだとしても、そいつはお前とは関係がないし、お前とは違う。だから気にするな」

「わかってます」

「もし明日、彰良が調べに行こうって言っても――俺は止めるからな」

きっぱりと、佐々倉がそう言う。

尚哉は少し笑って、

「佐々倉さんって」

「何だよ」

「本当に、いい人ですよね。……顔は怖いですけど」

「顔が怖いは余計だ」

佐々倉がそう言って、尚哉の顔めがけて水鉄砲を飛ばした。わ、と声を上げて、尚哉は目に入った飛沫(しぶき)を指で払う。

いい大人なのに子供みたいなことをするのは、高槻と同じだ。やっぱり幼馴染なんだなと思いつつ、尚哉は仕返しの方法を考える。同じく水鉄砲か。いや、自分はあまりそれが得意ではない。小さい頃、カズ兄に何度教わっても上手(うま)くできなかった。じゃあ佐々倉の頭を湯に沈めるか。腕力差で不可能に決まっている。何をしても分が悪すぎる。

かくなる上は。

「……先生に言いつけますよ、佐々倉さんにいじめられたって」

ふんと鼻を鳴らして、佐々倉が言う。自分で言っておいて、尚哉も恥ずかしくなる。

「ガキかお前は」

他に手段が思いつかなかったとはいえ、さすがに情けない。

その夜は、和室に川の字に布団を敷いて寝た。

川の字の配置は、尚哉が広縁側、高槻が真ん中、佐々倉が入口側だ。前回スキー旅行に行ったときもこの配置だった。高槻が、真ん中がいいと言い張ったのだ。

夕飯の席で少し酒を飲んだからか、寝つくのは早かった。すとんと穴に落ちるように眠りに落ち——けれど急に目が覚めたのは、嫌な夢を見たからだった。

はっと目を開け、弾(はじ)かれたように身を起こす。

ものすごく嫌な夢を見たと思ったのに、起きたときにはもうろくに覚えてもいなかった。寝ている間に心臓がびくりと跳ねでもしたかのように、鼓動が乱れて苦しい。冷たい汗が肌を伝うのがわかって、気持ち悪い。

部屋の中は暗かった。尚哉は枕元に置いていたスマホをそっと取り上げ、時間を確認した。深夜二時。いわゆる丑三つ時(うしみつどき)だった。高槻と佐々倉はよく眠っているようだ。寝息が聞こえる。自分も寝直した方がいいのだろう。

そう思って、また横になろうとして——ふと、窓の外にかすかな明るさを感じた。

何だろうと思って、そちらを見る。

そして尚哉は、目を見開いた。

桜が——ものすごい量の桜が、見えた。

たぶん旅館の向かいにある山だ。桜の名所だと、フロントの従業員が言っていた。もっと他にも何か言っていたような気もするけれど、今は思い出せない。でも、まさかこんなにたくさんの桜が植わっているなんて。まるで山全体が大きな一つの桜の木みたいだった。しかも、どの桜も満開なのだ。明るく感じるのは、月の光に照らされた桜がほのかに白く輝いて見えるからだ。

でも、おかしいな、と思う。

部屋に入ったときには、あんなものは見えなかった気がする。

窓の外の景色として覚えているのは、旅館の庭園の眺めだ。桜やら松やらと大きな木が何本も植わっていて、一部はライトアップもされていた。立派な庭だねえと高槻が言っていたのを覚えている。どうしてそのときには、この桜に気づかなかったのだろう。

そう思いながら、尚哉は布団を抜け出した。

スマホの横に置いていた眼鏡をかけ、広縁に立つ。さっきよりも窓に近寄り、あらためて外を眺めてみる。

すると、謎が解けた気がした。

深夜になったからか、庭のライトが消されているのだ。

たぶん、さっきあの山の桜に気づかなかったのは、ライトアップされた庭園の方に目が行っていたからだろう。あと、月の角度の問題もあるかもしれない。きっとこの景色は、今この時間にしか見られないものなのだと思う。庭の木々が完全に夜闇に沈み込み、月の光があの山だけを照らす角度で降り注いでいるから見られるのだ。きっとそうに違いない。

——二人にも、見せてあげた方がいいだろうか。

尚哉は、高槻と佐々倉を振り返った。

でも、せっかくよく寝ているのに起こすのも忍びない。じゃあ写真に撮っておいて、後で見せてあげればいいだろうか。いや、たぶんこれはスマホのカメラごときでは上手く撮れない気がする。

それよりも——もっと近くで、あの桜を見てみたいなと思った。

ちょっと行って、すぐ戻ってくればいい。

二人を起こさないように、静かに枕元を通り抜け、浴衣のまま廊下に出る。

表玄関は閉まっていたから、非常口から旅館の外に出た。

建物の外に出ると、余計に桜の気配を強く感じた。

だって、本当に明るく見えるのだ。月光に照らされた桜がこんな風に輝くなんて知らなかった。それともこれは都会では見られない現象なのだろうか。田舎の星空がものすごいのと同じで、桜もすごいのかもしれない。

ひらひらと風に運ばれて、花びらが降ってくる。

こっちへ来いと呼ばれているような気がして、尚哉はふらりと歩を踏み出す。

空気が澄んでいる。一つ呼吸するごとに、肺の中の空気が山の気配を含んだものと入れ替わる感じがして、気持ちいい。浴衣しか着ていない体に夜気は冷たかったが、どうせすぐ戻るのだから大丈夫だろう。

山は、道路を挟んだ向こうにある。

人も車もいない通りを、尚哉はゆっくりと渡っていく。

山の中には散策路があると、フロントの従業員が言っていた。それはその通りで、大きくて真っ直ぐな道が奥へ向かって続いている。道の両側に植わっている木も、勿論桜だ。夜だから、枝や幹は黒々として見える。その分、こんもりと盛り上がった花の白が浮き上がっている。道の先までずっと並んだ桜は、本当にどれもこれも満開だ。はらはらはらはら、雪のように花びらが絶え間なく降ってくる。すさまじい花吹雪。こんな量の花びらを降らせたらあっという間に坊主になってしまいそうなのに、どの枝にも驚くほどのぶ厚さで桜の花が咲き乱れている。気づけば足元が花びらに埋もれかけている。

尚哉はずっと上ばかり見ながら歩いていく。綺麗だ。本当に綺麗だった。

「――綺麗ですね」

ふいに声がして、尚哉は慌てて視線を下ろした。

少し先に、浴衣姿の男性が立っていた。三十手前くらいの年だろうか。やや癖のある長髪が、頬を覆うように顔の両脇に垂れている。尚哉が着ている浴衣とは少し違うから、たぶん近くにある別の旅館の宿泊客だろう。尚哉と同じように、桜に誘われて出てきたのだ。

「桜に誘われて出てきたんですか、君も」

男がにこやかに笑って言う。はい、と尚哉は答える。

だってこんなにいい夜だから、大人しく寝ているなんてもったいないと思ったのだ。

「いい夜ですよね。大人しく寝ているのなんて、もったいない」

男が言う。やっぱり尚哉と同じ考えらしい。

尚哉はまた桜を見上げた。降り落ちてくる桜が、額や頬に柔らかく当たる感覚が心地好い。このままここにいたら、桜に埋もれてしまうかもしれない。そうして眠ったら、とても気持ち良さそうだ。きっと静かに穏やかに眠れるに違いない。

ああそういえばと思い出し、尚哉は桜に向かって左手をのばした。

えい、と背伸びして拳を握る。腕を下ろし、手のひらを開いてみると、花びらが一枚載っていた。ほらみろ、自分だってやればできるのだ。

落ちてくる花びらが地面につく前に左手でキャッチして食べると、一年間幸せになれる。高槻がそう教えてくれた。

白く輝く花びらを、尚哉は指でつまみ上げる。

でも、どうしてだろう。

——これを食べてはいけない気がした。

そのとき、腹の底の方で、小さな熱のようなものがちりっと弾けた。

ごく小さく薄い何かが、身の内で自己主張しているのがわかる。何だろう。何か変なものを食べただろうか。晩御飯は和食だった。刺身やら鍋やら茶碗蒸しやら、そんな変なものはなかったはずだ。でも、熱い。

尚哉は手の中の花びらを払い落とし、腹に手を当てた。

そうしながら、ゆっくりと辺りを見回す。

急に心細いような気分になってきた。

真夜中にこんな場所に一人でいたらいけない気がする。もし高槻か佐々倉のどちらかが目を覚まし、部屋に尚哉がいないことに気づいたら、心配するだろう。戻った方がいいのではないだろうか。何しろ自分はスマホも部屋に置いてきてしまっている。

「心細いですか？」

男が言った。

尚哉は答える。

「ええ、ちょっと……そろそろ帰ろうかと思って」

「寂しいですか？」

また男が言う。

尚哉は答えに詰まって、男を見る。

どうしてこの男はそんなことを訊くのだろう。

「君は寂しいんですよ。ずっとね」

男がそう決めつけてくる。

びく、と尚哉は身を強張らせる。

「だって、宿にいる人達は、君の家族でも友達でもないんだから、君の寂しさは埋められないですよ」

「……そんなこと」

男に向かって言い返そうとしながら、尚哉は急に肌がざわつくような感覚を覚える。

変だ。

この男は、一体何者だ。

いや——それを言うなら、この場所は。

ざあっと強い風が吹く。花吹雪が花嵐となって視界をふさぐ。肌を打つ桜の花びらは柔らかく、温かく——まるで生き物のように、蠢（うごめ）いた。

「っ！」

尚哉は慌てて花びらを払い落とした。だが、すでに足元が花びらで埋まっているのだ。足首を、花びらがざわざわと這（は）い上ってくる。急いで足を上げて払い落としても、再び足を下ろせばまた新たな花びらがくっついてくる。

いつの間にか空気が重い。皮膚どころか心臓の表面を何かがざわざわと這っているような不快感を覚える。これは。この気配は。

ああ、自分はまた迷い込んでしまったのだ。

異界に。

「寂しいんでしょう？」

男が言う。

尚哉は否定する。

「そんなこと、ない」

「本心から否定しきれてないね」

男が笑う。桜がざわつく。

「僕には君の心の声が聞こえるから——だから、わかるんだよ」

ああやっぱり、と尚哉は思う。

やっぱりこの男は、サトリの化け物なのだ。

いつの間にか男の手には鎌が握られていた。湾曲した刃がぎらりと輝くのを、尚哉は悪夢を見る気分で見つめる。

また強い風が吹く。長く垂れていた男の髪が、花嵐に吹き上げられる。

あらわになった男の顔の両脇には、耳がなかった。

両耳とも削がれたようになくなっている。生々しい傷痕だけが残っている。ああ鎌で切り取ったんだな、と尚哉は思う。

この男は、人の心の声が聞こえてしまう己の耳を憎み、自ら削ぎ落としたのだ。

尚哉にも覚えのある感情だ。

この耳さえなければと、尚哉だって何度も思った。

「耳、よこせ」

鎌を逆手に振りかぶり、男が言った。

あのフロントの従業員は、この山の鬼は人の耳が好物なのだと言った。

でもそれは違う。間違った解釈だ。

この男は、本当に耳が欲しいだけなのだ。

だって、耳を削いでもなお人の心の声が聞こえるものだから。

この男は、普通の人の耳を己にくっつけてしまいたいのだ。そうすれば心の声が聞こえなくなると信じている。

「やめた方がいいですよ、俺の耳は」

尚哉は、べたべたと肌に貼りつく花びらを払い落としながら、そう言った。

「勧めません。きっと同じくらい嫌な思いをします」

男が首をかしげる。

「何だ。お前のその耳は」

「山の神謹製の呪いの耳ですよ」

男がまた首をかしげる。その動作を見て、尚哉は確信する。この男の能力は、あの長野の村とは関係ないものなのだと。

ならばこの男は、自分の成れの果てなどではない。

無関係の——可哀想な鬼だ。

そのときだった。

「——深町くん！」

鋭く澄んだ声が、背後から聞こえてきた。

「深町！　この馬鹿、何してんだ！」

ややハスキーな、でも真っ直ぐな声も聞こえてくる。

ああ、と尚哉は胸の底が震えるのを感じて息を吐く。

来てくれた。

自分は寂しくなどない。

ぐいっと、大きな手に後ろから強く体を引き寄せられた。高槻だ。尚哉の体を自分の後ろに回し、かばうように前に出る。佐々倉はさらにその前に出た。二人とも浴衣姿だ。起きてそのまま来てくれたのだろう。

佐々倉が男に向かって言った。

「凶器を置け！　抵抗するな！」

男は逆手に鎌を握ったまま、ちょっとありえない角度までぐりんと首をかしげた。顎の先が上を向きそうなほどに傾いた顔。あらわになる、耳を削いだ痕。ぐりぐりと、両の目が動く。

「――腕を押さえて、動きを封じようと考えているな」

男が呟いた。

佐々倉が動く。男の腕を押さえようとする。

が、男は驚くべき速さで後ろに跳び退り、その手を避けた。かと思ったら、再び前に向かって大きく跳ぶ。

「健司！」

高槻が叫ぶ。

佐々倉はあやういところで鎌を避け、すれちがいざまに男の片腕を捕らえた。

その瞬間、ぶん、と男がその腕を振った。

「！」

信じがたいことに、佐々倉の巨体が宙を飛んだ。近くの桜の木にぶつかって、どっと地面に落ちる。

高槻は一瞬そちらに駆け寄りかけて、しかし踏みとどまった。自分の背後に尚哉がいることを思い出したのだろう。再び尚哉をかばう位置に立つ。

「……健司」

桜の根元にうずくまった佐々倉に、高槻が声を投げた。

返事がない。

「健司っ！」

「……うるせえ。聞こえてる」

佐々倉が起き上がる。無事だったらしい。だが、少しふらついている。

男は、今度は高槻に狙いを定めたようだった。再びぐりんと、首をかしげる。

高槻がはっとして身構え——けれど直後に、すっとまた普通の姿勢に戻った。

こっちを見た佐々倉が息を呑む気配がする。まさか、と尚哉は思う。

尚哉は高槻の脇に出て、その顔を見上げた。

やはりだった。瞳が藍の色に染まっている。

『もう一人の高槻』だ。

男が眉をひそめ、ぐりん、と今度は逆の方向へ首を傾けた。

「……何だお前？」

男が呟くのが聞こえる。

かすかに、『もう一人』が唇の端を持ち上げた。

男が地面を蹴った。恐ろしいほどの跳躍力で、上から『もう一人』に襲いかかる。

『もう一人』は、どんと尚哉を片手で突き飛ばすと、振り下ろされた鎌を軽々と避けた。両膝を丸めるようにしてしなやかに着地した男が、ぐるりと腰を回して再び『もう一人』を狙う。だがその前に、『もう一人』が長い脚で男の腹を蹴り飛ばした。ぎゃっと嫌な悲鳴が上がり、男の体がごろごろと地面を転がる。その手から落ちた鎌が一瞬で花びらに埋もれ、『もう一人』は手をのばしてそれを拾い上げようとする。

けれどそのとき、また花嵐が巻き起こった。

花びらに視界をふさがれ、『もう一人』が片手を上げる。その隙に、つむじ風のような勢いで起き上がった男が鎌を拾い上げた。

男は鎌を口にくわえ、四つん這いで山の奥へと駆け去っていく。その身のこなしはとても人のものとは思えず、男が駆けた勢いで花びらが激しく舞い上がる。

ふらっと、高槻の体が一瞬よろめいた。尚哉は慌てて手をのばし、その体を支えた。

「……深町くん？」

高槻がこっちを見る。その瞳はもう焦げ茶色に戻っていた。『もう一人』は引っ込んだらしい。

「——佐々倉さん！」

そこへ、もう一つの声が飛び込んできた。

振り返ると、スーツ姿の男がこっちに向かって走ってくるのが見えた。

驚いたことに、それは林原夏樹だった。

林原は佐々倉の傍に駆け寄ると、あーあという顔をして、

「ったくもー、佐々倉さん何してんですか！　怪我してません？　それ旅館の浴衣でしょ、あーあー、そんな汚しちゃってもう！」

「林原てめえ、何でいる!?」

佐々倉が林原を怒鳴りつける。

林原はわざとらしく耳を押さえ、

「そんな大声で怒鳴んないでくださいよー、怖いなあ。別に佐々倉さん達を尾行してたわけじゃないから安心してください、これ本当偶然会っちゃっただけですから！　神奈川県警からうちに応援要請があったんですよ」

「応援要請？」

「こっちにも異捜あるんですけどねえ、担当者が忌引きで不在なんですって」

そう言って、林原は男が去っていった山の奥の方を見据えた。

「というわけで、あとはこっちでやりますから。佐々倉さんはちょっと待っててくださ

い。——高槻先生も！　くれぐれも、大人しくしててくださいよ！」

林原がびしりと高槻を指差し、男を追って走っていく。

尚哉はそれを見送り、

「あの人、一人で危なくないですか？　大丈夫なんでしょうか」

何しろあの鎌を持った男は、佐々倉を片腕一本でぶん投げたのだ。

が、高槻は、え、という顔をして尚哉を振り向き、

「——もう一人いたでしょう？」

そんな奇妙なことを言った。

「え？　林原さん、一人でしたよ？」

「そんなはずないよ。外国の人かな、背の高い男性が一緒にいた。すぐいなくなっちゃったけど」

いたかな、と尚哉は眉をひそめる。林原に気を取られて気づかなかった、なんてことがあるだろうか。

「それより深町くん、君、何やってるの⁉」

「そうだお前、何で一人で外に出た⁉」

突然高槻と佐々倉が二人して雷を落としてきて、尚哉は思わず身をすくめた。

「あ、えっと、すみません……本当にすみません。あれ、俺どうして外出ちゃったんだろう……」

冷静に考えてみれば、それが不思議だった。
周りの桜は今なおほのかに輝いている。こうして見てみると、その禍々しさといった
らなかった。肌がざわつく感じもまだ強い。異界の気配が辺りに満ちているのだ。
普段の自分なら、警戒して絶対に近づかないはずだ。
それなのに——ついさっきまで、自分の行動に何の疑問も抱いていなかった。むしろ、
そうするのが当然とすら思っていたような気がする。
「……まったく、また一人でお祭りに行っちゃったのかと思った。健ちゃんに起こされ
て、深町くんがいないって聞いたときには、本当に肝が冷えたよ」
高槻が言う。
確かにあの感覚は、十歳の夏の夜に死者の祭に呼ばれたときと似ていた気がする。行
かなきゃとそればかり思って、我慢ができなかった。
「たぶん深町くんは、異界のものに呼ばれやすいんだと思う。一度呼ばれてるせいもあ
るかもしれないけどね。気をつけた方がいい」
「はい。……すみません」
それから尚哉は、あらためて佐々倉を見た。
佐々倉は浴衣についた土を払っていた。ぱっと見た感じ出血などはないが、打ち身く
らいは間違いなく作っているだろう。
ひどく申し訳ない気分になって、尚哉はもう一度佐々倉に頭を下げた。

「佐々倉さん、本当にすみませんでした」

「もう二度とやるなよ」

佐々倉が苦い声でそう言って、尚哉の額をべしっと手のひらで叩いた。

はい、と尚哉は叩かれた額を押さえてうなずく。結構痛かった。

「俺がいなくなったことに気づいてもらえたのも助かりました。ありがとうございます」

「ああ、あれは——俺も起こされたんだよ。あいつにな」

「え？」

佐々倉が顎で示したのは、高槻だった。

だが、さっき高槻も、佐々倉に起こされたと言った。

どういうことだろうと考えて、尚哉ははっと気づいた。

佐々倉を起こしたのは、『もう一人の高槻』だったのだろう。

高槻も、佐々倉が言った意味に気づいたらしく、複雑そうな顔をする。

「……ねえ、それじゃ『もう一人の僕』は、健ちゃんを起こしてまた寝たってこと？」

「ああ。俺を蹴飛ばして『小僧がいない』って言った後、ぱたっと寝やがったな」

「……そういうときは蹴飛ばし返していいよ。痛いのは僕だけど」

高槻が、はあとため息を吐いて片手で己の顔を覆う。尚哉は、そうか『もう一人』にとって自分は小僧扱いなんだなと思う。

あの『もう一人』は——本当に、何なのだろう。

尚哉がいなくなったことに気づいて、わざわざ助けてくれたということなのか。さっきも『もう一人』は、高槻と尚哉の両方をあの男からかばう形で動いていたように思う。この前は、高槻のことも尚哉のことも、八階から落とそうとしていたくせに。

そのとき、山の奥から林原が戻ってきた。

「佐々倉さーん、終わりましたー。犯人確保でーす」

なんと林原は、あの男を連行してきていた。

男は後ろ手に手錠をかけられ、林原に引っ立てられて歩いていた。うなだれたその頬は腫れ、浴衣や髪にはひどく土がついている。相当な乱闘の末に捕まったという風情だが、林原には怪我もなければ服の汚れすら見当たらない。この林原という人物は、余程強いのだろうか。高槻が言っていた外国人の男性というのは、やはり見当たらない。

というか、林原が男を逮捕してきたことがびっくりだった。あの男はサトリの化け物なのではないのか。異捜の仕事は人でないものが関与している事件の捜査だとは聞いていたが、逮捕まで行うとは思っていなかった。捕まえた後はどうするのだろう。まさか検察に送って裁判というわけでもあるまい。

「……手伝うか？」

佐々倉が林原に向かって尋ねる。

林原はとんでもないと首を横に振り、

「佐々倉さん、非番でしょ？　だーいじょーぶですよ、こっちは人手足りてるんで。ああでも、佐々倉さん達も早く宿に戻ってくださいね。……ここに閉じ込められたくないでしょ？」

林原が笑って言う。

最後のひと言にぞっとして、尚哉達は慌てて林原の後を追った。

桜に囲まれた道を逆戻りして、道路まで帰ってくる。

道端に、黒い大きなバンが停められていた。両脇の窓が全てスモークガラス仕様になっている。林原は男を後部座席に放り込むと、自分は運転席に回った。

「それじゃ俺、朝になる前にできれば帰りたいんで！　佐々倉さん、また本庁で！」

そう言って、林原が車を発進させる。

残された尚哉達は、なんとなく顔を見合わせた。

高槻が言う。

「……とりあえず、部屋戻って寝ようか」

「俺はいっぺん風呂入りてえなあ」

「重ね重ね本当にすみません……」

尚哉はもう一度二人に向かって頭を下げた。

どうして自分達の旅行はこうなのだろう。たまには普通の旅行がしたい。ただ楽しいだけの、本物の怪異など決して引き当てることのない平和な旅行が。

恩賜箱根公園で呑んだ桜の花びらにそう願ったはずなのになあ、と思ったとき――ふと気がついた。

さっき、腹の中で何かがちりっと弾けた気がしたのは、おそらく、あのとき呑んだ桜の花びらだ。

おまじないも馬鹿にならないな、と尚哉は己の腹をもう一度なでた。

――箱根での出来事について、もう一つ言及しておかなければならないことがある。

翌朝になって、尚哉たちは窓越しに向かいの山を見て愕然とした。

桜の木など一本も見えなかったからだ。

昨夜は山全体が桜に覆われているように見えたのに。

もう一度チェックアウトの時に、昨日の従業員に確認すると、「向かいの山にある隠れた桜の名所」というのは、道路からは見えないとのことだった。山の中の散策路を五分ほど歩いた先だという。桜の本数は五、六本だそうで、「道路から見えたんじゃ、隠れた名所って言わないじゃないですか」と笑われた。

……それなら、自分達が見たあのものすごい桜は、何だったのだろう。

「やっぱりちょっと調査に行きたいんだけど」

そう言って散策路に足を踏み入れようとする高槻を、佐々倉が羽交い絞めにして車まで引きずっていった。後部座席に容赦なく放り込み、尚哉を助手席に乗せて、無言で車を出す。

たぶん佐々倉は二度とこの旅館には来ないだろうな、と尚哉は思った。なんなら当分箱根には近づかないかもしれない。

やっぱり普通の旅行がしたいなあ、と尚哉は思った。


ゴールデンウィークが終わり、キャンパスに戻ると、そこは日常の景色だった。

途方もない量の花びらを降らすお化けのような桜もなく、鎌をかまえたサトリの化物もいない。若干の連休ボケを引きずった学生達が、学問と学問以外の様々なことに勤しむ場だ。

難波とのことをどうするかは——結局、相手の出方を見るということになった。

一応、箱根からの帰りの車の中で、あらためて高槻と佐々倉に相談に乗ってもらったのだ。高槻は「大丈夫だよ」と言い、佐々倉は「考えてもしょうがねえんだから本人に直接確認しろよ」と言った。

とにかく難波と話して、難波がどう思っているかを確認して、そのうえで難波が尚哉を気持ち悪いというのであれば、それはもう仕方ない話だ。そう思った。

ところが、難波と一緒に取っているはずの講義に、今日は難波の姿が見えなかった。

高槻の講義ではないが、史学科の専門科目ではある。出て当然の講義なのだが——たぶんサボりだ。難波は長期休みの後などに、ちょいちょい講義をサボる傾向がある。

難波と話すぞと思ってそれなりに気負ってキャンパスに来たというのに、なんだか拍子抜けだった。

講義を聴き終え、一人で教室を出て、尚哉は中庭を見回した。

空いているベンチを見つけて、腰を下ろす。

三人掛けの古い木製ベンチの左端。今日はとても天気が良いし、風も気持ちいい。しばらくベンチにいるのもいいかもしれない。

ついでにいつもの訓練をしておこうと思って、尚哉はイヤホンを取り出した。両耳にはめ込み、音楽プレーヤーのプレイボタンを押す。

流れ出した音楽を耳で追いながら、音量をなるべく小さくしていく。徐々に、音楽のバリアをすり抜けるようにして、中庭の喧騒が耳に入ってくる。通行人の会話、ダンスサークルが流しているダンスナンバー、演劇サークルの発声練習、下手くそなトロンボーンの音。そして、

「——こんにちは」

そんな声が聞こえた気がして、尚哉ははっと自分の隣を見た。

三人掛けの古い木製ベンチの右端。

尚哉との間に人一人分のスペースを空けて、いつの間にか男性が一人座っていた。尚哉の方を向いている。ということは、さっきの「こんにちは」は、尚哉に向けて言ったのだろうか。だが、知らない顔だ。

というか、この男は何者なのだろう。

学生ではなさそうだった。かといって教員にも見えない。まるで葬式帰りのような黒いスーツに黒いネクタイだ。体型はひょろりとしている。髪には白髪が交じっているが、顔にはあまり皺がなく、年を取っているようにもまだ若いようにも見えた。目が細く、鼻は高く、唇は薄い。

男は何とも温厚そうな笑みを浮かべながら、じっと尚哉を見ている。

「こんにちは」

男がもう一度、そう言った。やはり尚哉に向かって話しかけていたらしい。

尚哉は慌ててイヤホンをはずした。

「こ、こんにちは……？」

尚哉がそう返すと、男はにこりと嬉しそうに笑った。

「いやあ、よかった。気づいてもらえているようなのにお返事がなかったもので、どうしようかと。もしや話しかけてはいけなかったかなと、悩みかけていたところです」

「え？　あ、いや、すみません、音楽聴いてたし、話しかけられてると思わなくて……失礼しました」

尚哉が小さく頭を下げると、男はいえいえいいんですよとまた笑う。

「お邪魔をしてしまいましたかね。もしお時間よろしければ、少し話しませんか？」

「えっ？」

「いや、お時間ないですか。それは残念」

「いえ、そんなことはないですけど……何で俺と？」

「いやあ、たまには若い方と直接話をしてみたくて。何しろこの年になると、なかなか学生さんと話す機会がなくてですね」

男はひたすらににこにことしている。

誰なんだろう、と尚哉はまた思う。

学生と話す機会がない、と言っている以上、やはりこの人は教員ではないのだと思う。大学キャンパスは基本的に開放されているので、外部から人が入ってくるのはよくあることだ。学食などは近くの会社に勤めるサラリーマンやOLなどにも利用されていることがある。

でも、どうしてだろう。

この人は、サラリーマンという雰囲気でもないのだ。なんとなく隙がない。終始にこにこしているのに、微妙な威圧感があるのはなぜだろうか。話し方だってとても人当たりがいいのに、不思議だった。

「いいキャンパスですねえ。中庭もとても活気がある。あれはサークル活動の人達ですかねえ」

「あ、そうだと思います。たぶんあれはどこかの演劇サークルで、あっちでパントマイムしてるのは大道芸研究会で」

「いいですねえ、サークル活動。君は？　何かサークルには入ってないんですか」

「あ、いえ、俺は別に……」

「そうですか。まあ、サークル活動だけが青春ではないですからねえ。他にもバイトとか、学生生活は忙しいでしょう」

「そうですね、バイトはしてますね」

「それに、三年生ともなるとそろそろ将来のことを考えないといけないですよねえ。大変でしょう？」

「そう、ですね……」

そこで強烈な違和感を覚え、尚哉は思わずまじまじと男を見た。

どうしてこの男は、自分が三年であることを知っているのだろう。

と、男が懐に手を入れ、

「――ああ、すみません。実は私はこういう者です」

そう言って、尚哉に名刺を差し出してきた。

何気なく受け取って、尚哉はぎょっとする。

警視庁の名刺だったのだ。

「警視庁捜査一課異質事件捜査係係長の、山路宗助(やまじそうすけ)といいます。部下の林原には何度か会ったことがありますよね？」

異質事件捜査係。略して――異捜。

この山路という男は、林原の上司なのだ。

「深町尚哉くん」

尚哉は一度も名乗っていないのに、名前を確認できるようなものなんて何一つないのに、山路は尚哉をフルネームで呼んだ。

「今日は君に、将来の提案をしに来ました」

「将来の提案……？」

「ええ」

山路が笑顔のままうなずく。まるで仮面のように、その顔は常に笑ったままだ。高槻との違いは、笑い方がずっと変わらないところだろうか。

まるで張りつけたような笑み。

「君の能力を活かして、異捜に来ませんか」

山路が言った。

尚哉は目を瞠る。

「別に警察学校に行く必要はありません。警察への捜査協力者という形で、雇用関係を結ぶことは可能です。ああ、別にフルタイムで拘束する必要もないので、他にやりたいことがあればやっていただいてかまいませんよ。こちらが要請したときのみ、来てもらえればいい。だから、もし大学院に行って高槻先生のもとで学びたいのであれば、そうしてもらってかまいません。遠山さんのところで建築設計事務所の手伝いがしたいのであれば、それはそれで問題なしです。悪くない条件でしょう？」

山路の口からさらさらとこちらの関係者の名前が出てくるのが恐ろしい。この人は、一体どこまで尚哉の個人情報を押さえているというのだろうか。

「あ、あの」

「ああ、給料ですか、お金の話は大切ですよねえ、疎かにしてはいけません。そうですね、普通の協力者よりは多少色をつけて渡すことができるかと。特殊枠ということになりますからね。ただし、異捜の存在は公にはされていないので、他所でお仕事の話はしないでほしいですね。まあ、しても誰も信じないと思いますけど」

「あの、だから、そうじゃなくて、ちょっと待ってください」

一方的に話し続ける山路を、尚哉は思わず片手を上げて止めた。

山路が一度口を閉じ、

「質問ですか？　受け付けましょう、どうぞ言ってください」

「いえ、あの、質問っていうか、何で俺に」

「どうして？　これはまたおかしなことを言いますねえ」

ははははっと、今度は山路が声を出して笑った。が、口角の上がり具合がさっきまでとほとんど変わらないのが怖い。この人は本当に今笑ったのだろうか。

「深町くん。君の能力は、我々警察にとって、とても役に立ちます。ああ、証拠能力に欠けるのは承知していますよ、しかし、嘘発見器などより余程正確に相手の嘘を聞き分けられるなんて、素晴らしいじゃないですか！」

山路が言う。

やはり異捜は、尚哉の能力を把握しているのだ。

「おや、仕事の内容に何か不安でも？　大丈夫ですよ、君が普段高槻先生のもとで行っていることと基本的には変わりないですから。少し前にも、トンネルで女性を殺した通り魔の逮捕に貢献したそうじゃないですか。もしかして、嘘を聞き分ける能力だけじゃないのかな、君が持っているのは」

「え……？」

「ああ、知りませんでしたか。今朝、ニュースになっていたはずですが。去年起きた歩行者用トンネルでのOL殺し、犯人捕まりましたよ」

それは、悠貴の姉の木元京香さんの話だろうか。

……いやちょっと待てよと尚哉は思った。山路はお手柄ですよという顔でにこにこしているが、何かがおかしい。再びの違和感が腹の底で渦を巻く。

どうして山路は、その件に尚哉が関わったことを知っているのだろう。

確かに、あのトンネルで見た不審者の情報は、高槻が佐々倉を通じて警察に上げた。

しかし――その際に、尚哉の名前まで出すとは思えない。

もしかして、と尚哉はこのとき初めて気づいた。

もしかして異捜がマークしているのは、高槻だけではなかったのか。

「ああ……どうやら君は、君自身の価値をよくわかっていないようだ」

もともと細い目をさらに細めて、山路が言った。

「近頃、林原くんから君と高槻先生の名前をよく聞きます。ああ、別に監視をつけてるわけではないので安心してください、たまたま出くわしただけの案件も多いみたいですしね。確か品川のレストランと、高槻氏の事件と、あとは箱根ですか。こちらの案件に首を突っ込んでくるのなら、いっそ協力してくれてもいいんじゃないかと思ったんですよ。――まあ、品川の件と高槻氏の件は、結局異捜案件ではありませんでしたが」

さらりと、山路が高槻の父親の事件に言及する。尚哉はその言い方から、事件に関する高槻の推測が当たっていたのであろうことを察する。

だが、異捜に協力と言われても困る。そんなの考えてみたこともなかった。

すると山路が、唐突に話題を変えた。

「ところで、君は大学三年にしては幼く見えますね。まるで高校生みたいだ」

「……すみませんね、ガキっぽくて」

気にしていることをずばりと指摘されて、尚哉は思わず拗ねたような声でそう呟く。

が、続けて山路が言った言葉は、恐ろしい内容だった。

急に話を変えたかと思えば、何なのだ一体。

「これは別に医学的根拠のある話ではなく、そういう例が散見されるというだけのことなんですけどね。――異界に行ったことのある人というのは、年を取るのが遅かったり、あるいは逆に急激に老けたりすることがあるんですよ。君もそのケースに当てはまるのかもしれませんね」

「……は?」

「ほら、昔話の浦島太郎って知ってるでしょう? あれなんかも、長い時間が経ったのに全然年を取らずに帰ってきた男の話ですよね。異界の空気のせいなのか、食べ物のせいなのか、とにかく通常とは肉体の何かが変わってしまうんでしょうね」

ぺらぺらと、山路は信じがたいことを語り続けている。

尚哉は思わず自分の手を持ち上げた。少し指が震えている。でも、別に何もおかしなところなんてない。見た感じは他の人と違うところなんてないのに。

『——黄泉のにおいがする』

ふっと頭の中に、以前『もう一人』に言われた言葉がよみがえる。

混ざっていると言われたのを覚えている。この肉体がどうしようもなく変質しているかのような口調だった。

はたして自分にはどの程度黄泉のものが混ざり込んでいるのだろう。これまで何度か自問自答してきたことではある。でも、そんな風に——誰が見てもわかる形で影響が出る可能性なんて、想像してみたことすらなかった。

いや、でも。幼く見られるのは、服装や雰囲気がガキっぽいせいで。

年を取る速度が普通と違うなんて、そんなことあるわけが。

「高槻彰良先生も、随分お若いですよねえ。あの方は、三十六歳ですよね。でも、どう見ても二十代に見える。佐々倉くんと同い年とは思えないですよね」

山路がまた高槻の名前を口にする。やめてくれ、と尚哉は叫びたくなる。

「ああそうそう、あと遠山宏孝さんも。彼も、五十歳にしては若い。四十初めくらいに見えます。まあ、あのくらいの年齢になると本人の努力次第で老け具合なんて変わるものですけど、でも若い部類には入るんじゃないですかねえ。……おや、もしかして君は、遠山さんの年齢を知らなかったんですか？　あんなに仲良しなのに」

知らなかった。ずっと、四十代だと思っていた。

というか、山路は高槻や尚哉だけではなく、遠山のことまで押さえているのか。

何なんだろうこの人は。

林原の上司だというけれど——なんだかひどく、恐ろしい。

そう思った瞬間、尚哉はどうしてこの人から威圧感を覚えるのかに気づいた。

この人はずっと笑顔なのに、目だけが笑っていないのだ。

冷たい視線で、蛇のように尚哉を射すくめている。

「ねえ、深町くん。君はね、きっと普通の就職活動には向きません」

山路の声が、鼓膜にからみつく。

声が歪んでいるわけでもないのに、異界の気配を感じるわけでもないのに、妙にぞわぞわして怖い。

「もし就職できたとしても、苦しいだけだと思いますよ。だからうちに来なさい。うちなら書類審査も筆記も面接もなしで、君を雇用できるし——君がどれだけ普通の人と違っていても、どれだけ異常でも、懐深く受け入れます」

頭を殴られたような気分で、尚哉は視線を揺らす。

——君がどれだけ普通の人と違っていても。

——どれだけ異常でも。

さっきはずしたイヤホンを手の中に握り込み、尚哉は言葉もなく奥歯を嚙みしめる。

普通と違うことなんて知ってる。だから、せめて世界に適応しようと頑張っていた。

山路はそれをまるで無駄な努力であるかのように笑うのか。

嫌だ、と思った。

この人は嫌だ。今すぐ離れたい。逃げたい。それなのに、どうしてかベンチから立ち上がれなかった。山路の言葉が槍のように尚哉を貫いて、この場に縫い留めているのだ。異常。普通の人と違う。だからうちに来なさい。脚が震えるのがわかる。座ったまま、足元がぼろぼろと脆く崩れていくような奇妙な感覚がある。どうしよう。誰か、誰か助けてほしい。

だが、キャンパスの喧騒は相変わらずで、学生達は尚哉の前を笑いさざめきながら通り過ぎていく。誰一人としてこちらを見ようとはしない。普通の人間の皮をかぶった異常な生き物になど興味がないのだ。

尚哉はすがるような眼差しを研究室棟の方に向ける。高槻は、この時間は何をしてるんだったろう。でも、窓の中に高槻の姿は見えない。

尚哉の視線に気づいたか、山路が言った。

「ああ——高槻先生にも、できれば協力者になってほしいんですがねえ。でも彼の場合は、色々な意味で扱いが難しそうでね。その点、君はいい。性格的にも大人しいし、能力的にも最適だ。ねえ深町くん、どうですか。異捜に来ませんか」

嫌だ。逃げなければ。

この人の傍にいてはいけない。

そのときだった。

「あー！　深町、こんなとこで何してんだよ、探したじゃねえかー！」

耳に飛び込んできた声に、尚哉ははっとした。

向こうの方からこっちに走ってくる人物がいる。見慣れた茶髪。ちょっと派手な服装。難波だ。難波が来る。

難波は走ってきた勢いのままに尚哉の肩をつかむと、よいしょっという感じに引っ張って立たせた。

「ったくもーさー、ほらあの、アレの件で！　アレがアレした話をする約束してただろ俺達！　もー行こうぜ早くー！　つーわけでおじさん、俺のダチ連れてきまーす、どーもすいまっせーん！」

早口に山路に向かってそうまくしたて、難波が尚哉の腕を引っ張る。

そうして、尚哉を山路の前から遠くへ連れ去ってくれる。

難波に引きずられながら、尚哉が一度だけ山路を振り返ると、山路はやれやれという顔をしていた。ばいばい、と山路が手を振るのが見える。その唇が動くのがわかる。

「また今度」と言っているのがわかって、尚哉は慌ててまた前を向く。

大学生協の建物の傍まで来たところで、難波はようやく尚哉の手を離し、

「さっきのおじさん誰」

ちょっと引き攣った顔で、そう言った。

「なんか深町困ってるみたいだったから連れて来ちゃったけど。あれでよかった？　ていうかあのおじさん、なんかすげえ怖くなかった？」

尚哉はぽかんとした顔で難波を見る。

こいつはなぜ、こんなところにいるんだろう。

「……難波。お前、さっきの講義は」

「あー、寝坊した！　後でノート貸して」

「……それはいいけど……ていうか……」

「んん？　何」

難波がきょとんとした顔で尚哉を見る。

こいつは、自分が今何をしたかさっぱり理解していないらしい。

……まるでヒーローのように尚哉を救い出しておいて。

尚哉は一度口を開きかけ、結局閉じて、あらためて難波を見た。

「……難波」

「うん。何だよ」

「とりあえず、礼を言う。ありがと」

「あー、やっぱあのおじさん、怖い人？　いいっていいって、深町ってなんかそーゆーのにからまれそうなタイプじゃん、助けといてよかったわー。危なかったな？」

何か勘違いが生まれているような気がするが、尚哉は、うん、とうなずいておいた。

それから、自分達はもっと違う話をしなければならなかったことを思い出す。

尚哉は震えそうになる息を一度吸って、覚悟を決める。

「……難波」

「うん。何」

「この前の話なんだけど」

「この前って？」

「だから。……学食で」

「学食？……あ、あー！　アレね！　お前がＬＩＮＥ既読スルーかました案件な！」

一瞬首をひねった後、難波がぽんと手を叩いて言う。もしやこの男は本当に忘れていたのだろうかと尚哉は少し不安になる。ちょっと待て、自分はかなり悩んだのだが、難波にとっては大した話ではなかったとでもいうのだろうか。

「で、その話が何」

「えっと……その、だから」

言葉を喉の奥につっかえさせながら、尚哉はぎこちなく口を開く。

そうしながら、難波の目を見つめてみて、あれ、と思った。

難波の顔が少し緊張している。目の奥に、なんだか怯えたような色が見える。

そんな難波の顔を見るのは初めてで、尚哉はつられたように怖気づきそうになる。やっぱり本当のことなんて言わずに、適当に嘘をついてごまかしておいた方がいいんじゃないか。そんな気持ちがじわりと染みのように心の端に広がる。

……でも。

でも、難波は、さっき尚哉を助けてくれたのだ。

その難波相手に、嘘を言うのは嫌だった。

「あのとき難波が言ってたことだけど。……俺の耳のこと」

尚哉がそう言うと、難波の顔がまた少し強張った。

ああこれは駄目かなと、尚哉は思う。

難波との付き合いはこれで切れるかもしれない。

それはとても悲しいけれど――でも、ここまできたら、どうしようもない。

「あのとき、逃げてごめん。LINEも無視して悪かった。……知られるの、怖かった」

「知られるのって」

「難波が言ってたので、大体合ってるんだ」

難波から目をそらし、尚哉は言う。

「俺、誰かが嘘を言うと、その声が歪んで聞こえるんだよ。痛くはないけど、すごく気持ち悪い音に聞こえるもんだから、だからつい耳押さえる癖がついてて」

ぼそぼそとそう白状しながら、尚哉はさっき山路と話しているときに感じた足元が崩れるような感覚をまた覚える。

それはたぶん、自分の学生生活の基盤が崩れる感覚だ。

難波が離れていったら、自分はこれから卒業するまで、どう過ごしていけばいいんだろう。まだこの先、グループ研究もあればゼミ合宿もあるのに。ああ、江藤達との付き合いもどうすればいいだろう。――かつての自分なら上手く線を引いて適当にこなせたはずのそれらのことに、とてつもない不安を覚える。

もういっそ大学なんて辞めてしまって、山路のところに行って、今すぐ雇ってくださいと言った方がいいんじゃないだろうか。

けれど、尚哉がそう思ったときだった。

「――マジで!? やっぱそうだよな!?」

突然目の前で明るい声がはじけて、尚哉はびっくりして視線を難波に戻した。

難波はほっと胸をなで下ろすような仕草をしながら、

「いやー焦ったわー、俺、お前に怒られるのかと思った。何言ってんだとか、もうお前とは縁切るわとか、人の秘密にずかずか土足で踏み込んでくんじゃねえとか——なんかこう、罵倒されるかと思った」

「……いや、罵倒はしないけど。え？」

「え？　って、え？」

あまりにも普段通りすぎる難波の態度に、尚哉は思わずきょとんとする。すると難波までもが、引きずられてきょとんとした顔をする。

　きょとん同士顔を見合わせて、

「……え、何で怒られると思ったんだよ？」

「だって、なんか秘密っぽいのに、俺が暴いちゃったから？　無神経とか言われてキレられるかと思ってた。ほら俺、結構雑な性格だからさあ」

「いや、キレはしないけど別に……」

「けど、だって深町、すげえ怒ってたじゃんー！」

「え」

「なんか俺のこと避けてたじゃん、ＬＩＮＥ無視よかそっちの方が傷ついたぞ！　あれ絶対ひでえって！」

「それはごめん。でも、だって」

　尚哉は片手で顔を覆った。思考も感情もちょっと追いつかなくなってきた。

　ぷんすか怒った顔でこっちを見ている難波を見やり、尚哉は言うべき言葉を探す。

「だって……だってお前さ、俺のこと」

「お前のこと何」

「……気持ち悪く、ないの？」

ようやく言葉が舌の上に転がり落ち、尚哉は難波にそう尋ねた。

難波はまたしてもきょとんとした顔をして、それから、

「何言ってんだよ！　すげえじゃん！」

実にあっけらかんとした顔で、そう言った。

「俺、そういう友達初めて！　マジすげえ。深町すげえ。なあなあ、それって生まれつきなの？　それとも修行の成果？」

「……いや、修行とか普通しないし。お前、漫画の読みすぎ……ていうか」

一気にどっと力が抜けて、尚哉はよろよろとその場にしゃがみ込んだ。

難波がびっくりした顔をする。

「え、何、深町どしたの⁉　だいじょぶ？」

「だいじょぶじゃない……」

「えっ、マジか。どうしよう」

難波がおろおろした声を出す。尚哉はしゃがみ込んだまま、両手で顔を覆う。

そんな二人を、横を通り過ぎていく学生達が、奇妙なものを見る目つきで眺めている。

何しろここは大学生協のすぐ近くなのだ。キャンパス内でも人通りの多い場所だ。

早く移動した方がいいのだと思う。でも、立てそうになかった。
あんなに悩んでいたのに、まさかこんな展開になるなんて。
というか――難波はこういう奴なのに、一体自分は何を悩んでいたのだろう。
胸の中で、高槻が「ほらね」と笑った気がした。
ほらね、大丈夫だったでしょう、と。
ああ本当に……悩んでいた自分が、馬鹿みたいだ。
難波が尚哉の前にしゃがみ込み、大丈夫かとまた尋ねてくる。
顔を覗き込まれそうになって、尚哉は慌てて下を向く。
「なあ深町、大丈夫?……おーい、泣くなよー、深町」
「……泣いてない」
膝に顔を押しつけるようにしながら、尚哉はそう返した。
たぶんこの場に遠山がいたなら、苦笑しながら耳を押さえたことだろう。

【extra】それはかつての日の話Ⅲ

丸岡食堂は、千駄ヶ谷に店を構える大衆食堂である。

明治通りからやや奥まった住宅街の中にある小さな店で、メニューは極めて家庭的。一番人気は生姜焼き定食だ。カウンター席とテーブル席があり、夜は酒も出す。

客は近くに勤めている人や、地元の住民がほとんどだが、近頃はネットの口コミサイトを見たという人などもたまにやってくる。そうした人々がサイトに書き込んだ「なんかすごい実家感」「めっちゃ落ち着く。ずっといられる」といった口コミを見て、また新たに客が来たりもする。便利な時代である。

丸岡十和子が夫の勇雄と共にこの店を始めたのは、二十年前のことだ。

二十年もあれば、常連客の顔ぶれも少しずつ移り変わっていく。親に連れられてよく来ていた小学生はいつしか実家を巣立ち、毎週来ていた会社員は異動したのかあるときを境にぱったり来なくなる。そしてまた新たな常連が生まれる。同じ場所で長く店を営むうえで、寂しくもあり楽しくもある変化である。

が、そんな中にも、根強い固定客というのがいたりもする。

高槻くんは、その一人だ。

「――こんばんは」

店の戸をからから開けて入ってくるとき、高槻くんは、いつも柔らかな声でそう挨拶する。

高槻くんはとてもかっこいい人だ。背が高くて、ハンサムで、おまけに身なりも良い。こんな庶民的な食堂より、お洒落なフレンチレストランの方が絶対似合うタイプだ。

だから彼が現れると、常連ではないお客さんは一様に目を瞠る。何でこんな人がこんな店に、という顔をする。必ずする。

でも十和子は、彼らに向かってお腹の中でふふんと笑う。

ふふん、このイケメンは、もう十八年来のうちの常連ですよ、と。

初めて会ったとき、高槻くんはまだ大学一年生で、十和子は三十半ばだった。

違う店で何年も料理人をしていた勇雄がついに独立し、丸岡食堂を開いて二年。なんとか店の経営も軌道に乗り始めたかなと思えるようになった頃。

確か、六月くらいのことだったと思う。

そのとき高槻くんは、店の前の路上に座り込んでいた。

発見したのは、十和子だった。

丸岡食堂は、昼の二時半までがランチタイム、夕方五時からがディナータイムで、その間は休憩時間だ。休憩の間にちょっと雑用を済ませに外に出て、戻ってきたら店の前にぐったりとうつむきながらへたり込んでいる若者がいたというわけだ。

店の人間として捨て置くわけにもいかず、十和子は恐る恐る声をかけた。

「どうしたの？　大丈夫？　具合悪い？」

「……あ、大丈夫です。お気になさらず」

弱々しい声がかえってきた。

お気になさらずと言われても、何しろ店の前なのだ。この辺の道は狭くて、歩道といっても車道の脇に白線を引いただけの路側帯だし、そんなところにいられると正直困る。

「ねえ、気にするなって方が無理なんだけど。本当に大丈夫？」

「……ああ、そうですよね。すぐどきます、すみません」

そう言いながら、彼はよろよろと立ち上がった。

ちょっとびっくりするくらい綺麗（きれい）な顔の子だった。

肌が綺麗で、鼻が高くて、どのパーツも見事なまでに整っている。手脚もすらっと長くて、まるでテレビに出ているアイドルみたいだ。染めているのか地毛なのか、柔らかそうな髪はやや茶色い。

「ご迷惑をおかけしました。失礼いたします」

やたら礼儀正しくそう言って、彼は十和子に向かって丁寧に頭を下げた。

が、そうやって頭を低くしたのがまずかったのだろう。元の姿勢に戻ろうとした彼は、大きくふらついて傍らの塀に肩をぶつけた。顔色も悪い。

このまま歩いて行かせたら、どこかでまたへたり込むか倒れるかするだろう。

「やっぱり全然大丈夫じゃないよね、ちょっとうちで休んでいきなさい」

十和子はそう言って、彼の腕をつかんだ。

そのまま有無を言わせず、店の中へと引きずっていく。彼の方がずっと背は高かったが、食堂のおばちゃんを舐めてはいけない。こちとら毎日結構な肉体労働をこなしているのだ。こんな細っこい男の子一人引きずるくらい、たやすいことだ。

店の中では、勇雄が調理着のままテーブル席に腰掛けて、新聞を読んでいた。若い男の子を引きずって戻ってきた十和子を見て、勇雄が訝しげな目をする。

「どうした」

「店の前に落ちてたから拾ってきた。ちょっと休ませる」

「そうか」

それだけで納得してくれる夫のことが、十和子は大好きだ。

十和子は彼をカウンター席に座らせた。コップに水を汲んで、彼の前に置く。

「貧血？　熱中症じゃないよね、熱はなさそうだし」

「……ちょっと、鴉がいたもので」

「鴉？」

「……まあ、貧血みたいなものです」

にこりと力なく笑って、彼は言った。

何かの発作なのかな、と十和子は思う。とりあえず会話のできる状態ではあるから、しばらく休みさえすれば、本人の言う通り、大丈夫になるのだろう。

「名前訊いてもいい？　それとも、学生さんって呼べばいい？　あ、学生じゃない？」

「あ、えっと、僕は高槻といいます。学生です」

「そう。ねえ、何であんなところにいたの？　どこか行く途中だった？」

「――十和子。休ませるんだろ、そんな次々質問するな」

勇雄がそう言った。

それもそうだなと思って、十和子は口を閉じた。

が、高槻くんは十和子の質問に律儀に答えて、

「別に目的地があったわけじゃないです。散歩というか、地理を覚えてて」

「地理？」

「自分が住んでいる地域周辺の地理を、頭に入れてるところなんです。地図を見てもよくわからなかったので、一度歩いておいた方がいいなと思って」

高槻くんの家は、代々木にあるのだそうだ。大学入学に合わせて引っ越してきたのだそうで、ちょっとずつ近辺を歩き回って、道を覚えているのだという。

「あ、それじゃあ高槻くん、一人暮らしなんだ？」

「……はい」

「そっかあ、家事とか自分でちゃんとできてる？　掃除とか洗濯とか料理とか」

「家事は一通りできます。家族に教わりました」

「そっかあ、偉いね」

高槻くんの喋り方は丁寧で、雰囲気にも品があった。すごくちゃんとした家庭で育ったんだろうな、と十和子は彼を見ながら思う。きっとご両親がきちんとした方なのだろうな、と。

勇雄は黙って十和子と高槻くんのやりとりを眺めていたが、やがてのっそりと立ち上がり、カウンターの中に入った。

カウンターの中は厨房になっている。まだ夜の支度には早いというのに、勇雄はなぜか冷蔵庫から肉を取り出し、キャベツを千切りにし始めた。

「あんた？　どうしたの」

十和子が声をかけても、「ああ」しか言わずに、勇雄は手早く調理を進める。たれにからめた肉を焼くじゅうっという音が響き、皿が触れ合う音がする。

あっという間に生姜焼き定食を仕上げた勇雄は、それを高槻くんの前に置いた。

「ええと……？」

高槻くんが困惑した顔で勇雄を見る。頼んでもいないのに料理が出てきたのだから、当然だ。

勇雄が言う。

「食べとけ」

「……僕、今ちょっと食欲なくて」

高槻くんが小さく笑って言う。

十和子も言った。

「そうだよ、あんた。高槻くんは貧血起こして倒れたところなんだし、無理に食べない方がいいって」

「だけど、お腹すいたって顔してるじゃないか」

「え？」

勇雄は高槻くんの顔をじっと見つめていた。高槻くんは白い顔を少しうつむかせ、困ったような笑みを浮かべている。

十和子も高槻くんの顔を見つめてみたが、よくわからなかった。

でも、勇雄は根っからの料理人だ。人においしいごはんを食べさせるのが生き甲斐(がい)の人だ。その勇雄が言うのなら、間違いはないのかもしれない。

勇雄が高槻くんに向かって言った。

「人は、ひもじいと不幸せになる。そういう風にできてる。だから、とりあえず何か食っとけ。腹が一杯になると、心も満たされる」

「……そうですね」

高槻くんはそう言って、いただきますと手を合わせると、箸(はし)を手に取った。

しかし、やはり食欲はないらしい。半分も食べないうちに箸が止まり、高槻くんはひどく申し訳なさそうな顔で勇雄を見た。

「すみません。僕、やっぱり……」

「別にいい」

勇雄はもったいないと高槻くんを責めることもせずに、うなずいた。

高槻くんが立ち上がり、ポケットから財布を取り出しながら言う。

「あの、それじゃ僕、そろそろ行きます。ごちそうさまでした」

「金はいい」

「え?」

「その代わり、明日も来い」

「……でも」

「来なかったら、そのときは無銭飲食でお前を訴える」

「えっ」

滅茶苦茶理不尽なことを言われて、高槻くんが顔を引き攣らせる。

が、勇雄は高槻くんの方に顎をしゃくって、

「たとえお前がそこに代金を置いていっても、俺は絶対に受け取らない。だから、支払ったことには決してならない。今のお前は無銭飲食状態だ」

「ちょ、ちょっと待ってください!」

「嫌なら、明日も来い。絶対に」

「そんなこと言われても」

高槻くんは、助けを求めるように十和子を見た。

が、十和子は、ごめんと思いながらも、首を横に振った。

勇雄は言葉が少ない人だ。おまけにあんまり表情も変わらないものだから、時々誤解されることもある。だけど、理由もなく理不尽を押しつける人ではない。

夫がああ言うからには、高槻くんはこの店に来た方がいいのだと思う。

高槻くんはそれでも、財布から千円札を取り出して、カウンターに置いた。

生姜焼き定食の値段は六五〇円だ。でも、十和子も勇雄もお釣りを出さなかった。

高槻くんはひたすらに困った顔のまま、失礼しますと言って、逃げるように店を去っていった。

その背中に向かって、勇雄が言った。

「必ず来いよ！」


――とはいえ、翌日高槻くんが来るかどうかはわからなかった。

ランチタイムには来なかった。まあ、学生さんなら大学があるのだろう。

ディナータイムが始まっても、彼はなかなか現れなかった。カウンターの隅には、彼が置いていった千円札の上にガラスコップを伏せたものが置いてある。他の客が「何これ」と尋ねてきたが、「さわるべからず」と答える以外なかった。

このままでは罪のない学生からぼったくった人でなし食堂になってしまうなあ、と十和子が不安に思い始めた頃だった。

からからと店の戸を開けて、高槻くんが顔を出した。

「……こんばんは」

いらっしゃい、と勇雄がカウンターの中から返した。


それから一週間ほど、毎日同じことが繰り返された。

勇雄が高槻くんの前に食事を出す。生姜焼き定食、日替わり定食、親子丼、出す料理は様々だった。

高槻くんは、頑張ってそれを食べる。でも、小食なのか、大抵食べきれない。そもそも丸岡食堂の定食は、安くて量が多いのが自慢だ。彼には無理なのかもしれない。が、勇雄は彼が残しても嫌な顔一つせず、「また明日も来い」と言う。

代金は受け取るようになったが、最初の千円だけはまだ宙に浮いたままだ。その千円は、まるで人質のように厨房の神棚に置かれた。

ある日、勇雄は高槻くんの前に、肉巻きの皿を置いた。

品書きにない料理だった。

高槻くんは綺麗(きれい)な箸遣いでそれをつまみ、一口食べた。

「――うまいか？」

カウンターの中から、勇雄が尋ねる。

高槻くんはにっこりと笑って、うなずいた。

「はい。とってもおいしいです」

すると勇雄は口をつぐんで、しばしの間、じいっと高槻くんの顔を見つめた。

高槻くんの隣に座っていた酔っ払いの常連客が、肉巻きの皿を見て、おっという顔をした。

「なんだいなんだい、新メニューかい？　勇雄さん、俺にもくれよこれ」

「あんたにゃ駄目だ」

きっぱりと、勇雄が言う。

が、酔っ払いは納得せず、

「何だよう、俺には食わせられねえってのかい！　じゃあいいよ、兄ちゃん、一つ分けてくれよ」

そう言って、高槻くんの皿から肉巻きを一つ勝手につまむと、ぽいと口に入れた。

酔っ払いが口を押さえてものすごい顔をしたのは、その直後のことだった。

「……何だこれ！　かっ、辛い……辛子？　鼻にくるっ……おい勇雄さん、何これ！」

「たっぷりの辛子を肉で巻いたものだ」

勇雄が言う。

え、と十和子は高槻くんを見た。

高槻くんは困ったような笑みを浮かべたまま、静かに座っている。

勇雄がため息を吐き、言った。

「──味、わかんねえんだろ」

はい、と高槻くんはうなずいた。

どういうことだと、十和子は思わず高槻くんの肩に手を置いた。

「え、何、どういうこと。味わかんないの？　味覚障害とかそういうやつ？」

「……魔法が、効かなくなってしまって」

高槻くんはへらりと情けない顔で笑いながら、わけのわからないことを言う。

それっきり高槻くんは何も言わず、席を立った。

代金を払い、店を出て行く背中に、勇雄は言った。

「明日も来いよ！」

高槻くんは、たまに来ない日を間に挟みつつ、それでも食堂に通ってくれた。

来なかった日は、大学の友達や別の友達との付き合いがあったらしい。そのときには食べているのかと勇雄が尋ねると、高槻くんは「それなりに」と答えた。やはりあまり食べられていないのだろう。

「幼馴染（おさななじみ）に叱られたんですけど。もっと食え、って。でも、味がしないと、やっぱりちょっと辛くて」

ちょっとずつ、高槻くんは自分のことを話すようになっていった。

高校時代は海外にいたこと。叔父と愉快な同居人達と楽しく暮らしていたこと。そちらの暮らしが楽しすぎて、日本に帰ってきたら、ちょっと寂しくなってしまったこと。特に、食事時の寂しさが駄目だったらしい。それまでは大人数で囲んでいた食卓が、自分一人きりになってしまった。何を食べても味気なくて、それでも叔父の教えを守って、なるべく食べようと努力はしていたらしい。でも、無理に食べようとすればするほど、彼の舌は食べ物の味がわからなくなっていった。

そんな彼を支えていたのが、海外の同居人が教えてくれた魔法だったという。

「何かあったら、マシュマロ入りのココアを一杯。それできっと幸せになれる、って。そういう魔法だったんですけど……そのうち、ココアも味がしなくなってきて。魔法、効かなくなっちゃったんですよね。僕、困っちゃって」

困ったという割に、その顔には笑みが浮かんでいて、十和子は少し戸惑った。話している内容は結構深刻なのに、そんなににこにこしながら話さなくてもと思った。

高槻くんの話に、両親のことが一切出てこないのも気になった。でも、高槻くんが言わない以上は、訊くわけにもいかなかった。

そのうちに、高槻くんは食堂に馴染み始めた。

あまり食べないとはいえ、いつでもにこにことしていて人懐こい子ではあるのだ。そのうち常連客から可愛がられるようになっていった。

高槻くんは、客達によく「何か怪談を知りませんか？」と尋ねた。大学で、高槻くんは怪談や都市伝説の研究をしたいと思っているのだという。だから、今のうちから怪談を聞き集めているのだそうだ。

そして、その話をしたのは、近所に住んでいる宇田さんという男性だった。

「別に怖い話じゃあないんだけどさ」

宇田さんは言った。

「近頃夜中に、猫が鳴くんだよ。にゃーうにゃーうって」

「そりゃあ怖くねえな」

カウンターの中から勇雄が言う。

宇田さんは、そうなんだけどさと言いながらも、

「うちの女房が、猫好きなもんだからさ。猫があんまり鳴くもんだからって、見に行ったんだよ。そしたら、猫いなくて」

「逃げたんだろ」

「かもしれねえけど――その代わり、道路一杯に猫の絵がびっしり描いてあったんだよ。チョークで」

「何だそりゃ」

「わかんねえんだよ。でも女房は、まるでその猫の絵が鳴いたみたいで嫌だったって」

宇田さんはそう言って、ビールをぐいと呷る。

高槻くんが、宇田さんのコップにビールを注いであげながら言う。

「それは、単に誰かが猫の鳴き真似をしながら絵を描いていただけなのでは？」

「それにしたって、深夜だよ？　十二時過ぎだよ、誰が描くのよそんなもん」

「うーん、余程の猫好きのイタズラとか？」

高槻くんはにこにこしながら首をかしげる。

と、近くの席にいた杉本さんという男性が振り返って、こう言った。

「それ、俺も知ってる。ありゃあ化け猫だ。化け猫にゃうにゃうだ」

宇田さんと杉本さんの家は、同じ通り沿いにあるのだという。

やっぱり深夜ににゃうにゃうという猫の声を聞いた杉本さんは、二階の窓から下の道路を覗いてみたのだそうだ。

するとなんだか白くて小さなものが、にゃうにゃう言いながら道路の上を這いまわっているのが見えた。

人間にしては小さすぎ、しかし猫にしては大きすぎたのだそうだ。

勇雄が尋ねた。

「で？　外に確かめに行かなかったのか」

「面倒だったからなあ」

「どうせ酔っ払ってたんだろ。見間違いだよ」

勇雄が言うと、杉本さんはそんなことねえよと返した。その日は少ししか飲んでいなかったのだと。

するると高槻くんが、ぽんと手を叩いて言った。

「じゃあ、僕が確かめてきますよ!」

「はあ?」

「え?」

何を言い出すのかという顔で見やる大人達に向かって、高槻くんはにっこり笑って宣言した。

「僕がその『にゃうにゃう』の正体を確かめてきます! だって、気になるでしょう?」

宇田さんと杉本さんが言うには、猫が鳴くのは毎晩ではないらしい。平日の夜に一日おきくらい、だそうだ。

直近で聞こえたのは昨夜だというので、それなら明日の夜にはまた鳴くのではないかと高槻くんは予想を立てた。だから宇田さん達が猫の声を聞いた十二時頃に張り込みをするのだという。

「じゃあ私も行く!」

思わず十和子が手を挙げてそう言ってしまったのは、半分はにゃうにゃうの正体を見てみたいという好奇心からだったが、もう半分は高槻くん一人だと心配だったからだ。

宇田さんと杉本さんは、翌日も会社があるから付き合えないということだった。勇雄も翌日の店のことを考えると、付き合わせるわけにはいかなかった。それなら、十和子が付き合うしかないだろう。……翌日の店は、勇雄に頑張ってもらおうと思った。

高槻くんと二人で、宇田さんの家の車庫に身を隠しながら、にゃうにゃうという猫の声が聞こえてくるのを待った。

「そういえば高槻くん、大学は？　明日、平気なの？」

「あ、僕もう夏休みです」

「そっかあ、学生はいいわねー」

――高槻くんが食堂に通い始めて、もう二ヶ月近くが過ぎていた。

高槻くんの味覚はまだ戻らないようだった。一応食堂に来る度に食べてはいるのだが、どうしても途中で箸が止まってしまうのだ。

このまま高槻くんの味覚が戻らなかったらどうしよう。十和子はそれが心配だった。

だって、ごはんはおいしいものなのだ。

勇雄が前に高槻くんに言ったことは本当だと十和子も思っている。

人は、ひもじいと幸せでなくなる。お腹一杯食べれば、心も満たされる。

ごはんがおいしくないと、お腹一杯食べることもできなくなるのだ。そんなのは悲しい。それに、食堂としてはやっぱり、ごはんは残さず食べてもらえた方が嬉しい。

何より、高槻くんの体が心配だった。味覚がなくなったのがストレスによるものなら、いずれもっと大きな障害が出るかもしれない。そんなことになったら、悲しむ人がいるだろう。海外にいるという高槻くんの叔父さんや愉快な同居人、高槻くんの大学の友達、高槻くんの幼馴染。十和子や勇雄も勿論悲しむ。……一向に話に出てこない高槻くんの両親は、どうかわからないけれども。

そして、時計が深夜十二時半を回った頃だった。

にゃーう、という鳴き声が、誰も彼も寝静まったはずの深夜の住宅街に響いた。

反射的にぱっと車庫から顔を突き出しそうになった十和子を、高槻くんが制した。まずは自分が見ますと口パクで言い、そうっと顔を出す。

けれど、見えなかったらしい。どうやら一本向こうの通りのようだ。

十和子と高槻くんは、にゃうにゃうの声の主を探して歩き出した。

宇田さんの家の前の道から一つ角を曲がった先、数軒向こうの家の前に、何かがいるのが見えた。人間にしてはやけに小さく、猫にしては大きな、白いもの。

杉本さんが言った通り、それはにゃうにゃう言いながら、アスファルトの道路の上を四つん這いで這いまわっていた。

「——ああ、やっぱり」

高槻くんが小さく呟くのが聞こえた。

一方の十和子は、その正体に気づいた瞬間、思わず一も二もなくそちらに駆け寄りそうになっていた。それは、こんな時間にこんなところにいていいものではなかった。

けれど、高槻くんがまた十和子を制した。

立てた人差し指を己の唇に当て、小さく首を横に振りながら、十和子を見る。そして、十和子に対し、この場で待つようにと手で指示した。

静かに、高槻くんが小さなものに近寄っていく。ある程度近づいた時点で、彼はなぜかすとんとその場にしゃがみ込んだ。小さなものは、まだ彼の接近に気づいていない。

高槻くんは、小さなものに合わせるように道路に四つん這いになると、

「にゃーお」

そう鳴いた。

小さなものが、ぱっとこちらを振り返る。

それは——女の子だった。

白いスリップのようなものを着ている。まだ幼稚園くらいの幼い女の子が、道路の上に這いつくばるようにして、チョークで絵を描いているのだ。

女の子は高槻くんを見ると、警戒するようにぱっと立ち上がって、一瞬逃げる素振りをした。

高槻くんは道路に両膝（りょうひざ）をついたまま、もう一度「にゃお」と鳴く。

すると女の子は逃げるのをやめ、傍らに置いていた白っぽいぬいぐるみを手に取ると、鼻先に持っていってにおいを嗅（か）ぐようにしながら、大きな目で高槻くんを見つめて「に

ゃーう」と返した。

高槻くんはにっこり笑って、

「こんばんは」

やっと人間の言葉で話しかけた。

「こんなところで何をしてるの？」

「……ママをまってるの」

女の子が、ぬいぐるみに鼻をくっつけたまま答える。

高槻くんが優しい声で言う。

「ママはどこに？　お仕事かな」

女の子はこくりとうなずいた。

「お家(うち)で待ってないと駄目じゃないかな？　お外に出たら駄目って言われなかった？」

「だめだけど、つまんなかったの」

「そっか、つまらなかったか。……君は、猫が好きなの？」

高槻くんが尋ねる。

女の子はまたこくりとうなずいた。

女の子の足元には、白いチョークで猫の絵が幾つも描かれていた。女の子が持っているぬいぐるみも、どうやら猫の形をしているようだ。

「これ、ママがかってくれたの」

女の子が言う。

一生懸命ぬいぐるみのにおいを嗅ぎながら。

「でも、いっぴきしかだめっていわれたの。いっぱい、ねこ、ほしかったのに。だって、いっぴきだけだと、さびしいの」

「そっか。だから君は、猫の絵を描いたの？」

こくり、とまた女の子はうなずく。

「ねこ、いーっぱいなの。そしたらさびしくないの。ねこしゅうかいなの！」

「猫集会なんて、よく知ってるね」

「テレビでみたの。ねこしゅうかい、ねこ、いっぱいなの。アリサも、ねこになるんだ！　そしたら、さびしくないの。ねこ、いーっぱい！」

女の子がまたにゃーうと鳴く。大きな目が街灯の光を反射してきらりと光る。

まだ少ない語彙のせいで、何を言っているのかはいまいちわかりづらい。

でも一つだけ、確かに伝わってきたことがある。

高槻くんが言う。

「そっか。……君は、寂しかったんだねえ」

にゃあ、と女の子は——たぶんアリサという名前のその子は、猫の言葉で返事をした。

そのまま放置はできず、十和子と高槻くんは、女の子に付き添って、母親の帰りを待った。女の子は、十和子よりも高槻くんのことが気に入ったらしい。二人で道路にお絵描きをして盛り上がっていた。

自転車に乗って母親が戻ってきたのは、深夜三時近かった。

「亜里沙(ありさ)!? 何で外にいるの！……あなた達、誰ですか!?」

母親は、まだ随分と若いように見えた。我が子が知らない人達と外にいるのを見て、軽くパニックに陥ったようだ。自転車を放り出し、駆け寄ってきて子供を抱き上げる。

「亜里沙ちゃん、ママを待ってたんです。一人だと寂しかったから」

高槻くんが言った。

母親は、不審げに高槻くんと十和子を見る。

「亜里沙ちゃんが外に出てたのは、今日だけじゃないです。他の日にも目撃されてます。近所の人の話を聞いて、僕達は様子を確かめに来たんです」

「あんた達、誰なの？」

「――あ、私、すぐそこで食堂やってる丸岡です」

十和子ははいはいと片手を挙げ、話に割り込んだ。

ポケットから食堂のチラシを取り出し、母親に渡して、

「今日はもう遅いから、早く家に帰って休みなよ。それで、何か困ったことがあったら、うちに相談に来てもいいよ。とりあえず、ごはんだけでも食べにおいで」

母親は戸惑った目をしながらもチラシを受け取り、亜里沙を抱えてすぐ近くのアパー

トに入っていった。

亜里沙は母親の肩越しに、ばいばいと高槻くんに手を振った。

「亜里沙ちゃん、もう夜に外に出たら駄目だよ。悪い人にさらわれちゃうよ」

高槻くんが言うと、亜里沙は、にゃあ、と返事をした。

ぱたん、とアパートの扉が閉まると、十和子は高槻くんを見た。

「――高槻くん、最初からにゃうにゃうの正体は子供だってわかってたの？」

「だって、それしか考えられないでしょう？」

高槻くんは小さく肩をすくめて、そう言った。

「化け猫はチョークで絵なんて描かないですよ。人より小さくて猫より大きいなら、幼児だと考えるべきです」

言われてみれば、それはその通りだった。十和子は、もしかしたら化け猫が見られるかもとちょっとだけ期待していた自分を恥じた。

いや、これは、まるで怪談のように話して聞かせた宇田さんと杉本さんが悪いのだ。少し考えれば、あの二人だって子供だとわかっただろうに。

……いや。

違う。そうじゃない。

高槻くんが言う。

「気づいていたはずですよ。宇田さんも、杉本さんも」

——なんならあなたも、と言われたような気がして、十和子は胸を押さえる。

そうだ。十和子だって、別に本気で化け猫の仕業と考えていたわけではない。どうせ子供の悪戯だろうなという気は、どこかでしていた。まさかあんなに小さな子だなんて思ってはいなかったけれど。

「まして杉本さんは、窓から直接目にしてるんです。でも、確かめにすら行かなかった。……たぶん、面倒だったんでしょうね。こんな夜中に幼児が一人で外にいるという事実を確認してしまったら、放ってはおけません。かかわりたくなかったんですよ」

淡々とした声で、高槻くんが言う。

「でも、宇田さんも杉本さんも、気にはなっていたんでしょう。だから、他の人に話したんです。子供かもしれないとは言わずに、猫だと言ってね」

そういうことにしておけば、もしその子に何かあったとしても、言い訳になるから。自分は猫だと思っていた、子供だなんて思わなかった、だから——見にも行かなかったのだ、と。

……こんな暗い夜道であんな小さな子が這いつくばっていて、もしそこに車が来たらどうなっていただろう。想像して、十和子は心底ぞっとした。

「——そういう無責任から怪談が生まれることもあるんだとわかったので、僕としては今回の件は大変興味深かったです。ええ、面白い事例でした」

くす、と高槻くんが小さく笑う。

この子はこんな薄暗い笑い方をする子だったのかと十和子は思う。

と、高槻くんはふっとまたいつもの顔に戻って、十和子を見た。

「ああ、遅くまで付き合わせてしまってすみませんでした。帰りましょうか」

高槻くんは、そう言ってにこりと笑い、食堂の前まで十和子を送ってくれた。

もうこんな時間だし泊まっていくかと尋ねた十和子に、高槻くんは首を横に振った。

歩いて帰れるからいい、と。

誰もいない住宅街を一人で歩き去っていくその背中を見送りながら、十和子は、ああなんて寂しい背中なんだろうと思った。

やっぱり無理にでも引き留めて、十和子と勇雄の家に泊めてあげればよかったのかもしれない。だってこれから高槻くんは、一人きりで暮らしている家に帰るのだ。

君は寂しかったんだねと、高槻くんはあの子にそう確認したけれど——たぶん、いつでも寂しくてしょうがない気持ちを抱えているのは、高槻くん自身なのだと思う。


あの母親が亜里沙を連れて丸岡食堂を訪れたのは、それからしばらく後のことだった。

ランチ営業のときだったから、高槻くんはいなかった。

だから、十和子と勇雄の二人で、母親の話を聞いた。

シングルマザーだということ。あの後、亜里沙には、夜に外に出てはいけないとよく言い聞かせたこと。……他に仕事を見つけて、深夜のパートはやめたこと。

亜里沙と分け合いながら親子丼を食べつつ、訥々と母親はそう話した。

宇田さんと杉本さんの話によると、十和子達が張り込みをした翌晩以降は、化け猫にゃうにゃうは出現していないらしい。

食事を終え、店を出る前に、亜里沙は十和子に折り畳んだ画用紙をくれた。

「おにいちゃんにあげて」

夜になって高槻くんが食堂に来たので、画用紙を渡した。

高槻くんが広げた画用紙を、十和子も横から覗き込んだ。

画用紙には、猫と、大きなハートマークが描き込まれていた。

たぶんそれは、亜里沙からのラブレターだったのだと思う。


高槻くんの味覚が戻ったのは、そのすぐ後くらいのことだった。

勇雄が出した生姜焼き定食に箸をつけた高槻くんは、肉を口に入れた途端、ぱっと目を輝かせて勇雄を見た。

「——おいしい」

もぐもぐと肉を咀嚼して呑み込んだ高槻くんは、確かにそう言った。

そして、すぐにまたもう一枚、肉を口に入れる。あっという間にそれも食べてしまい、今度は茶碗に盛ったごはんを口に入れる。

「おいしい！　こんなにおいしかったんですね、おじさんのごはん！」

「そうか」

勇雄は言葉少なくうなずいた。

高槻くんは、おいしい、おいしい、と繰り返しながら、夢中になって食べていった。

勇雄は、高槻くんがおいしいと言う度に、そうかそうかとうなずいた。

けれどそのうちに、くるりと後ろを向いてしまった。

「おじさん？　えっと、大丈夫ですか？」

「……いいから食え。どんどん食え」

高槻くんに背中を向けたままそう言った勇雄が、ぐす、とこっそり洟をすすったのを、十和子は見逃さなかった。

でも、それをからかうことは、十和子にはできなかった。

十和子も反対側を向いて涙を拭っていたからだ。

そもそも時間が解決するものだったのか、それとも何か心境の変化があったのか、あるいは食堂に通い続けた成果なのか。高槻くんの味覚が戻った理由がどれかは、わからなかった。でもとにかく、嬉しかった。十和子も勇雄も、心の底から喜んだ。

だって、その日の高槻くんの笑顔は、これまで彼が見せてきたどの笑顔とも違う、とびきり幸せそうな笑顔だったのだ。

それは、本当にごはんがおいしかったときに人が見せる笑顔だ。

十和子も勇雄も、お客さんのそんな笑顔を見るのが大好きだから、食堂をやっているのだ。

その日、高槻くんは、初めて丸岡食堂の定食を残さず食べた。

勇雄は神棚に置いていた千円札をやっと下ろし、神様に向かって丁寧に手を合わせた後、百円玉を三枚と五十円玉を一枚、高槻くんに渡した。

それは、あの日の分のお釣りだった。


高槻くんは、その後も丸岡食堂の常連であり続けた。

といっても、徐々に来る頻度は落ちていった。毎日のように来ていたのが、週に一回になり、時には月に一回になったりもした。大学での付き合いが増えたらしい。

少し寂しくはあったけれど、でもそれは、彼にとっては良い変化なのだと思った。

やがて大学を卒業した彼は、そのまま大学院に進んだ。研究者になりたいのだという。研究テーマはやはり怪談なのだそうで、店に来たときは毎回客から怪談を蒐集した。

そのうちに彼は本当に研究者となり、今ではついに大学の准教授様だ。

十和子と勇雄には、子供がいなかった。

だから彼の成長を、我が子のように祝い続けた。彼が大学を卒業したときも、院に入学したときも、研究職に就いたときも、講師から准教授になったときも、毎回この食堂でお祝いした。高槻くんは、少しはにかみながらも、嬉しそうにありがとうと言った。

高槻くんがこの店に人を連れてきたのは、二回だけ。

一回目は、高槻くんが大学院にいるとき。なんだか恐ろしく強面で大きな男性を連れてやってきた。新宿辺りでヤクザにでもからまれたのかと一瞬思ったが、なんとヤクザではなく警察官の卵だという。

「幼馴染の健ちゃんです。今、警察学校に行ってるんですよ」

高槻くんは彼のことをそう紹介してくれた。たまに会話に出る幼馴染というのは彼のことかと、十和子と勇雄は健ちゃんを見上げて口を半開きにした。高槻くんが親しげに語っていた『健ちゃん』がこんなに怖い顔の人だとは思っていなかったのだ。

「本当は、この店には連れてきたくなかったんですけど。……この前ちらっと健ちゃんに話しちゃったもんだから、来たいって言い出して」

少し拗ねたような顔で高槻くんが言う。

健ちゃんは、ぺこ、と小さくこちらに向かって頭を下げ、

「彰良がお世話になってるみたいで、すいません」

そう言った。なんだか高槻くんのお兄さんみたいだった。

健ちゃんは、ごはんを大盛にした生姜焼き定食を実においしそうにたいらげ、「これからも彰良をよろしくお願いします」と言って、また小さく頭を下げた。

顔は怖いけどいい子なんだろうなと、十和子は思った。

二回目は、割と最近のことだ。高槻くんに雰囲気も顔立ちも似た素敵な英国紳士を連れてきた。イギリスに住んでいる彼の叔父さんだという。

「本当は連れてきたくなかったんだけど、おじさんがどうしてもご挨拶したいって言うもんだから」

高槻くんはやっぱり拗ねたような声でそう言った。

「何でうちに人を連れてきたくないんだ？」

勇雄がそう尋ねると、高槻くんは、だって、と少し顔を赤くして言った。

「……なんだか、実家に連れてくるみたいで、ちょっと照れるじゃないですか」

高槻くんの叔父さんは、話し上手な面白い人だった。海外暮らしだからフォークの方がいいかなと思ったのだけれど、彼は高槻くんと同じくらい綺麗な箸遣いで、生姜焼き定食をおいしそうに食べてくれた。

去り際に、高槻くんの叔父さんは、「これからも彰良をよろしくお願いします」と健ちゃんと同じことを言った。

自分達以外にも高槻くんのことを大事に思っている大人がいることに、十和子も勇雄も本当にほっとした。……まあ、もう高槻くんもいい大人というべき年なのだけれど。

——そして今日。

丸岡食堂は、めでたく開店二十周年を迎えた。

十和子も勇雄も、開店当時に比べると随分と老けた自分達の姿を思って苦笑しつつ、次々と「おめでとう」を言いにやってくる常連客に「ありがとう」と返した。

高槻くんがやってきたのは、ディナータイムになってからだった。

からからと戸を開けて、彼はにっこり笑って言った。

「こんばんは。二十周年おめでとうございます」

大きな花束を十和子に差し出してくる。仕事帰りにそのまま来たのか、上品な三つ揃いのスーツを着ていた。花を抱えているのが似合う子だな、と十和子は思う。このまま雑誌のグラビアにしたいくらいだ。

高槻くんを初めて見る客達が、目を瞠りながらこっちを見ている。誰だあれ、芸能人じゃないの。そんな呟きが聞こえる。何でこんな店に、と言っている人もいる。

十和子はお腹の中で、彼らに向かってふふんと笑う。

彼はうちの常連なんですよ、と。

もう十八年も通ってくれてるんですからね、と。

これまでも、これからも、きっと十和子と勇雄がこの店を開き続ける限り、彼は来てくれるはず。少なくとも十和子はそう信じている。

だから十和子は、花束を受け取りつつ、こう言った。

「ありがとう。これからもうちの食堂をよろしくね、高槻くん」

《参考文献》

・『怪談現場　東海道中』吉田悠軌（イカロス出版）
・『日本怪奇名所案内』平野威馬雄（二見書房）
・『川端康成異相短篇集』川端康成著　高橋英理編（中公文庫）
・『日本人の異界観』小松和彦編（せりか書房）
・『日本現代怪異事典』朝里樹（笠間書院）
・『江戸東京の噂話「こんな晩」から「口裂け女」まで』野村純一（大修館書店）
・『学校の怪談　口承文芸の研究Ⅰ』常光徹（角川ソフィア文庫）
・『現代怪談考』吉田悠軌（晶文社）
・『真景累ヶ淵』三遊亭円朝（岩波文庫）
・「鎌の民俗――基層に潜在する鉤形の呪力」『生活文化史No.45』鹿田洋（日本生活文化史学会）
・『怪異の民俗学2　妖怪』小松和彦責任編集（河出書房新社）
・『妖怪図巻』京極夏彦・多田克己編（国書刊行会）
・「禍福は跋扈する妖怪のままに―江戸の都市伝説」香川雅信『怪vol.34』（角川書店）
・『耳袋1』根岸鎮衛（平凡社ライブラリー）
・『桜』勝木俊雄（岩波新書）

本書は書き下ろしです。

この作品はフィクションです。実在の人物、

団体等とは一切関係ありません。

准教授・高槻彰良の推察 9

境界に立つもの

澤村御影

令和5年 3月25日　初版発行
令和5年 4月10日　再版発行

発行者●山下直久

発行●株式会社KADOKAWA
〒102-8177　東京都千代田区富士見2-13-3
電話　0570-002-301（ナビダイヤル）

角川文庫 23584

印刷所●株式会社暁印刷
製本所●本間製本株式会社

表紙画●和田三造

ISBN 978-4-04-112951-7　C0193

◇◇◇

角川文庫発刊に際して

角 川 源 義

第二次世界大戦の敗北は、軍事力の敗北であった以上に、私たちの若い文化力の敗退であった。私たちの文化が戦争に対して如何に無力であり、単なるあだ花に過ぎなかったかを、私たちは身を以て体験し痛感した。西洋近代文化の摂取にとって、明治以後八十年の歳月は決して短かすぎたとは言えない。にもかかわらず、近代文化の伝統を確立し、自由な批判と柔軟な良識に富む文化層として自らを形成することに私たちは失敗して来た。そしてこれは、各層への文化の普及滲透を任務とする出版人の責任でもあった。

一九四五年以来、私たちは再び振出しに戻り、第一歩から踏み出すことを余儀なくされた。これは大きな不幸ではあるが、反面、これまでの混沌・未熟・歪曲の中にあった我が国の文化に秩序と確たる基礎を齎らすためには絶好の機会でもある。角川書店は、このような祖国の文化的危機にあたり、微力をも顧みず再建の礎石たるべき抱負と決意とをもって出発したが、ここに創立以来の念願を果すべく角川文庫を発刊する。これまで刊行されたあらゆる全集叢書文庫類の長所と短所とを検討し、古今東西の不朽の典籍を、良心的編集のもとに、廉価に、そして書架にふさわしい美本として、多くのひとびとに提供しようとする。しかし私たちは徒らに百科全書的な知識のジレッタントを作ることを目的とせず、あくまで祖国の文化に秩序と再建への道を示し、この文庫を角川書店の栄ある事業として、今後永久に継続発展せしめ、学芸と教養との殿堂として大成せんことを期したい。多くの読書子の愛情ある忠言と支持とによって、この希望と抱負とを完遂せしめられんことを願う。

一九四九年五月三日